अनजाना हमसफ़र

प्यार के पल

देव गोयल 'देव'

KAVYA
PUBLICATIONS

Publisher:

SDR INNOWAYS INDIA PVT. LTD.
667, Rajaward, Kulpahar, Mahoba - 210426

Imprint:
KAVYA PUBLICATIONS
Abhinav R.H.4, Awadhpuri, Bhopal - 462002

Centre:
Kavya Publications
107c, hanuman khand. street no 8, Gulab Vatika
Near Jawahar Nagar, Delhi NCR

Mob. : 7905266820, 9918801353
Website : www.kavyapublications.com
E-Mail : editor@kavyapublications.com

ISBN : 978-93-6431-083-3
Price : 299/-INR
Year : 2025

This book is printed at MTL and published by author Ajay Agrawal, CEO of SDR Innoways India Pvt. Ltd. Kulpahar Mahoba with its imprint and centre, Kavya Publications Delhi.

सादर समर्पण

उपन्यास का प्रस्तुत खंड, अपनी छोटी बहन सत्या देवी, जिसका अप्रैल 23, 2025 को हृदय आघात से 66 वर्ष की आयु में आकस्मिक निधन हो गया, को श्रद्धा पूर्वक समर्पित करता हूँ। बहन जी का एक ही पुत्र है जो इंजीनियर है व अपनी पत्नी, पुत्र व पुत्री के साथ पंजाब के औद्योगिक शहर लुधियाना में निवास कर रहा है। मैं भगवत श्री से बहन सत्या देवी की आत्मा की शांति व परिवार को आकस्मिक दुख सहने की शक्ति प्रदान करने की प्रार्थना करता हूँ।

देव गोयल 'देव'

लेखक की क़लम से

October 1971 की वह सांझ मेरे जीवन में सवेरा बन कर अवतरित हुई, जब मैं ऑनर्ज इन हिंदी के लिए एस.डी. कॉलेज पानीपत में परीक्षार्थी था। उस शाम जो घटाएँ उमड़- घुमड़ कर गगन-विहार करने लगीं तो अगले दिन के एग्ज़ाम की परवाह किए बग़ैर मेरा लेखक मन काग़ज़ के पन्नों पर कुछ उकेरने को तड़प उठा और कुछ समय में ही अनेकों पृष्ठ रंग डाले। उस समय मैंने अपने जीवन के उन्नीसवें वर्ष में प्रवेश किया था। तत्पश्चात् अन्य साहित्यिक गतिविधियों से तो जुड़े रहे पर वे पृष्ठ अनछूए ही अँधेरों में गुमनाम रहे।

जीवन तो चलता ही रहता है चाहे हमारी गतिविधियाँ अवरुद्ध हो गई हों। 2011 में प्रिंसिपल पद से सेवानिवृत्त होने के कई साल बाद अचानक एक दिन पुराने मित्र श्री धर्मवीर 'आर्य' ब्लॉक शिक्षा अधिकारी से घर पर ही गुफ़्तगू हो रहीं थीं। मेरी साहित्यिक अभिरूचि से वे प्रभावित हुए व उन पृष्ठों को पुस्तक में बदलने का प्रेरक सुझाव दिया और उसी प्रेरणा के वशीभूत होकर मेरी साहित्यिक सरिता अपनी मंज़िल पाने हेतु किसी अनजान सागर की ओर बह निकली। असल में सेवानिवृत्ति के बाद मुझे 2011, 13, 15, 19 व 2023 में अमेरिका जाने का अवसर प्राप्त हुआ। वहाँ मुझे अपने कनिष्ठ पुत्र कुमार आशीष से भी उत्साह वर्धक सुझाव मिले।

कवि, लेखक, समीक्षक, कोई भी साहित्यिक प्रतिभा धनोपार्जन के लिए नहीं बल्कि समाज व राष्ट्र को कुछ श्रेष्ठ देकर अपने कर्तव्य पथ पर अग्रसर होती है। इसी अवधारणा को गाँठ में बाँधे यह उपन्यास मनोरंजन के साथ- साथ कुछ सामाजिक लक्ष्यों को भी साथ लेकर आगे बढ़ा है लेकिन वे लक्ष्य पाठक के मनोरंजन, रोमांस व हास्य- विनोद के अधिकारों का अतिक्रमण नहीं करते। मुझे विश्वास व उम्मीद है कि यह उपन्यास-सीरिज़ हर धारा के जनमानस के लिए उपयोगी व प्रेरणादायी साबित होगी।

विनीत

देव गोयल 'देव'

शुभकामनाएँ

'अनजाना हमसफ़र' प्रकाशन पूर्व उपन्यास के विषय में कुछ महानुभावों की प्रतिक्रिया।

जैसा लेखक श्री देव गोयल 'देव' ने संक्षेप में उपन्यास सीरीज़ के बारे में जानकारी दी, मुझे लगता है कि उपन्यास सीरीज़ उच्च कोटि की श्रेणी में रखी जा सकने योग्य है। प्रथम खंड के प्रकाशन के बाद आश्चर्य हुआ कि गाँव से निकला एक अल्हड़ नौजवान ऐसी गुणवत्ता पूर्ण रचना समाज को दे सकता है? सरल किंतु परिमार्जित भाषा, सटीक शब्द चयन, हास्य-विनोद की चुटकियों ने उपन्यास सीरीज़ को प्रभावशाली बना दिया है।

रमेश गोयंका
(संगीत निदेशक)
घाटकोपर - मुम्बई

'अनजाना हमसफ़र' सीरिज़ का प्रथम खंड पढ़ने के बाद लगा कि सामाजिक उपन्यास भी रोचक हो सकता है। लेखक श्री देव गोयल 'देव' की प्रतिभा निखर कर उपन्यास में अभिव्यक्त हुई है। मैं उपन्यास सीरीज़ पाठकों के लिए एक वरदान मानने को विवश हूँ। लेखक व पाठकों के लिए शुभकामनाएँ।

रवि भूषण अग्रवाल
(पूर्व प्राध्यापक)
विलासपुर, हरियाणा

मैं लेखक श्री देव गोयल 'देव' से वर्षों से परिचित हूँ व इनकी प्रतिभा का क़ायल हूँ। बहुत सुंदर व लच्छेदार भाषा, विचारानुरूप शब्द चयन, रोचक शैली इनकी रचनाओं की विशेषता है। मैं उपन्यास 'अनजाना हमसफ़र' की सफलता के लिए आशान्वित हूँ।

धर्म वीर आर्य
पूर्व ब्लॉक शिक्षा अधिकारी
शिक्षा विभाग, हरियाणा

उपन्यास एक नजर में

साहित्य क्या है ? साधारण भाषा में कहा जाए तो विचारों का कलमबद्ध शब्द समूह ही साहित्य है। यह अनेकों रूपों में लिखा गया है, यथा- कविता, लेख, नाटक, कहानी, उपन्यास, व्यंग्य आदि आदि। मूल रूप से साहित्य दो रूपों में मिलता है - गद्य साहित्य व पद्य साहित्य। पद्य में कविता, गीत, ग़ज़ल आदि समाहित रहते हैं जबकि गद्य में साहित्य की अनेक विधाएँ हैं, यथा- कहानी, एकांकी, उपन्यास, जीवन-चरित, संस्मरण, नाटक, लेख आदि। कविता को कवि की व गद्य को साहित्य की कसौटी माना जाता है। कविता भावों की निर्झरी और गद्य विचारों की सरिता जो मंदगामिनी होती है।

उपन्यास गद्य साहित्य की एक ऐसी विधा है जो मनोरंजन के साथ- साथ अपना मंतव्य भी पाठकों तक प्रेषित करती है। वैसे तो साहित्य का कोई भी अंश उद्देश्य विहीन नहीं होता लेकिन उपन्यास का बृहत् स्वरूप होने के कारण इसमें एकाधिक मंतव्य गुँथे रहते हैं। उपन्यास के कुछ तत्व जो उपन्यास को एक सोद्देश्य रचना का स्वरूप प्रदान करते हैं, जैसे - कथानक, पात्र एवं चरित्र- चित्रण, भाषा- शैली, देशकाल व वातावरण, संवाद और उद्देश्य। उपन्यास के तत्वों की संख्या में वृद्धि या न्यूनता उनके संयोजन पर निर्भर करती है, यथा - भाषा व शैली की पृथक विवेचना करें, पात्र व चरित्र - चित्रण को अलग जगह दें तो तत्वों की संख्या में अभिवृद्धि की जा सकती है। हमारा मक़सद तत्वों की विवेचना की अपेक्षा अपने उपन्यास को इन तत्वों की कसौटी पर खरा सिद्ध करना है।

1. कथानक- व्यावहारिक शब्दों में कहा जाए तो कथानक कल्पना रहित व जोड़-तोड़ के बिना की संक्षिप्त कथा का नाम है। कभी दादी-नानी के पास बैठकर जब कहानी सुनते थे तो हंसाने के मक़सद से वे कह देती थीं—'एक था राजा एक थी रानी, दोनों मर गए ख़त्म कहानी।' यह है कथानक जिसे अंग्रेज़ी भाषा में **Plot** के नाम से भी जाना जाता है। अब इसी **Plot** को लेखक अपनी कल्पना शक्ति के द्वारा पूरी कहानी या उपन्यास का स्वरूप दें सकता है। उपन्यास का कथानक ऐतिहासिक, सामाजिक, पौराणिक, मनोवैज्ञानिक आदि कई रूपों में होता है जो

उसके स्वरूप को निर्धारित करता है। 'अनजाना हमसफ़र' क्योंकि सामाजिक घटनाओं एवं पात्रों पर आधारित रचना है इसलिए इसे सामाजिक उपन्यास की श्रेणी में रखा जा सकता है।

'अनजाना हमसफ़र' उपन्यास का कथानक कुछ वास्तविक घटनाओं के साथ लेखक की कल्पनाओं का एक अनोखा मिश्रित रूप है। कथानक मुख्य पात्र देव बाबू की कुछ सत्य घटनाओं के साथ कल्पना का सामंजस्य है जो बिना प्रयास के ही सटीक एवं रोचक बन पड़ा है। कथानक मुख्य रूप से इतना भर है- देव एक अध्यापक है, उच्च शिक्षा के लिए ट्रेनिंग कॉलेज में दाख़िला लेता है। कॉलेज की भित्ति पत्रिका का प्रधान संपादक बनता है व प्रिंसिपल तथा संपूर्ण स्टाफ़ का चहेता बन जाता है । ट्रेनिंग पूरी कर अपने विद्यालय में लौट आता है और पहले की तरह अध्ययन- अध्यापन में तल्लीन हो जाता है।

आप शायद ही जज़्ब करें या कर पाएँ कि तेरह सौ पृष्ठों का उपन्यास व कथानक कुछ पंक्तियों में सिमटा हुआ। क्या शेष सारा प्रयास केवल कल्पना भर है। अगर उत्तर हाँ में दूँ तो कोई आश्चर्य की बात नहीं होगी। मैं लेखक होने के नाते निःसंकोच कह रहा हूँ कि कि असलियत में केवल यही कथानक मैं लेकर चला हूँ। शेष सभी पात्र, घटनाएँ, सहगामी कथाएँ काल्पनिक हैं। देविना, शुभम, शिवि कल्पित पात्र हैं व शालू- शेखर की जीवन कथा पूरी तरह काल्पनिक है। क्योंकि कथानक इतना शुष्क, स्वादहीन व कठोर है कि इसमें रुचि उत्पन्न करने के लिए प्रेम का काल्पनिक संसार निर्मित करना पड़ा। शेखर व शालू, राजस्थान के सभी पात्र एवं घटनाएँ लेखक की कल्पना हैं। पूरा राजनीतिक दृश्य कल्पना पूरित है।

आप सोच रहे हों कि हम सबकुछ काल्पनिक ही पढ़ रहे हैं। बिल्कुल, हैं तो कल्पना पूरित पर लेखक अपनी प्रतिभा व अनुभव से कल्पना को भी सत्य के साथ मिश्रित कर देता है जिससे कल्पना भी सत्य प्रतीत होता है। हम पात्रों से प्रभावित हुए बिना नहीं रह सकते बेशक वे काल्पनिक हो। मैं पात्रों को बिल्कुल जीवंत रूप में देख कर उनके सुख-दुख में हिस्सेदारी करता हूँ। पात्र काल्पनिक होते हुए भी मुझे सत्य के क़रीब जान पड़ते हैं। तत्वों की जानकारी हम अगले खंड में भी प्राप्त करेंगे।

इसी उपन्यास से

बहुत बड़ा सौदा कर लिया मौसी जी ! पिता- पुत्री को एक ही डील में ख़रीद लिया।

शेखर-तो तुमने चंद सिक्कों की ख़ातिर मुझसे मेरी बेटी को छीन लिया। इतनी बेदर्द मत बनो शालू ? आख़िर मैं उसका पिता हूँ।
शालू - मेरे भी तो पति हो, पिता तो मैं तुम्हें फिर भी बना दूँगी, पर याद रखना पति बड़ी मुश्किल से बने हो।

इस दर्द ने ही शायद तुम्हें लेखक बना दिया देव भैया, वरना ये दिन उपन्यास लिखने के नहीं, पढ़ने के होते हैं।

बेटा, तुम्हें सिर्फ़ लड़की मिल सकती है, ससुराल नहीं। मैं नहीं चाहता कि तुम बिना ससुराल के दामाद बनो।

क्यों इतना सुंदर जिस्म दिया माँ ? काली- कलूटी ही पैदा कर देती, न कोई चाहता न विवाद होता।

हाँ बेटा, देविना ठीक कह रही है, मिलन के पल विदाई की ओढ़नी ओढ़ कर ही आते हैं।

आर्य सर ! शिवानी ने हमारे साथ सात जन्मों के फेरे लिए थे लेकिन हम एक जन्म का साथ भी नहीं निभा पाए।

आज समय निकालकर दोस्तों में आए हो, पहले समय निकालने के लिए दोस्तों के पास आते थे।

CONTENTS

1

समीर का कॉलेज हॉस्टल में रश्मि व तान्या से मिलना

रश्मि व तान्या, रूम न० 211, शांतिकुंज हॉस्टल, समीर ने यही लिखवाया रजिस्टर में मेन गेट पर।

संतरी—- सर ! मुझे पहले रूम से दोनों छात्राओं की पहचान व रूम नंबर कन्फर्म करना होगा व फिर छात्राओं से पूछना होगा कि वे आपको जानती हैं या नहीं ?

समीर —- भैया, मैं इस कॉलेज में एक साल प्रोफ़ेसर रह चुका हूँ।

संतरी — सर ! फिर तो आपको सब नियमों की जानकारी होगी, उनका पालन किए बग़ैर हम परमिशन न देने के लिए विवश हैं। मैं फ़ोन से ही बात करता हूँ। आपने जो फ़ोन नंबर दिया है वह रश्मि का ही है ?

समीर —- हाँ, फ़ोन करके बेशक उन्हें यहाँ गेट पर बुला लो।

संतरी —(फ़ोन पर) आप रश्मि जी रूम 211 से ही बोल रही हैं ? मैं मेन गेट से बोल रहा हूँ।

रश्मि — हाँ, मैं 211 से ही बोल रही हूँ, मेरे गेस्ट मि० समीर शर्मा आएँगे आज, उन्हें आने देना है। वे मेरे मामा जी के लड़के हैं।

संतरी—- यस मैडम ! (आगंतुक की ओर मुख़ातिब होते हुए) सर, एक घंटे से ज़्यादा के लिए इजाज़त नहीं है। आप अपना परिचय यहाँ रजिस्टर में दर्ज करने का कष्ट करें।

समीर —- थैंक्यू, लाइए रजिस्टर, मोबाइल फ़ोन का नंबर भी डालना है क्या ?

संतरी —- सर, आप ख़ुद समझदार हैं, तकल्लुफ़ के लिए क्षमा चाहता हूँ। अब आप जा सकते हैं, छोटी लड़की भी आपके साथ हैं ?

समीर—- हाँ, मेरी छोटी बहन है, इसकी भी जानकारी देनी है क्या ?

संतरी —- नहीं सर, आप जाइए व ठीक छ: बजे लौट आइए वरना दोनों छात्राओं से इवनिंग में वार्डन हाज़िरी के समय पूछताछ करेंगे ?

समीर — जब वापस आऊँगा तब भी एंट्री करनी है ?

संतरी— बिल्कुल सर ! एग्जिट टाइम देकर हस्ताक्षर करने होंगे, आपने अब टाइम फिल किया है या नहीं ?

समीर —- आप ख़ुद चैक कर लें ?

संतरी — हाँ सर, ठीक है अब आप बिना देर किए जाइए।

समीर हॉस्टल में जाकर रूम 211 की ओर बढ़ता है, बाई ओर से रश्मि व तान्या आती दिखाई पड़ती हैं तो काम्या ने बताया, वह रश्मि दीदी आ रही हैं भैया, शायद हमें ही रिसीव करने आ रही है ?

समीर —- हाँ, वही दोनों हैं, (पास पहुँच कर) हैलो रश्मि बहन, तान्या जी, कैसी हैं आप दोनों ?

रश्मि—- आपको दिक़्क़त हुई होगी ? यहाँ हॉस्टल में नियम-क़ानून कुछ ज़्यादा ही कठोर हैं।

समीर — अच्छा है, वरना यहाँ मेहमानों का ताँता लगा रहता।

रश्मि —- काम्या, तुम ठीक हो न ? पढ़ाई ठीक चल रही है ?

काम्या —- हाँ दीदी। तान्या दीदी, नमस्ते ! आप पहली बार हमारे घर आई थीं पर मैं आपसे मिल नहीं सकीं, ट्यूशन का भार चढ़ा ही रहता है। मम्मी कह रहीं थीं कि तुम बहुत सुंदर हो, वैसी ही पा रही हूँ।

रश्मि —- आओ भैया, रूम पर जाकर ही बात करेंगे, वह पीछे की पंक्ति में है। (सभी रूम पर पहुँचते हैं व बातचीत का सिलसिला शुरू करते हैं) अब मामा जी व मामीजी कैसे हैं ? आप लोगों को बहुत परेशानियों का सामना करना पड़ा, समय पर खाना वगैरह भी नसीब नहीं हुआ होगा ?

समीर —- हाँ रश्मि, परेशानी तो ऐसे माहौल में होती ही है पर अब सब कुछ सामान्य होने लगा है। मम्मी की तबीयत में सुधार हो रहा है। धीरे-धीरे स्वस्थ हो जाएँगी।

रश्मि— हाँ समीर भैया, समय बड़े-बड़े घाव भर देता है, मीटिंग बगैरह सब दुरुस्त रहा।

समीर —- पापा को स्कूल जाना पड़ा इसलिए मुझे मीटिंग लेनी पड़ीं। तक़रीबन एक महीने में दो मीटिंग तो लेनी ही पड़तीं हैं। कई बार बाहर भी जाना पड़ता है मीटिंगज के लिए।

रश्मि—- काम्या ! तुम कॉलेज के हॉस्टल में पहली बार आई हो ?

काम्या — हाँ दीदी, बहुत बड़ा हॉस्टल लग रहा है, मैं सारा हॉस्टल देखकर आऊँगी आज।

रश्मि—- हाँ, मैं अपनी छोटी बहन को सब दिखाऊँगी, पहले हम भइया के साथ थोड़ा पढ़ाई का काम निपटा लें। समीर भैया, मेरी प्रॉब्लम है- " दांतों का काम आँतों से लेना" इससे क्या अभिप्राय है ?

समीर —-बहुत सिंपल, अगर हम भोजन को दांतों से खूब चबा-चबाकर नहीं खाएँगे तो उससे आवश्यक तत्व पाने के लिए आँतों को संघर्ष करना पड़ेगा ? पाचन की प्रक्रिया मुख से आरंभ होकर दांत, जीभ, भोजन नली, अमाश्य,छोटी व बड़ी आंत तक चलती है तब जाकर मांस, मज्जा, रस, खून, आदि धातुओं का निर्माण होता है व अपशिष्ट मलद्वार से बाहर हो जाता है। एक भोजन से दूसरे के बीच छ: घंटे का अंतराल होना चाहिए। दांत शरीर की पाचन क्रिया में सबसे मज़बूत अंग है। यदि इनसे पूरा काम न लिया जाए तो भोजन अनपचा रह कर शरीर में अनेक विकार उत्पन्न करता है।

काम्या —- दीदी इतनी सी बात तो सभी को मालूम होती है, तुम मुझसे पूछ लेती ?

रश्मि— अच्छा जी डॉ. काम्या जी, आगे से ध्यान रखेंगे। भैया, अब तान्या का विषय लो, वहाँ घर पर भी रह गया था ?

समीर — हाँ तान्या, तुम बताओ, क्या प्रॉब्लम है ?

तान्या —- सर ! मेरा विषय है - दांत का जीवन। जन्म से मृत्यु तक दांत की भूमिका, स्वरूप, कार्य, रोग व स्वास्थ्य पर ब्रीफ़ कीजिए।

समीर —- तान्या, यह बहुत लंबा व विस्तृत विषय है। बचपन के दांत, पक्के दांत, अक़्ल दांत आदि-आदि। दांतों की सफ़ाई, दांतों के रोग, ये सभी इसी विषय के अंतर्गत आते हैं। इसके लिए काफ़ी समय की ज़रूरत होगी जबकि हमारे पास केवल चालीस मिनट का ही वक़्त है।

तान्या —- सर, अक़्ल दांत तो हमने कभी सुना नहीं। ये कहाँ व कितने होते हैं ?

समीर —- ज़्यादातर लोगों में अक़्ल दांत (विज़डम टीथ) 17-25 साल की उम्र में आ जाते हैं। जबकि कईयों में इसके बाद भी आते हैं। ये हमारे मुख के सबसे आख़िरी मज़बूत दांत होते हैं। ये मुख के दोनों कोनों में ऊपर- नीचे अमूमन चार की संख्या में रहते हैं।

रश्मि—- समीर भैया, आपका विषय तो शायद देर तक चलेगा, मैं काम्या को हॉस्टल घुमा लातीं हूँ थोड़ी देर के लिए। आप दोनों इतने तक विषय पूरा कर लें, क्यों तान्या ?

तान्या —-हाँ ठीक है, जल्दी आना फिर 'सर' को जाना भी है।

रश्मि— तुम अच्छी तरह समझ लेना, ऐसे सुनहरे अवसर बार -बार नहीं मिलते?

तान्या — हाँ, सर का समय बहुत क़ीमती है, मैं ध्यान रखूँगी, अब तुम दोनों जाओ।

रश्मि—ठीक है, ज़्यादा बहसबाजी न करना, जो कहे मान लेना, हम जल्द लौटेंगे दोनों।

तान्या मन ही मन सोचने लगी कि रश्मि ने ज़्यादा बहसबाजी न करने के लिए किस संदर्भ में कहा, क्या संबंधित विषय के बारे में, या उसका कुछ और अभिप्राय था। क्या मैं समीर की सब बातें चुपचाप स्वीकार कर लूँ या उसे ही पूर्ण रूप से स्वीकार कर लूँ। रश्मि कितनी दूरदर्शी हो गई है। शायद मेरे भविष्य में क्या है, उसे स्पष्ट झलक रहा है। समझदार को संकेत ही काफ़ी होता है

इसलिए मुझे मौक़े का समुचित लाभ उठा लेना चाहिए पर क्या इतने लंबे जीवन के फ़ैसले कुछ ही पलों में तय हो जाते है। रश्मि ने तो यह सब कर दिखाया और एक सुंदर सरकारी डॉक्टर को अपने जाल में बुन लिया। क्या मैं रश्मि का अनुकरण करूँ या माँ बाप पर ही भरोसा रखूँ। तान्या को चिंता मग्न देख समीर मूल विषय पर लौटते हुए -

समीर— तान्या, मेरे पास पहले के रखे हुए कुछ नोट्स होंगे, मैं ढूँढ कर तुम्हारे पास भिजवा दूँगा। तुम किस चिंता मैं खोने लगीं हो ?

तान्या —- अपने को सँभालते हुए, नहीं सर ! बस ज़रा घर की याद आ गईं थीं, दीवाली नज़दीक आने से आँखों में सब सीन उभर आते हैं।

समीर —- तुम दीवाली पर तो घर जा रही हो न ?

तान्या —- यस सर ! साल भर का त्यौहार है, कई छुट्टियों पड़ रहीं हैं। घर में सब लोग मिल बैठकर ख़ुशियों का त्यौहार मनाएँगे।

समीर — घर में और कौन- कौन हैं ?

तान्या — मम्मी- पापा व एक बड़ा भाई जो डॉक्टर है।

समीर —- और एक बहन ! जो भाई की तरह डॉक्टर बनने जा रही है।

(दोनों मुस्कुराते हैं)

तान्या——तुम्हें हमारा घर- परिवार कैसा लगा ?

तान्या —- आप तीनों का स्वभाव अच्छा लगा, अभी मामा जी से मिल नहीं पाईं हूँ।

समीर —- हमें अच्छा समझा, इसके लिए शुक्रिया। हम भी आपको बहुत अच्छा समझ कर पसंद करते हैं। जब तुम पहले साल में थीं, तब भी करते थे पर तुमने हमारी भावनाओं को वह सम्मान नहीं दिया जो हम अपेक्षा रखते थे।

तान्या — सर ! प्रथम वर्ष में ही आपको कैसे रिस्पांस देती, मुझे आप चाहते हैं, यह मैं उसी दिन से महसूस कर रही हूँ व आपके घर आने की चाह भी मेरा आपके प्रति लगाव ही था।

समीर —-औरत,मर्द के जज़्बात को नहीं समझतीं, उसकी भावनाओं की कद्र नहीं करती ?

तान्या —सर ! जिसे आप औरत की नाकाबिलियत मानते हैं वह उसकी विवशता भी हो सकतीं हैं ?औरत को हर कदम सोच समझ कर उठाना पड़ता है।

समीर —- अब तुम अंतिम वर्ष में आ गई हो, क्या हम अपने प्यार को इसी तरह तड़पता रहने दें ? चार साल से मैं तुम्हें चाहत में बनाए हुए हूँ, चार युगों के समान बिताए हैं मैंने ये चार साल ! अब मुझे मेरी चाहत का पुरस्कार मुझे दो तान्या ! मैं बहुत तड़पा हूँ, बहुत जला हूँ। आज तक मुझे तुमसे अकेले में मिलने का अवसर नहीं मिला था ताकि अपने दिल का दुख - दर्द तुम्हें दिखा सकूँ।

तान्या —- सर ! दिल का दर्द एकतरफ़ा नहीं होता, हम भी अपने दिल में प्यार की चिंगारी दबाए रहे जो आज आपने कुरेद दी है। अब यह धधक उठीं है।

समीर —- तान्या, मैं समझा था कि तुमने मुझे नकार दिया है पर आज लगा कि तुमने मुझे स्वीकार किया है। मुझे आज एक सहारा मिला है, मेरे उपेक्षित दिल को प्यार का संबल मिला है। तान्या, एक बार मेरे गले में बाहुपाश डालकर मुझे अपना बंदी बना लो ?

तान्या —-अभी थोड़ा सब्र व इंतज़ार करना होगा। मैं दीवाली पर घर में सब बातचीत करके अंतिम फ़ैसला ले लूँगी व तुम्हारे गले का हार बनने का सौभाग्य प्राप्त करूँगी।

समीर —- अब और इंतज़ार का सब्र नहीं बचा है, आधा जीवन तो इंतज़ार में ही बीत गया। मुझे आज स्वतंत्र कर दो कि मैं तुम्हें जी भर कर प्यार कर सकूँ।

(समीर तान्या को अपने आलिंगन में लेकर प्यार से उसका माथा चूमता है, तान्या रश्मि के आने के डर से घबराहट दिखाती है पर समीर ने अपने प्यार के कई चिह्न उसकी सुर्ख़ गालों पर छोड़ दिए थे।)

तान्या —- सर आप बहुत भावुक व उत्तेजित हो गए हैं। अब और आगे नहीं बढ़ जाना है। मैं किंचित् घबराहट के कारण असामान्य सी हो गई हूँ, कहीं रश्मि व काम्या न आ जाएँ ?

समीर —- वे अभी नहीं आएँगी, मैं तुमसे पूरा प्यार चाहता हूँ तान्या।

तान्या —- सर, यह काफ़ी हो चुका, प्यार की एक बूँद भी सागर ही होती है, प्यार खंडित नहीं होता, टुकड़ों में विभाजित नहीं होता, इसकी एक-एक तार में बंधन की पूरी ताक़त होती है। आपने मुझे अपना सर्वस्व सौंप दिया है, मैं आपके प्यार से अभिभूत हूँ।

समीर —- तान्या, मैंने तुम्हें अपने दिल में बसा लिया है, अब यहाँ किसी और के लिए जगह नहीं रहीं है। तुमने मेरा प्यार स्वीकार कर मुझे अपना बना लिया है।

तान्या — सर ! मैं भी आपकी सहगामिनी हो गई हूँ, अपने दिल में आपको देवता मान लिया है।

(समीर एक बार फिर तान्या को गालों पर चूमता है, अब की बार तान्या ने भी समर्पण कर दिया था।)

बरामदे से रूम की ओर रश्मि व काम्या की बातचीत के स्वर व पदचाप सुनाई पड़ती है और समीर व तान्या फिर से दांतों के जीवन में जीवन ढूँढने लगे थे।

***

2

दीपावली की छुट्टियों में स्टूडेंट्स का घर आगमन, देव व मित्रों का नदी भ्रमण

कॉलेज में अब दीपावली की छुट्टियाँ घोषित हो चुकी थी, सभी स्टूडेंट्स अपने-अपने घरों, ठिकानों पर जाने लगे थे। देव व साथियों ने पं० शंकर प्रसाद के घर जाने का प्रोग्राम त्यौहार के कारण से टाल दिया था। शुभम ने शिवि को गले लगाकर विदा किया तो देविना ने आँसू भरी सिसकियों से देव को अलविदा कहा।

देव —- दीवाली के बाद हम फिर मिलेंगे, दीपों का प्रकाश हमारे उदास पलों को फिर आलोकित करेगा। ये मोती से अश्रु मत लुटाओ देविना, संयोग का भरपूर आनंद वियोग के लम्हों के बिना अ'मूल्य ही रहता है।

देविना — देव, अब मुझे तुम्हारे बिना अकेलापन खलेगा। पता नहीं क्यों, मुझे तुममें इतनी आसक्ति हो गई है या तुम्हारा कोई जादुई आकर्षण मुझे पतंग की डोर की तरह खींच रहा है। घर जाकर तुम मुझे भूल तो नहीं जाओगे देव ?

देव —- मेरा घर तो तुम ही हो देविना, माता पिता, भाई-बहन सभी से मेरा रिश्ता- नाता टूट चुका है। अब तुम और राकेश मुझे सहारा दिए हुए हो। मैं दीपावली की छुट्टियों में राकेश के साथ ही रहूँगा।

देविना —- मुझे एक बार गले लगाओ, मेरी आत्मा विकल हो रही है, तुम मुझे प्यार देकर इसे तृप्त कर दो।

देव —-देविना, ज़्यादा भावुक मत बनो, एक सप्ताह की ही तो बात है। सूरज फिर निकलेगा, आशा की किरण लिए जीवन में सप्तरंगी आभा बिखेरने के लिए। विश्वास रखो, हम एक-दूसरे के लिए ही बने हैं जन्मों- जन्मों के लिए। अब तुम शिवि को लेकर हॉस्टल जाओ और अपनी तैयारी करो।

देविना —-अपना ख़्याल रखना, बम - पटाखों के चक्कर में ज़्यादा मत पड़ना।

देव — अब तुम जाओ, मुझे बच्चों की तरह मत समझाओ। तुम्हारा सफर काफ़ी लंबा है, कुछ खा पीकर ही हॉस्टल से निकलना।

देविना ——मैं कोई बच्ची नहीं जो इतना समझा रहे हो। (दोनों ठहाका लगा कर हँसते हैं। सभी अपने लक्ष्यों की ओर निकल जाते हैं।)

देव ने जींद पहुँच कर बस स्टैंड से रिक्शा लिया व सीधा अस्पताल के लिए रवाना हो गया। डॉ. राकेश ने देव को देखा तो बांझें खिल गई और पूछा - अभी आ रहे हो क्या ?

देव —- हाँ, सीधे यहीं आ गया। मुझे तुम्हारी ड्यूटी के समय का स्मरण हो आया था।

राकेश —- अभी एक घंटा शेष है छ: बजने में। ये चाबी लो और घर चले जाओ। मैं छ: बजे के बाद ही आऊँगा, चाय बगैरह बनाकर पी लेना, दूध फ्रिज में से निकाल लेना।

देव —- मैं सब कर लूँगा।

(चाबी लेकर निकल लेता है, घर के पास पहुँचा ही था कि कांति भाई राकेश की इंतज़ार में ही था। देव को देखकर आश्चर्य से बोला।)

कांति —- अरे भाई साहब, कब पदार्पण हुआ जींद की पावन धरा पर। कॉलेज में क्या गए हो, वहीं के होकर रह गए ?

देव —- बस अभी आ ही रहा हूँ, अस्पताल से राकेश से चाबी लेकर आया हूँ।

कांति — अच्छा किया, डॉ. साहब की ड्यूटी तो छ: बजे तक है ? आओ हम अंदर चलकर चाय बगैरह ले लेते हैं। शायद राजीव भी कुछ देर बाद आ ही जाए।

देव — कांति भाई, तुम्हें राकेश के टाइमिंग का ध्यान नहीं रहा होगा ?

कांति—-अब हमारे डॉ. राकेश साहब का कोई टाइम निश्चित नहीं रहा, जब दिल उखड़ने लगता है तो नदी किनारे भागने लगता है या घर में क़ैद हो जाता है। प्यार ने सब उल्टा- पुल्टा कर दिया है।

देव —- (अंदर जाने के बाद) कांति भाई, तुमने कभी प्यार किया है ?

कांति —- हम तो कोर्ट में काम करते हैं, हमसे कौन प्यार करेगा ? प्यार - व्यार तो टीचर, प्रोफ़ेसर बगैरह ही करते हैं या फ़िल्मों में हीरो- हीरोइन करते हैं। हमें तो चौबीसों घंटे काम से फ़ुरसत नहीं ? राजीव का भी यही हाल है। जीवन प्यार के बिना ही गुजर रहा है।

देव —— राकेश कोई टीचर है क्या ? प्यार के बिना भी कोई जीवन होता है ?

कांति— लगता है कि मेरे देव साहब भी राकेश बाबू के पदचिह्नों पर चल पड़े हैं। अच्छा है उलझे रहो प्यार में, कुछ पा जाओगे ? प्यार तो आत्मा का भोजन है।

देव —- कांति भाई, तुम्हें प्यार की गहराई का इल्म है, कभी कहीं धोखा तो नहीं खाया ?

कांति — प्यार धोखा ही तो है, स्वयं को धोखा देना, आज कहाँ है प्यार भाई साहब ? सब स्वार्थ व मतलब का ही प्यार बचा है। एक झटके में तार-तार हो जाता है। (राकेश व राजीव का आगमन) लो आ गई प्यार की मूर्ति राजीव भैया के साथ, करो पूजा, पुष्प अर्पित करो। अरे डॉ. साहब, कहीं प्यार में पागल होकर किसी का दूसरा दांत मत निकाल देना ? कोर्ट के चक्कर लगाने पड़ेंगे ?

राकेश —और क्या काम आओगे दोनों, मुफ़्त का वकील, फ़्री का न्याय। देव भैया तुमने कुछ जलपान बगैरह कर लिया होगा ?

देव —- हाँ, कांति भाई ने चाय बनाकर पिला दिया था।

राकेश —खोटा सिक्का कहीं तो काम आएगा ही ? कहीं घूमने का मन है क्या ?

देव — हाँ, यहाँ बैठकर भी क्या करेंगे ? क्यों कांति भाई, बहुत दिनों से कुछ नहीं सुना, तरस गए हैं कान, तुम्हारी कथा - कहानी के लिए ? (चारों नदी किनारे पहुँच वार्तालाप का दौर शुरू करते हुए) कांति भाई, आज कुछ चटपटा सुनाओ।

राकेश— हाँ कांति भाई, सारा दिन सीरियस ही रहते हैं, कुछ चुटीला पेश करो, क्यों राजीव भाई ?

राजीव —- बिल्कुल, पर देव भाई, तुम कब आए ? कोई चिट्ठी ना संदेश ?

देव — अभी एक घंटा ही हुआ होगा शायद ? कांति भाई, शुरू हो जाओ।

कांति — तो सुनो, मस्ती ही मस्ती है, पेट संभालकर रखना, कहीं हँसते-हँसते लोट-पोट न हो जाना। हमें किसी को तैरना भी शायद ही आता हो ?

एक महिला बैंक में जाकर सीधे ही मैनेजर की केबिन में घुसी व मेज़ पर मुक्का मार कर बोली- मैनेजर साहब, मैं यहाँ दस हज़ार रुपए की शर्त लगाने आई हूँ।

मैनेजर हैरान हुआ और बोला- बहन जी, हमारा बैंक शर्त बगैरह लगाने का धंधा नहीं करता, हमें कोई जुआरी समझ रखा है क्या ?

महिला ने कहा - माफ़ करें, मैं बैंक के साथ नहीं, आपके साथ शर्त लगाने आई हूँ। कल सुबह आपकी जननेंद्रिय अचानक लाल हो जाएगी। यदि मेरी भविष्यवाणी असत्य साबित हुई तो मैं आपको दस हज़ार रुपए तुरंत दे दूँगी।

राजीव —- अजीब क़िस्म की महिला है, कांति भाई, इतनी बेशर्मी ?

राकेश —- तुम सब कुछ होश- हवास में बोल रहे हो कांति भाई ?

कांति —- यही कुछ मैनेजर साहब ने किंचित् क्रोध से महिला को कहा - आपका दिमाग़ तो दुरुस्त है ? क्या फ़ालतू बकवास लगा रखी है, ऐसी बात कहते हुए आपको लाज नहीं लगती ? आख़िर ऐसा कैसे संभव है ?

महिला हठपूर्वक बोली - अगर आपको पक्का विश्वास है कि लाल रंग नहीं हो सकता तो शर्त लगा लीजिए ना ?

मैनेजर भी ज़रा तैश में आ गया और बोला - ठीक है, कल सुबह आ जाना, मुझे शर्त मंज़ूर है।

देव — आख़िर मैनेजर साहब को महिला के हठ के सामने नतमस्तक होना ही पड़ा कांति भाई।

कांति —अगले दिन महिला एक छोटा सा ब्रीफ़केस लेकर बैंक में आईं व मैनेजर साहब को ब्रीफ़केस खोलकर पैसे दिखाए। महिला के साथ आए पुरूष का परिचय उसने वकील के रूप में करवाया, कहीं कोई गड़बड़ न हो जाए इसलिए साथ लाई हूँ। बैंक के सभी कर्मचारी जिज्ञासा वश मैनेजर साहब की केबिन में पहुँच गए व ज्यों ही बैंक की घड़ी से दस का अलार्म बजा, मैनेजर साहब ने फ़ौरन चैन खोलकर अपनी पैंट नीचे खिसकाई, और प्रसन्न होते हुए महिला से दस हज़ार रुपए से भरा ब्रीफ़केस माँगा। कर्मचारी भी मैनेजर के शर्त जीतने पर तालियाँ पीटने लगे थे।

राजीव —- यह तो स्पष्ट ही था कि रंग नहीं बदल सकता फिर भी महिला ने शर्त लगाईं। यहाँ कुछ दाल में काला लगता है ?

कांति —महिला बड़ी शातिर क़िस्म की थी राजीव भाई। मैनेजर के पैंट खिसकाते ही महिला के कथित वकील ने गहरी निःश्वास ली व अपने हाथ में पकड़ा ब्रीफ़केस महिला को पकड़ाया और बेहोश होकर ज़मीन पर गिर गया।

राकेश —हो सकता है उसको कोई सदमा लगा हो ?

कांति —हाँ राकेश भाई, मैनेजर ने उसे सँभालने के निर्देश दिए पर महिला ने मुस्करा कर कहा - शायद हर्ट अटैक आ गया है। मैंने इस आदमी से एक लाख रुपये की शर्त लगाई थी कि सबके सामने बैंक मैनेजर को स्वयं नग्न होने पर विवश कर दूँगी। मगर यह बोला कि ऐसा नहीं हो सकता है ?

राजीव—- बड़ी शातिर तरह की औरत थी कांति भाई ? यह हँसी का प्रसंग भी है और बुद्धि का भी। हम अपनी बुद्धिमत्ता से लोगों को मूर्ख बना सकते

हैं, जैसे नेता जन आमतौर पर करते हैं। मैनेजर भी उसकी कुचाल में फँस गया लालचवश। सभी कर्मचारी भी असंबद्ध होकर दृश्य देखते रहे।

कांति —- मेरे विचार में निष्कर्ष यही होगा कि बिना सोचे- विचारे हमें कोई कदम नहीं उठाना चाहिए व किसी अपरिचित पर विश्वास आँखें बंद कर नहीं करना चाहिए।

राकेश —- अब हमें घर की राह लेना चाहिए।

कांति —- देव भैया, दीवाली पर राकेश के पास ही रहोगे न ? सब रंगारंग त्यौहार मनाएँगे।

(सभी घर के लिए निकल जाते हैं।)

***

3

आलोक शर्मा की ससुराल यात्रा व रश्मि को लेकर घर वापसी

आलोक बाबू अपनी छोटी लड़की के साथ सवा पाँच बजे घर से निकल गए थे। रत्नाकर ने बीस मिनट में ही उन्हें बस स्टैंड पर पहुँचा दिया था जहां से पिता- पुत्री क़रीब दस बजे अपनी मंज़िल पर पहुँच गए थे। समीर बस स्टैंड पर उन्हें लेने आया था ताकि कोई परेशानी न हो ?

समीर — (घर आकर) फूफाजी, आप क्या लेना पसंद करेंगे, ठंडा या गर्म ?

आलोक— मैं अभी थोड़ा फ्रैश होकर चाय बगैरह ले सकता हूँ, तीन - चार घंटे बस में बैठे रहने से टांगें भी अकड़ जाती हैं।

समीर -आप अपनीं कार क्यों नहीं ले आए ? टाइम भी कम लगता व कोई परेशानी भी नहीं होती ?

आलोक —-घर में पिता जी को भी ड्राइवर की ज़रूरत पड़ सकती है, किसी मीटिंग या सभा के लिए निमंत्रण मिलते ही रहते हैं।

समीर — हाँ फूफाजी, मीटिंगज बहुत समय ले जातीं हैं, दिन भर के दूसरे काम शेष बचे रहते हैं।

आलोक — रेखा बहन जी कहाँ हैं ?

समीर —- मम्मी दूसरे कमरे में आराम कर रही हैं। हम चाय बगैरह लेकर चलेंगे। काम्या, कुछ चाय बगैरह बनी है या नहीं ?

काम्या — भैया, तुम एक बार किचन में आ जाओ, सारा सामान मुझ अकेले से नहीं पहुँच पाएगा।

समीर — ठीक है, अश्मि आ रही है तुम्हारी मदद के लिए। (दोनों चाय व मिठाई से सजी प्लेटें लाकर टेबल पर रख देतीं हैं) लो फूफाजी, आप लोग जलपान करें।

आलोक —घर से हैवी नाश्ता लेकर चले थे, अब ज़्यादा इच्छा नहीं है, इतना सारा मिष्ठान कैसे चलेगा ?

समीर — चलेगा फूफाजी, हम सब मिलकर मिठाईयों का आनंद लेंगे। आपको कोई शुगर बगैरह की शिकायत तो नहीं है ?

आलोक — बार्डर पर चल रहा हूँ, चीनी- मिठाई खा लेता हूँ तो शूगर महसूस होती है, नहीं लूँ तो स्वस्थ रहता हूँ।

समीर -आपकी जितनी जो इच्छा हो ले लो। अश्मि तुम खूब मन लगा कर खाओ काम्या के साथ।

(रेखा शर्मा का धीरे-धीरे क़दम रखते हुए आगमन)

रेखा शर्मा— ननदोई जी, नमस्ते ! बड़ा कष्ट किया आने का ?

आलोक — रश्मि ने जब से बताया है, अंजना रोज़ कहती कि यमुनानगर कब जा रहे हो ? अब आप कैसी हैं ?

रेखा शर्मा— अंजना दीदी को भी ले आते, बहुत दिनों से आना-जाना नहीं हुआ ? मैं अब काफ़ी रिकवर कर चुकीं हूँ। तुम्हारे साले साहब भी अब बाहर- भीतर आने-जाने लगे हैं।

आलोक — राहत की बात है कि आप दोनों स्वस्थ हो रहे हैं और रहा अंजना के मिलने का, अब शायद जल्द मिलना होगा। बच्चे दोनों तरफ़ शादियों की तरफ़ बढ़ रहे हैं। मैं तो कोर्स पूरा होते ही रश्मि के हाथ पीले करने की सोच रहा हूँ।

रेखा —हम भी समीर के लिए रिश्ते की इंतज़ार में हैं। अब मुझसे काम नहीं होता व काम्या को पढ़ाई- लिखाई व ट्यूशन से फ़ुरसत नहीं मिलती।

आलोक —- समीर बेटा, तुम कॉलेज से अकेले कैसे आ गए? डॉक्टर लोग तो एक जाता है, दो घर में आते हैं।

रेखा — इसने कॉलेज में प्रोफ़ेसर होते हुए एक लड़की को पसंद किया था पर उसने कोई ख़ास रिस्पांस नहीं दिया। उसी की इंतज़ार में हमें अब तक परेशान किए हुए हैं।

आलोक — समीर बेटा, आजकल तो पढ़ी लिखी लड़कियों की कमी नहीं, एक नहीं मिलीं तो और सही।

समीर —फूफाजी, लाऊँगा तो घर में उसी को,चाहे अगले जन्म तक इंतज़ार करना पड़े। लड़की ख़ानदानी परिवार से व बहुत शरीफ़ हैं, होशियार भी। अब वह रश्मि की रुम मेट है।

आलोक — रश्मि ने तो कभी ऐसा ज़िक्र हमसे किया नहीं ?

रेखा शर्मा —पढ़ाई इतनी है ननदोई जी कि सांस लेने की फ़ुरसत नहीं। डॉक्टरी का कोर्स बड़ा कठिन है। हमारा समीर भी दिन- रात पढ़ाई में लगा रहता था, न खाने की सुध,न सोने की। प्यार करने की तो कहाँ सूझती है इन्हें ?

आलोक— हमारे वहाँ भी एक दांतों का डॉक्टर है, वह भी कॉलेज से अकेला ही लौट आया। अब खाने- पीने के लिए होटल- रेस्टोरेन्ट का मोहताज हो गया है। पिताजी के पास कई बार क्लीनिक पर आता है, शरीफ़ व परिश्रमी है।

रेखा शर्मा — आजकल लड़कियाँ शरीफ़ नहीं, चुस्त-दुरुस्त लड़का पसंद करती हैं। रश्मि के लिए विचार कर रहे हो क्या ?

आलोक — अभी तक तो गंभीरता से विचार नहीं किया है, जब तक पिताजी सही सलामत मौजूद हैं, मुझे परवाह करने की आवश्यकता नहीं है।

रेखा शर्मा— हाँ, बुजुर्गों का साया चिंता मुक्त कर देता है। उन्हें तजुर्बे के कारण जाँच- परख अच्छी प्रकार होती है।

(बाहर से कार के हार्न की आवाज़ सुनाई पड़ती है, लगता है पापा आए हैं।)

देवदत्त शर्मा— नमस्ते जीजाजी, काफ़ी देर हो गई आए हुए ?

आलोक — क़रीब दस बजे समीर ले आया था कार में बस स्टैंड से, आकर चाय बगैरह भी ले ली है। अब ब्याह- शादियों की बात चल रही है।

डी डी शर्मा— चर्चा ही है या कुछ हुआ भी है ? हमारा समीर तो चर्चा करते-करते चर्च जाने के क़रीब हो गया है। (सभी हँसते हैं) शायद बहू का मुँह देखने के लिए ही मौत के मुँह से निकले हों।

आलोक—- यह सब कैसे हुआ भाई साहब ?

डी.डी. शर्मा—यमुनानगर एक औद्योगिक क्षेत्र है, भारी वाहनों से रोज़ सड़क टूटतीं- फूटती रहती है जिससे गड्ढे बन जाते हैं जो दुर्घटना का कारण बनते हैं। उस दिन हल्की बूँदाबाँदी हुई थीं जैसे कि आमतौर पर जन्माष्टमी के दिन हो जातीं है। गड्ढों में पानी भरने से उनकी गहराई का अनुमान नहीं लगा, जिसके कारण दुर्घटनाग्रस्त हुए फिर भी जान बच गई, लाखों पाए। मौसा जी स्वस्थ हैं। तुम्हारे साथ कोई और भी आया है या अकेले ही सैर- सपाटा कर रहे हो ?

आलोक —- छोटी लड़की अशिम आई हैं, शायद काम्या के साथ बैठी होगी। पिताजी वैसे तो स्वस्थ हैं पर आयु बढ़ने के साथ रोग भी सिर उठाने लगते हैं। कभी दांत तो कभी कमर दर्द, कुछ न कुछ चलता ही रहता है।

डी.डी. —- कुछ जलपान बगैरह किया या नहीं ?

आलोक —- भारी नाश्ता लगाया था समीर ने, अब वह खुराक तो रहीं नहीं, रोटियाँ भी गिन कर खानी पड़ती हैं।

समीर —- फूफाजी, हम तो स्टूडेंट लाइफ़ में हॉस्टल में दस- दस रोटियाँ खा लिया करते थे।

डी.डी. —- बेटा तूने कॉलेज में रोटियों पर ही ज़ोर रखा, रोटी बनाने वाली का ध्यान नहीं किया ?

(सभी खिलखिला कर हँसते हैं।)

रेखा शर्मा —- क्यों मेरे बेटे पर ताने मार रहे हो, तोते जैसी बहू लाऊँगी अपने लाड़ले के लिए।

डी.डी.—हाँ, तोते की तरह ही तोतली बोलती रहेगी, न कुछ समझ में आएगा, न कुछ समझा पाएँगे।

रेखा शर्मा —- तीन - चार महीने और ठहर जाओ, रश्मि के साथ ही समीर का भी शुभ मुहूर्त निकलवा देंगे।

डी डी —- हम तो आजतक ठहरे ही हुए हैं, चार महीने और मौन साध लेंगे। जीजा जी, रश्मि तो अभी यहीं है न ? पिछले कुछ दिनों पहले यहाँ आईं थीं अपनीं सहेली के साथ पर मैं काम की वजह से मिल नहीं सका ?

आलोक —आज मैं रश्मि को भी लेकर जाऊँगा, दीवाली की कई छुट्टियाँ हैं न ?

डी डी — यहाँ भी तो घर है, दीवाली यहाँ हो जाएगी। आशु भी शायद आजकल में आएगा।

आलोक—- आशु की पढ़ाई कैसी चल रही है ?

डीडी. —-अच्छा कर रहा है, सब समीर ही उसका ख़याल रखता है।

आलोक —आशु पढ़ाई व बोलने में भी निपुण हैं। बचपन से ही स्कूल में भाषण कला में प्रवीण हो गया था।

डी.डी. — बच्चे दोनों ही होशियार हैं पर समीर ज़रा शर्मीला है।

आलोक —-समीर बेटा, ज़रा मेरी रश्मि से बात करवाओ ताकि जाने का प्रोग्राम बनाया जा सके।

समीर —- अभी तो रश्मि क्लास में होगी, मैं मैसेज छोड़ देता हूँ। जब उसे समय होगा बात कर लेगी। इतने तक हम बातचीत कर लेते हैं, बहुत दिनों में आप से मिलना हुआ है। (फ़ोन की घंटी बजती हैं) फूफाजी, रश्मि का फ़ोन है, लो आप बातें कर लो।

आलोक —(फ़ोन पर) हाँ बेटी रश्मि, तुम सब ठीक हो, कब तक चलना है ?

रश्मि —- पापा जी, कॉलेज से तो हम फ्री हो गए। अभी लंच करके मैं आपकी इंतज़ार में रहूँगी। आप समीर भैया के साथ कार में यहाँ आ जाना। वह हम सबको बस स्टैंड पर छोड़ देगा।

आलोक — ठीक है बेटी, हम दो बजे तक तुम्हारे पास पहुँच जाएँगे।

रश्मि — ओ. के. पापा जी !

आलोक —- समीर बेटा, हमें दो बजे तक रश्मि के हॉस्टल पहुँचना है, तुम हमें कार से बस स्टैंड पर भी छोड़ देना।

समीर —- ठीक है फूफाजी, जैसा आप उचित समझें। अभी तक एक बजा है, मैं लंच की तैयारी करवाता हूँ। सभी इकट्ठे बैठकर लंच लेंगे।

डी डी शर्मा रेस्टोरेंट से लंच के लिए आर्डर करते हैं व आधे घंटे में खाना टेबुल पर सजा था। लंच लेकर समीर फूफाजी व अश्मि को ले जाने के लिए तैयार खड़ा था। डी डी शर्मा व रेखा शर्मा ने यहाँ पहुँचने के लिए आलोक जी का धन्यवाद किया व तिलक कर नारियल व पाँच सौ एक रुपया हाथ में शगुन का दिया। अब समीर की कार रश्मि के हॉस्टल की ओर बढ़ रही थी।मेन गेट पर ही रश्मि व तान्या इंतज़ार में खड़ी थी दोनों को पिक कर बस स्टैंड की तरफ़ गमन किया।

तान्या — आलोक अंकल नमस्ते !

आलोक — नमस्ते बेटी, रश्मि की रूममेट हो न ?

तान्या —- यस अंकल, और क्लासमेट भी। अश्मि, तुमने हमारा हॉस्टल नहीं देखा ?

अश्मि —- आज ज़्यादा समय नहीं था दीदी, फिर कभी आऊँगी तो ज़रूर कॉलेज भी देखूँगी।

तान्या — ठीक है, हम इंतज़ार करेंगे उस अवसर का।

समीर —- फूफाजी, जींद के लिए बस तैयार खड़ी है, आप बस में बैठिए, मैं रश्मि का बैग लेकर आता हूँ।

रश्मि ——तान्या, बॉय ! दीवाली के बाद मिलेंगे।

(बस निकल जातीं है। समीर व तान्या अब दिल्ली की बस के इंतज़ार में हैं।)

समीर —- तान्या, तुम्हें उस दिन मेरी कोई बात बुरी तो नहीं लगी ?

तान्या —-आपने मुझे प्यार ही दिया था, इसमें क्या बुरा लगेगा ? जीवन में प्यार ही तो प्रकाश है। शायद दिल्ली के लिए भी बस आ गई।

समीर —- अपना ध्यान रखना, फिर मिलेंगे दीवाली के बाद।

तान्या —- समीर, तुम भी अपना ख़्याल रखना, बॉय- बॉय !!

***

4
देव की डॉ. भगवत स्वरूप जी से मुलाक़ात व 'रोका' की तैयारी

सुबह ही स्नान आदि से निवृत्त होकर राकेश व देव नाश्ते के लिए 'तनेजा रेस्टोरेन्ट' पहुँच गए थे जहाँ छोले-भटूरे का लज़ीज़ नाश्ता लिया। देव ने नाश्ते की सराहना की और डॉ. राकेश ने राज तनेजा रेस्तराँ मालिक से देव का परिचय करवाया।

राकेश— ये मेरे परम मित्र देव साहब हैं, उच्च कोटि के लेखक हैं, उपन्यास लिखते हैं। उसी स्कूल में हिंदी विषय में टीचर हैं जिसमें आपकी श्रीमती जी रसायन विज्ञान में लेक्चरर हैं।

तनेजा —अरे साहब, मैं धन्य हुआ, आज रात ही इनका उपन्यास "जज साहब" पढ़ा, क्या अभिव्यक्ति है, ग़ज़ब की शैली है। क्या शब्द - चयन व भाषा प्रवाह है, तबीयत प्रसन्न हो गई। आपका अगला उपन्यास कब आ रहा है सर?

देव —- आपका इंतज़ार जल्द ख़त्म होगा। क्या आपने "दीपा दीदी" भी पढ़ लिया है ?

तनेजा —हाँ कोई तीन महीने पहले पढ़ा था। वह भी ज़बरदस्त सामाजिक उपन्यास है।

राकेश ——तीसरे उपन्यास की प्रति भी मैं आपको लाकर दूँगा। जल्द लाँच होगा। अभी ये भिवानी में ट्रेनिंग पर हैं। पढ़ाई व काम की अधिकता के कारण यह विलंब हुआ वरना दीपावली पर ही बाज़ार में आ जाना था।

तनेजा—- आपको नाश्ता पसंद आया ?

राकेश — तनेजा साहब, मज़ाक़ कर रहे हो क्या ? पसंद है तभी तो यहाँ तशरीफ़ लाए हैं। दीवाली पर शायद हम फिर कोई पार्टी बगैरह करें।

तनेजा —- आपका हर पल स्वागत है।

राकेश —- आपका बहुत धन्यवाद ! आओ देव बाबू, हम अब डॉ. भगवत स्वरूप जी से मिलने जाएँगे, रिक्शा में या पैदल मार्च करना है ?

देव —- पैदल ही चलेंगे, नाश्ता भी हज़म हो जाएगा व बाज़ार की रौनक़ बगैरह भी देख लेंगे।

राकेश —- ओ. के. चलिए, सामने देखो, यह रेमंड्स का शोरूम, दीपावली पर इसका शुभ मुहूर्त होगा, आपके प्रधान राम कृष्ण जी ने बनवाया हैं। उनका लड़का यहाँ काम करेगा, पहले दिल्ली में काम था लेकिन जम नहीं पाया।

देव —- हाँ, जींद शहर भी अब बड़े शहरों की श्रेणी में शामिल होने की दौड़ में है।

राकेश —- इसके बग़ल में ही पतंजलि स्टोर खुलेगा जो स्कूल से ही कोई मेंबर बनवा रहा है। हाँ मुझे स्मरण हुआ जा रहा है कि मैंने तुम्हें पं० शंकर प्रसाद जी से मिलने की ज़िम्मेदारी सौंपी थी, क्या रहा ?

देव —हम काम की अधिकता के कारण उनसे मिलने नहीं जा सके। फिर कभी मौक़ा लगा तो जरूर जाएँगे।

राकेश —मैं सोचता था कि राजीव के लिए उनकी लड़की दिव्या की बात चला लेता डॉ. भगवत स्वरूप जी से लेकिन फिर कभी सही। क्योंकि मुझे तो लड़की पसंद है, तुम्हारी भी राय बन जाती तो मेरा आत्मविश्वास बढ़ जाता। लो, बातों- बातों में पता ही नहीं चला, डॉ. भगवत स्वरूप जी सामने ही बैठे हुए हैं, प्रधान बाबू राम कृष्ण जी भी साथ हैं। सामने पहुँच कर दोनों, दोनों को नमस्कार करते हैं।

प्रधान जी —- (देव की तरफ़ देख कर) आप तो वही टीचर हैं जो ट्रेनिंग के लिए भिवानी में हैं ? कैसी चल रही है आपकी ट्रेनिंग ?

देव —सर ! आप के आशीर्वाद से सब अच्छा हो रहा है। तीन माह बीत गए, चार शेष हैं।

प्रधान जी —डॉ. साहब से मिलने आए हो ?

डॉ. भगवत स्वरूप — हाँ मैंने बुलाया था,मुखिया का स्टेट अवार्ड के लिए केस में इनकी विशेष ज़रूरत थी।

प्रधान जी — अच्छी बात है, सहयोग लेने- देने से ही संबंधों में मधुरता व प्रगाढ़ता स्थापित होती है। देव बाबू, हम आपको ट्रेनिंग कर आने के बाद बी. एड. के पद पर ही लेंगे व उसी के अनुसार वेतन देंगे। तुम्हारे बारे में मेरे पास पॉज़िटिव रिपोर्टस हैं। डॉ. साहब, अब मैं चलना चाहूँगा।

डॉ. भगवत स्वरूप — हाँ तो राकेश बाबू, तुम्हें पता चल गया होगा रश्मि बिटिया कल शाम अपने पापा के साथ यहाँ आ गई है। दीपावली पर तुम भी यहीं हो ?

राकेश —यस सर ! नेहा भी आज सायं तक पहुँच जाएगी। उसे केवल तीन छुट्टियाँ हैं।

डॉ. भगवत स्वरूप — वह संस्था राष्ट्रीय स्तर की है। उनके नियम-क़ानून बड़े पाबंद क़िस्म के होते हैं। हाँ, देव बाबू, कैसी चल रही है ज़िंदगी ?

देव —डॉ. साहब, बहुत बढ़िया, आपका आशीर्वाद है। मैं कॉलेज में वॉल मैगज़ीन का संपादक हूँ। कुछ समय पहले पं० शंकर प्रसाद जी की कृपा से के.एम. कॉलेज के हॉस्टल में रह रहा हूँ।

डॉ. भगवत स्वरूप— एक दिन उन्होंने फ़ोन पर मुझसे तुम्हारे बारे में बातचीत की थी। मेरी बातें सुनकर वे बड़े खुश हुए थे।

देव —- हाँ सर ! वे बड़े ही दयालु व सहयोगी स्वभाव के हैं। सर,आपने मुझे बुलाया था,मेरे लिए क्या आदेश है ?

डॉ. भगवत स्वरूप — अपने मुखिया ब्रज किशोर गुप्ता स्टेट अवार्ड के लिए प्रार्थना पत्र भेज रहे हैं। लगभग सारा केस उन्होंने तैयार कर लिया है, बस एक विषय पर अटके हैं।

देव ——सर ! मुझे उसमें कुछ सहयोगी बनना है।

डॉ. भगवत स्वरूप— हाँ, तुम लेखक हो, उपन्यास लिखते हो। एक उपन्यास उनके नाम से लिख दो, वे उसे अपने केस के साथ अटैच कर लेंगे।

देव — जैसा आपका आदेश, दीपावली की छुट्टियों का सदुपयोग हो जाएगा व काम भी बन जाएगा।

डॉ. भगवत स्वरूप —-मुखिया एक दिन विशेष रूप से मेरे पास इस काम के लिए आए थे और मैंने तुम्हारे विश्वास पर उनको आश्वासन दिया था कि मैं देव बाबू को मना लूँगा।

देव — सर ! मैं आप की बात को टाल नहीं सकता ?

डॉ. भगवत स्वरूप — प्रधान जी ने मुखिया को भरोसा दिलाया है कि वे उन के लिए पूरी राजनीतिक सिफ़ारिश करेंगे।

देव —सर ! फिर तो हो ही जाएगा। आजकल राजनीति ही सब नीतियों पर हावी है।

डॉ. भगवत स्वरूप— आपको पूरा नॉवेल लिखने की ज़रूरत नहीं,शुरू के चार-पाँच पृष्ठ ही काफ़ी रहेंगे।

देव —- ठीक है सर ! मैं दीपावली के बाद भैया दूज के दिन आपको यह सब उपलब्ध करवा दूँगा, अगर आप कहें तो मैं मुखिया जी से मिल लेता हूँ।

डॉ. भगवत स्वरूप—कुछ लिख लोगे तब उन्हें ही दे आना। राकेश बाबू, तुम्हारा कैसा चल रहा है ?

राकेश —आपकी दुआ है, सोच रहा हूँ कि सरकारी नौकरी छोड़ कर कोई अस्पताल ही खोल लूँ।

डॉ. भगवत स्वरूप— अभी जल्दबाज़ी होगी, कम से कम पाँच साल नौकरी करो, नाम कमाओ। नेहा भी कुछ बन जाए। उसकी व अपनी शादी करके फिर इस योजना पर विचार करना।

राकेश —आपकी राय सटीक व क़ीमती लगती है, अभी साल भर ही हुआ है, जल्दी नहीं करनी चाहिए।

डॉ. भगवत स्वरूप — आज गली- कूचे में दांतों के क्लीनिक खुल गए हैं। इतनी ज़्यादा आबादी का शहर भी नहीं है। दोनों दोस्त अकेले ही घूम रहे

हो। जब नौकरी लग गई तो शादी कर लो, देर करने से लोगों के मनों में भ्रांतियाँ उत्पन्न होती हैं।

देव —- सर ! आप की सम्मति उत्तम है। मैं ट्रेनिंग से आकर गंभीरता से विचार करूँगा व राकेश बाबू की भी मदद करूँगा।

डॉ. भगवत स्वरूप —मेरी कहीं सहायता की ज़रूरत पड़े तो बता देना। मेरी नज़र में कई डॉक्टर लड़कियाँ हैं।

राकेश —- अब आप ही हम दोनों के माता-पिता हैं, जैसा आदेश करेंगे, हम पालन करेंगे।

देव —- राकेश बाबू ने सही कहा है। आप हमारे शुभ चिंतक ही नहीं संरक्षक भी हैं। जब भी जी करे तभी ढोल बजवा दीजिए।

डॉ. भगवत स्वरूप —- वैसे तो शादियाँ ईश्वर की इच्छा से संपन्न होती हैं फिर भी मैं उसी की कृपा से प्रयास करूँगा व जल्द ही परिणाम सामने आएँगे।

(डॉ. भगवत के क्लीनिक से लौट कर)

देव— राकेश भैया, अब तुम्हारी ड्यूटी कब शुरू होगी ?

राकेश — दो बजे व दीवाली के कारण पाँच बजे तक चलेगी। अब हम अस्पताल जाएँगे व लंच करके मैं अपनी ड्यूटी करूँगा व तुम रूम पर जाकर आराम कर सकते हो ?

देव —- जैसा ठीक समझो, मैं भी थोड़ा आराम के मूड में हूँ। कांति व राजीव भाई यहीं होंगे ?

राकेश — हाँ, राजीव का तो घर सेक्टर आठ में है व कांति उसी सेक्टर में कहीं किराए पर रहता है, उसके बारे में मुझे ज़्यादा जानकारी नहीं है। राजीव के माध्यम से ही उससे परिचय हुआ था। शायद कांति के पिता दीक्षित जी के रिश्तेदार रहे हैं। किसी कारण से उनकी मृत्यु के बाद कांति को नौकरी दिलवाने में दीक्षित जी ने काफ़ी सहयोग किया था। कांति अकेला ही रहता है।

देव — राजीव की प्रैक्टिस कैसी चल रही है ?

राकेश — वह भी दीक्षित जी के साथ ही बैठता है, आमतौर पर तलाक़ के मामले देखता है। माता-पिता वृद्धावस्था में हैं व घर में ही रहते हैं।

देव —- क्या राजीव अभी सिंगल है ?

राकेश —- हाँ, तभी तो मैंने बोला था कि पं० शंकर प्रसाद के घर जाना है, पर तुम्हें समय नहीं मिला। हो सकता है राजीव के अभी शादी के संयोग नहीं बने हों। आओ, कैंटीन में लंच के लिए चलते हैं।

देव—-हाँ पर यहाँ तो रोगियों के लिए होगा सब इंतज़ाम ?

राकेश —रोगियों के लिए अलग से प्रबंध है, यह भाग उनके परिजनों व स्वस्थ लोगों के लिए है।

दोनों प्रेमपूर्वक लंच करके अपने- अपने स्थान पर चले जाते हैं। देव रूम पर पहुँचा ही था कि एक कार के हार्न ने उसे चौंका दिया। ड्राइविंग सीट पर बैठी लड़की ने पूछा— डॉ. राकेश हैं क्या ?

देव —नहीं ! वे ड्यूटी पर हैं। मैं उनका मित्र देव हूँ। आपको अगर उनसे मिलना है तो अस्पताल जाना होगा। (कार की पिछली खिड़की से डॉ. भगवत जी को निकलते देखकर देव भौंचक्का रह गया और कहने लगा, सर आप !)

डॉ. भगवत स्वरूप — हाँ देव बाबू, मैं तुमसे ही मिलने आया हूँ। कुछ बातें रह गई थीं जो करनी ज़रूरी थी व समय की माँग भी।

देव —-आइए सर ! हम अंदर बैठ कर आराम से गुफ़्तगू करेंगे।

डॉ. भगवत स्वरूप— यह मेरी पौत्री रश्मि है, दांतों की डॉक्टर बनने जा रही है। अभी दीपावली की छुट्टियों में आईं हुईं हैं।

रश्मि —नमस्ते श्रीमान लेखक महोदय जी! आपके उपन्यासों की बड़ी चर्चा सुन रहे हैं।

देव —जी धन्यवाद ! आपका कोर्स कितना शेष है ?

रश्मि— सर ! मैं अभी अंतिम वर्ष में हूँ। तीन - चार महीने ही बचे हैं।

देव —- हमारी तरह ही 31 मार्च तक चलेगी ट्रेनिंग ?

रश्मि—- बिल्कुल सही आकलन किया आपने। आपका अगला उपन्यास कब आ रहा है ?

देव —- अगले वर्ष के आरंभ में। अभी फ़ाइनल टच देने वाला हूँ।

रश्मि — सर, हम बेसब्री से इंतज़ार कर रहे हैं।

देव —- अवश्य करना चाहिए क्यों कि मैं आप सभी के मनोरंजन व मनोरथ के लिए ही लिखता हूँ। डॉ. साहब, मैं आपके आने का कुछ-कुछ मंतव्य समझ गया हूँ। क्योंकि सुबह आपने राकेश के सामने बात नहीं की, इसलिए उसी के संबंध में कोई।

डॉ. भगवत स्वरूप — भिवानी जाकर लगता है कि बुद्धि का स्तर बढ़ गया है। (दोनों हँसते हैं) तुम्हारा अनुमान सत्य के क़रीब है। मैं रश्मि के लिए डॉ. राकेश को अपने पुत्र आलोक का दामाद बनाना चाहता हूँ। क्या मैं सही सोच रहा हूँ? आप उसके गाँव से हैं व परम मित्र भी। स्पष्ट व सत्य जो कुछ भी है, मुझसे निःसंकोच कह डालें।

देव —- मुझे लगता है कि आप सही मार्ग पर अग्रसर हैं।राकेश भी रश्मि को दिल से चाहता है।

(डॉ. भगवत स्वरूप रश्मि को दूसरे रूम में जाकर टी. वी. बगैरह देखने की नसीहत देते हैं)

रश्मि — ओ. के. दादा जी ! मैं अपनी एक फ्रैंड के घर जा रही हूँ, एक घंटे में लौटूँगी।

डॉ. भगवत स्वरूप — (देव से) तो तुम मेरे विचार से पूर्णतः सहमत हो या कुछ कम - ज़्यादा ?

देव — सर ! मैं दो सौ प्रतिशत सहमत हूँ। रश्मि व राकेश का विवाह बिल्कुल अनुकूल है। आप निःसंदेह यह फ़ैसला ले सकते हैं ?

डॉ. भगवत स्वरूप —- हमें राकेश बाबू की पारिवारिक स्थिति की जानकारी नहीं है, अगर तुम कुछ खुलासा कर सको तो हमारा विश्वास और मज़बूत होगा।

देव —- राकेश बाबू के परिवार में सब कुछ ठीक चल रहा था। माँ सफीदों क़स्बे से पूर्व विधायक की बहन थी व पिता जी शिक्षा विभाग में ब्लॉक स्तर के अधिकारी थे। अभी पिछले साल दोनों की कोविड-19 के कारण दुःखद मृत्यु हो गई। राकेश बाबू एम. डी. एस. करना चाहते थे लेकिन इस घटना ने उनका मंसूबा असफल कर दिया। छोटी बहन नेहा स्कूल में पढ़ रही है। गाँव में मकान है पर उसकी कोई क़ीमत नहीं। थोड़ी सी ज़मीन थी वह बेचकर राकेश ने अपना कोर्स पूरा किया व कुछ पैसा नेहा के लिए सुकन्या समृद्धि खाता खोलने में निवेश कर दिया।

डॉ. भगवत स्वरूप — तुमने लगभग पूरी पारिवारिक जानकारी दे दी है। कभी कॉलेज में कोर्स के दौरान किसी लड़की से कोई फ्रैंडशिप या लगाव रहा हो ?

देव —- मुझे निश्चित रूप से तो कोई जानकारी नहीं है पर जहां तक मेरा विश्वास है ऐसा कोई संबंध रहा नहीं होगा। अगर होता तो मुझसे ज़रूर शेयर करता, जैसे रश्मि के बारे में राकेश ने मुझे कुछ संकेत कर दिया था।

डॉ. भगवत स्वरूप —- रश्मि के बारे में डॉ. राकेश की क्या धारणा है ?

देव ——राकेश आप के परिवार की बहुत इज़्ज़त करता है और रश्मि को दिलोजान से चाहता है। रश्मि ने ही माँ को मनाया था राकेश को बुलाने के लिए।

(मुझे क्षमा करेंगे, पर मैं सत्य ही आप को बताने पर विवश व उत्तरदायी हूँ)

डॉ. भगवत स्वरूप—-राकेश तुम्हारे से सब जानकारी बाँटता है, आप जो बताना चाहें निडर होकर बताएँ। मैं समझ सकता हूँ कि दादा के सामने पौत्री के लिए यह सब अच्छा नहीं होता पर रिश्ता जोड़ने के लिए सब कुछ जानना पड़ता है।

देव —- हम दोनों का आपस के सिवाय और कोई सहारा नहीं है। शुरू से ही मित्रता विश्वास पर टिकीं हुई है। ट्रेनिंग के लिए छुट्टियों की स्वीकृति बाबत

राकेश ने मेरी आशातीत सहायता की व आपके पास भी वह कई बार प्रार्थना लेकर आया था।

डॉ. भगवत स्वरूप—-कई बार मिलने से ही मुझे उसके स्वभाव का पता चला और आज तुमने परिवार की सटीक व प्रामाणिक जानकारी देकर मुझे और उत्साहित कर दिया है। सफीदो के पूर्व विधायक वत्स जी मुझसे परिचय प्राप्त हैं। उनकी दो बहनें हैं, एक करनाल में शादीशुदा हैं। एक लड़का है जो अभी भी राजनीति से जुड़ा है। संपन्न ख़ानदान है।

देव —-आपकी पहचान बड़े लोगों से होना स्वाभाविक है। सुना है कि आप भी एक बार विधानसभा का चुनाव लड़ चुके हैं ?

डॉ. भगवत स्वरूप — तुमने ठीक सुना है हालाँकि मैं चुनाव हार गया था। देव बाबू, मैं दीवाली के शुभ अवसर पर ही राकेश बाबू का 'रोका' चाहता हूँ। आपकी क्या सलाह है ?

देव —- पहले आप राकेश बाबू से खुलकर बात कर लें। 'रोका' की रस्म तो उससे पूछ कर ही तय करना।

डॉ. भगवत स्वरूप—- मैं चाहता था कि सारे परिवार व मित्रों के साथ यह शुभ कार्य संपन्न हो। अब दीपावली पर सब आए हुए हैं। नेहा भी शाम तक आ जाएगी।

देव —कल रविवार व छोटी दीवाली है, अगर मुहूर्त शुभ हो तो कल ही कर सकते हो ?

डॉ. भगवत स्वरूप —-मैं घर सलाह- मशविरा कर व पंडित से मुहूर्त निकलवा कर कल के लिए विचार कर सकता हूँ। पर राकेश बाबू से मुलाक़ात पहले ही ज़रूरी है। तुम ज़रा राकेश बाबू को फ़ोन लगाओ, अगर फ़ुरसत में हैं तो डॉ. जैन से इज़ाजत लेकर आ जाएँगे।

देव —- (फ़ोन मिलाकर) हैलो राकेश ?

राकेश — यस स्पीकिंग।

देव — भाई साहब, मैं हिंदी शिक्षक हूँ, ज़्यादा अंग्रेज़ी नहीं जानता।

राकेश — अच्छा, देव मास्साहब (मास्टर साहब) बोल रहे हैं क्या ? सब अच्छा है, घर में ही हो ?

देव —- और कहाँ ठिकाना मिलेगा ? कुछ फ़ुरसत हैं तो आ जाओ।

राकेश —- फ़ुरसत ही फ़ुरसत है, ख़ाली बैठा मक्खियाँ मार रहा हूँ।

देव — यह काम तो यहाँ आकर भी कर सकते हो ?

राकेश —कोई ख़ास बात है क्या ?

देव—- तुम आओगे तो ख़ास भी कर लेंगे। डॉ. भगवत स्वरूप जी आए हुए हैं तुम्हारे रोके के लिए। मंज़ूर है क्या ?

राकेश —मैं तो बहुत पहले 'रोका' जा चुका हूँ रश्मि द्वारा, अब समारोह भी हो जाए तो और अच्छा है। सभी दीवाली पर मौजूद रहेंगे। ख़ुशियों में इज़ाफ़ा होगा।

देव —तो ज़रा आ जाओ रूपया हाथ में लेने के लिए।

राकेश —अब तुम ही मेरे मालिक हो, जैसा करोगे, मंज़ूर होगा।

देव —-कल सुबह ग्यारह बजे का समय निर्धारित कर लें। छोटी दीवाली है, पवित्र दिन है तो डॉ. साहब को यस कर दूँ ?

राकेश —हाँ-हाँ, नेकी और पूछ- पूछ।

देव —- डॉ. साहब, राकेश को मंज़ूर है। आप पंडित से पूछ कर अपनी तैयारी कर सकते हैं कल सुबह ग्यारह बजे।

डॉ. भगवत स्वरूप —- आपका बहुत धन्यवाद। ऐसी मित्रता कृष्ण-सुदामा की सुनी थी, पर कलियुग में ऐसा उदाहरण अनूठा है कि एक मित्र अपने मित्र का रिश्ता तय कर रहा है, उसकी ग़ैरमौजूदगी में।

देव ——आप जैसे बुज़ुर्गों का आशीर्वाद है। उम्मीद है कि इस रिश्ते से मैत्री और मज़बूत होगी।

डॉ. भगवत स्वरूप— मैं पंडित से सलाह कर शाम तक आपको सूचित कर दूँगा।

बाहर से कार के हार्न की आवाज़ सुनाई पड़ती है।

डॉ. भगवत स्वरूप— आ रहा हूँ बेटी ! अच्छा देव बाबू, मैं चलता हूँ।

देव — जी डॉ. साहब, नमस्कार !

***

5

नेहा का दीपावली की छुट्टियों में घर पहुँचना

डूयूटी के बाद राकेश व देव नेहा को लाने के लिए बस स्टैंड पर पहुँच गए थे और हिसार वाले काउंटर पर बैठकर बातों में मस्त हो गए थे।

राकेश —देव भैया, अब तुम ही कल के समारोह के मुख्य कार्यभारी होंगे, वैसे तो राजीव व कांति भाई भी शामिल होंगे पर तुम्हारी ज़िम्मेदारी जवाबदेही वाली होगी ?

देव —-तुम चिंता मत करो, मैं सब संभाल लूँगा।

राकेश —अब और किसी को भी बुलाने की ज़रूरत है, कोई रिश्तेदार बगैरह।

देव —- वैसे तो कोई भी समारोह बिना भीड़ भाड़ के नहीं सजता पर त्यौहार के मौक़े पर आना ज़रा मुश्किल सा हो जाता है। तुम अगर चाहो तो मामा जी को बुला सकते हो। नज़दीक भी हैं व मामा जी का हमें सहारा भी रहेगा।

राकेश —-डॉ. भगवत स्वरूप जी का जब तुम्हारे पास फ़ाइनल का समाचार आ जाए तो तुरंत मुझे बताना ताकि मैं मामा जी को आमंत्रित कर सकूँ।

देव —ओ. के., मैं बिना देरी किए तुम्हें सूचित करूँगा। छः बजने को आए हैं, अभी तक हिसार- यमुनानगर बस नहीं आई है।

राकेश —-तुमने पुकारा और हम चले आए रे !

देव —- वाह ! इसे कहते हैं 'ख़ुशी'। राकेश भैया, बहुत दिनों के बाद तुम्हारे चेहरे की चमक रंगीन हुई देख पा रहा हूँ। क्या चमक है? बस स्टैंड की लाइटें ऑन हो गई है।

(दोनों खिलखिलाते हुए हँसते हैं।)

राकेश—— उधर देखो, वही बस है न जिसके लिए मैं गुनगुना रहा था। नेहा इसी बस में होगी ?

देव — हाँ चलो, उधर ही चलते हैं। (दोनों बस के अंदर घुसते हैं व नेहा को सीट पर बैठे देखकर)

राकेश —- क्या हुआ नेहा, तुम बैठीं हो अभी तक? अपना शहर आ गया है, आओ नीचे उतरो।

नेहा —भैया, मैं आपकी इंतज़ार कर रहीं थीं, बैग काफ़ी भारी हो गया था। पहले ही मेरा कंधा व बाज़ू दर्द कर रहे हैं।

राकेश —कहाँ है बैग ?

नेहा —यह सीट के सामने ही है।

देव —ठहरो, मैं निकालता हूँ, तुम नेहा के साथ बस से उतरकर गेट की तरफ़ चलो, हम गेट से ही रिक्शा लेंगे।

नेहा — देव भैया नमस्ते ! तुम भिवानी से कब आए ?

देव —- मैं कल ही आया था लगभग इसी समय। अब घर चलकर सभी बातें करेंगे। (गेट से बाहर आकर रिक्शा में सवार होते हैं, फ़ोन की घंटी बजतीं है) हैलो, कौन साहब बोले रहे हैं ? (दूसरी तरफ़ से) मैं डॉ. भगवत स्वरूप बोल रहा हूँ।

डॉ. भगवत स्वरूप — देव बाबू, हमने जो विचार किया था, उसके मुताबिक़ ही कल समारोह का आयोजन होगा।यह निश्चित समझिए पंडित ने ग्यारह के साथ सवाई लगाने को कहा है, सवा ग्यारह फ़ंक्शन शुरू होगा। हम सब आपके पास ग्यारह बजे पहुँच जाएँगे।

देव —- डॉ. साहब, आपको बहुत-बहुत मुबारक। समारोह का आयोजन घर में ही करें या किसी मैरिज पैलेस में ?

डॉ. भगवत स्वरूप — यह समारोह इतना बड़ा नहीं होता, सिर्फ़ रिश्ता पक्का करने का निश्चय दोनों पक्षों की ओर से।

देव —आपका अनुभव ज़्यादा है, हम तो आपके समक्ष अभी बालक की तरह हैं।

डॉ. भगवत स्वरूप — राकेश बाबू आपके पास हैं क्या ? मैं उनसे बातचीत करना चाहता हूँ।

देव — हाँ सर ! मेरे साथ ही रिक्शा में विराजमान हैं। नेहा के साथ बस स्टैंड से घर आ रहे हैं।

राकेश —- फ़ोन लेकर, नमस्ते डॉ. साहब !

डॉ. भगवत स्वरूप —नमस्ते राकेश बाबू! आप ख़ुश हैं न रिश्ता होने पर ?

राकेश —हाँ सर ! देर-सवेर यह तो होना ही था। आपसे रिश्ता जुड़ने पर बहुत प्रसन्न हूँ।

डॉ. भगवत स्वरूप—आपसे रिश्ता जुड़ना एक संयोग है और इस संयोग के जनक हैं देव बाबू।

राकेश —- वे मेरे मित्र ही नहीं, बड़े भाई की तरह हैं।आज के ज़माने में ऐसा विश्वसनीय आदमी दीपक लेकर ढूँढने से भी नहीं मिलता ?

डॉ. भगवत स्वरूप—- नेहा से बात करवाओ एक बार।

नेहा —- (फ़ोन लेकर) हैलो अंकल, नमस्ते !

डॉ. भगवत स्वरूप— नमस्ते बेटी, मैं तुम्हारा बड़ा अंकल हूँ अभी हिसार से आ रही हो ? कल हम तुम्हारे घर आएँगे, दीवाली की मिठाई खिलाओगी न ? राकेश भैया से कहना मँगवा के तैयार रखे। हम कई आदमी आएँगे, मिठाई भी लाएँगे तुम्हारे लिए।

नेहा —- थैंक्यू बड़े अंकल ! आपका स्वागत करके हमें ख़ुशी होगी। (फ़ोन बंद कर देव को देती हैं) भैया, ये बड़े अंकल हमारे घर मिठाई लेकर क्यों आएँगे ? कह रहे थे कि हम कई आदमी आएँगे, कोई ख़ुशी की बात है क्या ?

राकेश —लो नेहा, अपना घर आ गया, सब बातें घर में बैठकर करेंगे। देव, बैग को ज़रा हाथ लगवाना।

देव ——हाँ, मैं आ रहा हूँ। नेहा बहन, ये बैग इतना भारी कैसे हुआ ?

नेहा —- मैं हिसार से भैया के लिए कुछ मिठाई लाई हूँ व हाँसी से भी पेड़ा ख़रीदने का चांस मिल गया। मेरी एक फ्रैंड को हाँसी तक ही आना था, मैंने उसे बोला था कि अपने पापा से कहना कि दो किलो का पेड़े का डिब्बा लेकर रखेंगे, वह भी बैग में भर गया, तो भारी होगा ही। मिठाई तो वैसे भी भारी ही होती है न ? (दोनों ठहाका लगा कर हँसते हैं)

नेहा —(रूआंसी सी होकर) भैया, आप मेरी बात पर हँस क्यों रहे हैं ? क्या मैंने कुछ अटपटा कह दिया है ?

राकेश —- हाँ नेहा बहन, अटपटा नहीं, मासूमियत भरा कहा है जो सबको अच्छा लगता है। मिठाई भारी तो होती है पर तोल में नहीं, खाने में भारी होतीं है। तोल तो सबका बराबर ही होता है। अच्छा बताओ- एक किलो रुई व एक किलो लोहे में कौन भारी होता है ?

नेहा —- वैरी सिंपल भैया, लोहा ही भारी रहेगा। (दोनों फिर हँसते हैं) क्या मैं ग़लत हूँ भैया ?

देव —- नेहा बहन, जब दोनों का वजन बराबर है तो लोहा भारी कैसे हुआ ?

नेहा —- देव भैया, रूई को दीवार पर पटको, कुछ नहीं होगा ? अब लोहे को दीवार पर दे मारो, चकनाचूर हो जाएगी दीवार। बोलो, लोहा भारी हुआ कि नहीं ?

राकेश — कमाल है नेहा ! तुमने तो हम दोनों को हमारी हंसने की मूर्खता का अहसास करवा दिया। अब खिलखिला कर हंसने की बारी तुम्हारी है।

नेहा —— नहीं भैया, बड़ों की गलती का उपहास नहीं उड़ाते।

राकेश — वाह रे मेरी प्यारी बहना, कल तुम्हारे लिए भाभी लाएँगे।

नेहा - मैं अब समझ गईं भैया, ऑटो रिक्शा में फ़ोन पर जो मारामारी चल रही थी व बड़े अंकल कई आदमियों के साथ आने व मिठाई लाने की बात कह रहे थे, कुछ न कुछ राज की बात ज़रूर है।

राकेश —- अब राज की बात तो हमने बता दी, अब तुम बताओ कि भाभी डॉक्टर हो या मास्टर ?

नेहा —- डॉक्टर को तो डॉक्टर ही चाहिए, मुझे भी डॉक्टर भाभी चाहिए ।मैं कल ही भाभी से मिलूँगी और तुम दोनों की शिकायत करूँगी कि ये दोनों मेरी हंसी उड़ाते हैं। बोलो, क्या कर दूँ शिकायत ?

राकेश व देव—(दोनों अपने अपने कान पकड़कर) भविष्य में नहीं करेंगे, इस बार माफ़ कर दो बहना।

नेहा —- चलो माफ़ किया। अब डिनर का टाईम हो गया, सब डिनर करेंगे ।लंच के बाद से कुछ नहीं खाया है मैंने ?

राकेश —- अभी आठ बजने वाले हैं, डिब्बे वाला लड़का आने वाला है। मैंने उसे तीन खाने लेकर आने को कहा था। जब तक वह आए, तुम एक सेब खा सकती हो ?

नेहा —- हाँ, यहीं ठीक रहेगा, मैं फ्रिज में से ख़ुद ही ले लूँगी।

देव ——-राकेश भैया, मामा जी को फ़ोन करके निमंत्रण दे दो और (कांति व राजीव का प्रवेश)

राजीव —- और क्या भाई साहब, आपने बुला लिया और हम चले आए। हम तो बिना निमंत्रण दिए भी आने वाले थे।

राकेश —- कल दस बजे दोनों की उपस्थिति यहाँ ज़रूरी है।

कांति ——ज़रूरी है तो ज़रूर आएँगे। ज़रूरी काम तो ज़रूर करेंगे।

देव —- वाह ! कांति भाई, क्या यमक मारा है।

कांति — दूसरे कमरे से टीवी चलने की आवाज़ आ रही है ?

राकेश — हाँ, नेहा बहन आई हुई हैं, मिल लो।

कांति व राजीव दोनों दूसरे रूम में जाकर —- अरे नेहा बहन, तुम कब आई हो ?

नेहा —- कांति व राजीव भैया, दोनों को नमस्ते ! मैं कुछ देर पहले ही आई हूँ।

राजीव —वैरी गुड, हम सब लोग इकट्ठे होकर दीवाली मनाएँगे, बम - पटाखे चलाएँगे।

नेहा —- हाँ भइया, इस बार दीवाली ख़ास होने वाली है।हम सब बड़े रंग चाव से यह त्यौहार सेलिब्रिट करेंगे।

कांति —- इस बार क्या ख़ास होगा नेहा बहन ?

नेहा —— भैया ने आप दोनों को कल बुलाया है न, तभी पता चलेगा।

कांति —- नहीं नेहा, तुम हमसे कुछ छुपा रही हो, कुछ विशेष है तो बताओ ?

नेहा —— भैया राकेश डॉक्टर मारेंगे, तुम उन्हीं से पूछ लो या देव भैया से पता कर लो, वे यहाँ के इंचार्ज बनाए गए हैं।

राजीव —- राकेश भैया के हम कान काट देंगे अगर हमारी छोटी सी, प्यारी सी बहन को कुछ कहा तो ? हम कोर्ट में रहते हैं न, हमसे सब डरते हैं।

नेहा —- आप वही वकील हैं न जो काले कोट पहनते हैं।

राजीव —हाँ बहन, हम काले कोट पहन कर काले कारनामे करने वालों की पिटाई करते हैं।

नेहा —- तो राकेश भैया ने कौनसा काला कारनामा किया है जो तुम उसके कान काट लोगे ?

राजीव ——राकेश भैया वह सब हम मित्रों से छिपा रहे हैं जो तुम भी हमें बताना चाहती हो।

नेहा —- भैया आपको सरप्राइज़ देना चाहते होंगे। अभी काम में व्यस्त हैं, थोड़ी देर में सब बता सकते हैं।

(दोनों राजीव व कांति बाहर आकर राकेश के पास बैठकर)

राजीव —- क्या चल रहा है राकेश भाई ?

राकेश —- तुम नेहा से मिल चुके क्या ? कुछ मालूम हुआ कि क्या गतिविधियाँ चल रही है ?

कांति —- दोस्तों से कब तक छुपाओगे डॉ. साहब ?

देव —- कल डॉ. राकेश का 'रोका' होगा। हम सब उसी की तैयारियों में जुटे हैं।

कांति —अच्छा, शुभ मुहूर्त आ ही गया।मुबारक हो डॉक्टर साहब ! अब नदी किनारे के पेड़- पौधे हमारे मित्र बनेंगे।उन्हें तो हरदम कोई न कोई मित्र मिल ही जाता है।

देव—- अभी "रोका' है, शादी नहीं ?

कांति - रोका होगा तभी शादी होगी लेखक महोदय ? राकेश बाबू, रश्मि ही हमारी भाभी बनेगी न ?

राकेश ——हाँ, तुम कहाँ चूकने वाले हो, सब समाचार रखते हो।

कांति —- तो आज तनेजा साहब के पास चला जाए ? क्यों देव बाबू ?

देव — तनेजा रेस्टोरेन्ट फिर चलेंगे, आज आपके पास चलेंगे। मैं आपके पास रात्रि विश्राम करूँगा व कल सुबह दस बजे दोनों आ जाएँगे। क्यों राकेश बाबू?

राकेश —हाँ, तुम आज के लिए कांति के पास ही विश्राम लो।

(राजीव, कांति व देव का प्रस्थान)

***

6
दीपोत्सव पर शुभम व शिवि का अपने-अपने घर पहुँचना

अब सभी दीपावली त्यौहार मनाने की तैयारियों में जुटे थे।आज धनतेरस का पवित्र दिन था। लोग सोना - चाँदी व बर्तन की ख़रीद कर रहे थे। शुभम अपने मम्मी- पापा के साथ ख़रीदारी में व्यस्त था। उसने सर्राफ़ा मार्केट से शिवि के लिए एक रिंग ले ली थी व मम्मी रंजना को बता दिया था कि उसने अपने कॉलेज में ही एक लड़की पसंद कर ली है। अब खबर पापा तक तो जाएगी ही ? पिता रंजन गुप्ता चाहते थे कि अपने लाड़ले की शादी उसके पसंद के परिवार में हो पर जब रंजना ने बताया कि शिवि के लिए शुभम ने अंगूठी ख़रीद ली है तो पिता ने पूछा - क्या तुम शिवि के परिवार व अन्य रिश्तेदारों के बारे में कुछ जानते हो तो शुभम ने उत्तर दिया कि शिवि के पिता जी अपने शहर अंबाला कैंट में टेलीफोन विभाग में जूनियर इंजीनियर हैं। माँ कीं कोविड-19 के कारण कुछ समय पहले मृत्यु हो गई थी तब पिता ने दूसरी शादी कर ली थी।

रंजन गुप्ता— बेटा, तुम्हें सिर्फ़ लड़की ही मिल सकती है, ससुराल नहीं ? मैं नहीं चाहता कि तुम ससुराल के बिना दामाद बनो।

शुभम—- पापा जी, मैं किसी भी हालत में शिवि को अपना रहा हूँ। हम दोनों ने साथ जीवन बिताने का निश्चय कर लिया है।

रंजन —- अगर तुम्हें मेरी सलाह की कोई परवाह नहीं है तो मुझे कोई एतराज़ नहीं है क्योंकि इस हालत में हर प्रेमी- प्रेमिका माँ- बाप को इग्नोर करते ही हैं। अब तुम बच्चे तो रहे नहीं जो उँगली पकड़कर दुल्हन के पास ले जाऊँ लेकिन बाद में दोष हमें मत देना कि हमने तुम्हें नेक सलाह नहीं दी थी।

उधर शिवि के घर पहुँचने पर ख़ुशियाँ बढ़ गईं थीं। मौसी उसे देखकर जैसे हरी हो गई थी। शिवि को जैसे कोई आशंका सी होने लगी थी मौसी की ख़ुश देखकर। शिवि का संदेह वाक़ई सत्य सिद्ध हुआ जब मौसी की बहन का

लड़का जो इंजीनियरिंग में स्नातक था पर थोड़ा विक्षिप्त सा हो गया था, अपनी मौसी के पास आकर ऊलजलूल हरकतें करने लगा ।मौसी ने शिवि को उससे संबंध बढ़ाने को कहा व उसकी विक्षिप्तता को महज़ भोलापन करार दिया । शिवि का माथा ठनका व सोच - विचार कर शांत रहते हुए सब कुछ देखते रहने का मन बनाया । जैसे- तैसे धनतेरस का दिन बीत गया व छोटी दीवाली का सवेरा निकला । मौसी ने शिवि को धमकाया कि राजू रात भर कमरे का दरवाज़ा पीटता रहा, तुम्हारे कान पर जूं तक नहीं रेंगी ?

शिवि — हाँ मौसी जी, मैंने दरवाज़े की खटखटाहट सुनी थी पर कोई आवाज़ नहीं आईं तो पुनः सो गईं।

मौसी — आज ध्यान रखना, राजू न भी बोले तो दरवाज़ा खोल देना व किसी प्रकार का शोर- शराबा न करना ?

शिवि —- मौसी जी, यह आप क्या कह रही है ?

मौसी —- मैं जो कह रही हूँ, सोच समझ कर कह रहीं हूँ ।मैंने अपनीं बहन को राजू के तेरे साथ रिश्ते की बात तय कर दी है। अब तुम्हें अपना सर्वस्व राजू को अर्पित करना होगा ? न मानने पर मुझसे बुरा कोई नहीं होगा ? मैं नहीं चाहती कि मेरी सलाह न मानने वाला कोई प्राणी इस घर में रहे।

शिवि —- पिता जी, क्या आप यह सब उचित मानते हैं ? अभी तो मैं ट्रेनिंग कर रही हूँ।

मौसी —- कोई ट्रेनिंग बगैरह नहीं ? राजू की सेवा करना ही तुम्हारी ट्रेनिंग होगी।

शिवि —- पिता जी, आप सब सुन रहे है फिर भी चुप्पी साधे हुए हैं। क्या यही दिन दिखलाने के लिये मुझे पैदा किया था, पाला - पोषा व यहाँ तक बड़ा किया, बाँहों के झूले में मुझे झुलाया। मैं जब हँसती- गाती खेलकर लौटतीं, तब मुझे गले लगाकर प्यार से मेरे सिर पर हाथ फेरते और कहते- राजकुमार लाऊँगा अपनी शिवि लाड़ली के लिए। क्या यह राजू ही आपका राजकुमार है ? पापाजी, एक बार बचपन में आपस में लड़ने पर माँ ने मुझे डाँटा था तब आपने माँ को धमकाकर मुझे अपनी गोदी में बिठा लिया था। आज आपकी गोदी मेरे

लिए बेगानी क्यों हो गई, क्यों बेगानी हो गई पापा जी ? मौसी जी, आप मुझसे किस जन्म का बदला ले रही हैं। क्या मैं इस विक्षिप्त के काबिल ही रह गई हूँ ?

मौसी — ख़बरदार ! जो मेरे चाँद से बेटे को विक्षिप्त कहा, इंजीनियरिंग ग्रेजुएट है मेरा लाड़ला। शादी के बाद बिल्कुल ठीक हो जाएगा। तुम भी मेरा धन्यवाद करोगी।

शिवि—- मौसी जी, आपकी ऐसी क्या मजबूरी है जो राजू के साथ मुझे बाँध रही हो, और इंजीनियर लड़कियाँ भी तो मिल सकती हैं राजू के लिए।

मौसी —- मेरी बहन ने मेरी शादी तुम्हारे पिता जी के साथ इसी शर्त पर करवाई थीं कि मैं राजू के लिए शिवि को सुपुर्द कर दूँगी।

शिवि —-बहुत बड़ा सौदा कर लिया मौसी जी, पिता- पुत्री दोनों को ही एक डील में ख़रीद लिया। पिताजी आपने शादी से पहले कुछ सोच- विचार तो किया होता, माँ कीं आत्मा भी स्वर्ग में चीत्कार कर रही होगी। (फूट- फूट कर रोने लगती है) माँ, तुमने मुझे जन्म देकर इसीलिए छोड़ा है कि मैं घुट- घुटकर जीती -मरती रहूँ। अब तुम्हें तो ऊपर जगह मिल गई, मैं कहाँ जाऊँ, मुझे न ऊपर जगह है न नीचे ? कोई माँ अपने बच्चों को इस तरह छोड़ कर चली जाती है क्या कि वह कूएँ व खाई के बीच फँसा रहे। माँ, क्या मैं भी आपके पास आ जाऊँ ? दोनों माँ -बेटी जमाने की गर्दिश से दूर फ़िज़ाओं में वास करेंगे। माँ तुम बोलती क्यों नहीं ? चुप क्यों हो पापा की तरह। क्या मैंने इतना बड़ा अपराध किया है जो एक यहाँ और एक वहाँ दोनों रुष्ट हो गए। माँ तुमने कर्तव्यनिष्ठा, परिश्रम, ईमानदारी, सहनशीलता, बड़ों का सम्मान के जो गुण भरे थे, आज मुझे सब बेमानी लग रहे हैं। किसी को उन गुणों से मतलब नहीं, केवल मेरे शरीर से सौदा करना रह गया है। क्यों इतना सुंदर शरीर दिया माँ मुझे, काली - कलूटी ही पैदा कर देती, न कोई चाहता, न कोई विवाद होता ? मौसी जी, क्या आप पापा से सलाह मशविरा कर अपना विचार बदल सकती हैं ? क्या आप मुझ पर दया कर मुझे नरक में डूबने से बचा सकती हैं ?

मौसी —- शिवि, मुझे ज़्यादा नाटक पसंद नहीं, अपनी क़िस्मत पर गर्व करो कि तुम्हें इंजीनियर लड़का मिल रहा है। विक्षिप्त तो सारी दुनिया ही है।

शादी के बाद राजू बिल्कुल ठीक हो जाएगा। डॉक्टर ने मुझे पूरा भरोसा दिया है।

शिवि —- मौसी जी, शादी के बाद राजू ठीक हो या न हो, मैं अवश्य विक्षिप्त हो जाऊँगी पर इससे आपको क्या फ़र्क़ पड़ता है। आपकी ममता तो राजू के साथ जुड़ी है। मैं तो आप के लिए जीते मांस का खिलौना भर हूँ।

मौसी —ज़्यादा नौटंकी करने का प्रयास मत करो। दीवाली का त्यौहार है कल, तुम्हारी वह दीवाली की रात सुहाग रात होगी।

शिवि —-मौसी जी, पिता जी, यह कैसा फ़रमान है ? पिता जी, आप चुप रहने पर विवश हैं। एक दिन आप भी मुझे व माँ को याद करके आंसू बहाओगे लेकिन मेरी तरह ही आपकी आवाज़ भी कोई नहीं सुनेगा, कोई सुनने वाला नहीं रहेगा ? तब तुम पछताओगे पर उस समय बहुत देर हो चुकी होगी पापा जी। आज छोटी दीवाली है, मुझे कल दोपहर तक का समय दीजिए मौसी जी, मैं अपना निर्णय बता दूँगी।

मौसी —मुझे मेरी शिवि पर पूरा विश्वास है कि वह दोनों परिवारों की आबरू सुरक्षित कर लेगी ?

शेखर—-हाँ बेटी, इसी में सब की भलाई है।

शिवि —पापा जी, आप का मुँह तो खुला, अपनी बेटी के लिए। मैं आपकी सलाह पर विचार करूँगी व कोशिश करूँगी कि आपको खुश खबरी दूँ। मौसी जी, मुझे भी परिवार की मान- मर्यादा का ख्याल है, मुझे कल तक का वक़्त दीजिए।

मौसी —— कितनी अच्छी है मेरी शिवि बेटी, क्यों शिवि के पापा ?

***

7

डॉ. राकेश की 'रोका' सेरेमनी

राज तनेजा ने आगंतुकों, मेहमानों के जलपान व सेवा की पूरी ज़िम्मेदारी संभाल रखी थी। दो बैरे जल- सेवा, एक चाय- कॉफी व दो स्नैकस की ट्रे लेकर घूमते हुए दिखाई पड़ रहे थे। मेहमानों का जुटना शुरू हो गया था। नेहा व राकेश ने सुबह- सवेरे जागकर घर में काफ़ी एडजस्टमैंट कर ली थी। अब कुछ अतिरिक्त कुर्सियों व दो सोफ़ा सैट के लिए टेंट हाउस को फ़ोन घुमा दिया था। देव, कांति ठीक नौ बजे राकेश के घर पहुँच गए थे और अब वे मिठाई के बॉक्स लाने के लिए मार्केट चले गए थे। सफीदों से मामा नरेंद्र वत्स पहुँच गए थे।राजीव के माता-पिता, राज तनेजा की पत्नी, लड़की, डॉ. ज्ञान चंद्र जैन, उनकी पुत्रवधू व कई अन्य सदस्य मेहमान थे।

अब ग्यारह बज चुके थे, डॉ. भगवत स्वरूप पूरे ताम -छाम के साथ तैयार थे।यमुनानगर से डॉ. समीर, भिवानी से पं० शंकर प्रसाद, पुत्री दिव्या के साथ पधारे थे। आलोक शर्मा ने माँ भवानी का उद्घोष किया और गाड़ियों का क़ाफ़िला रवाना हो गया। दस मिनट से भी कम समय में सब डॉ. राकेश के घर में मेहमान थे। डॉ. भगवत स्वरूप अपने पुराने साथी पूर्व विधायक नरेंद्र वत्स को देखकर बोले — नमस्कार एम. एल. ए. साहब !

नरेंद्र वत्स—- हमारे भानजे को अकेला देख कर फँसा लिया डॉ. साहब ?

डॉ. भगवत स्वरूप —- आप भी तो हमारे ही हैं फिर भानजा कहाँ जाएगा ? लड़का- लड़की दोनों डॉक्टर हैं। हम तो निमित्त मात्र हैं, जोड़ी तो ऊपर वाले ने ही बनाई है।

नरेंद्र वत्स —- बिल्कुल सही कहा, हमारा भानजा गऊ की तरह शरीफ़ हैं व होशियार तो है ही।

डॉ. भगवत स्वरूप —- अब पधारिए सोफे पर, सवा ग्यारह बजे का मुहूर्त है।

नरेंद्र वत्स —- हाँ, आप शुभ काम आरंभ कीजिए (अंदर से औरतों के गीतों की आवाज़ आने लगी है) राकेश बेटा, आओ इस चौकी पर बैठो।

नेहा —- लो भैया, यह तौलिया अपने कंधे पर रख लो।

राकेश —-नेहा, देव -कांति व राजीव भैया कहाँ हैं, सब को बुलाओ।

नेहा — वे सब दिव्या के पापा से बतिया रहे हैं, मैं बुला कर लाती हूँ।

(पास जाकर)

देव भैया, ये सब बातें आज ज़रूरी हैं क्या ? राकेश भैया सब को बुला रहे हैं।

देव — हाँ, नेहा बहन, ये तुम्हारी होने वाली भाभी के मामा जी हैं, इन्हें प्रणाम करो ?

नेहा —-नमस्ते अंकल, आप भी सभी के साथ फ़ंक्शन वाली साईट पर चलिए।

महिला - संगीत की धुन ऊँची हो रहीं थीं। डॉ. भगवत स्वरूप ने अपने बेटे आलोक को तिलक के लिए सजी थाली दी व राकेश बाबू को तिलक करने को कहा ?

आलोक—-बाबू जी, आप परिवार के सबसे बड़े हैं अत: आप ही यह ज़िम्मेदारी निभाएँ।

डॉ. भगवत स्वरूप —क्यों वत्स जी, यह सब मुझे ही करना चाहिए, दस्तूर क्या कहता है ?

नरेंद्र वत्स —हम तो राजनीतिक लोग हैं, हमारे यहाँ कोई दस्तूर काम नहीं करता? पं० शंकर प्रसाद शायद अच्छी तरह से बता पाएँगे।

शंकर प्रसाद— वैसे तो कन्या के लिए पिता ही सब कुछ करने का अधिकारी है फिर भी यदि घर में कोई बुजुर्ग हैं तो सम्मान के तौर पर आशीर्वाद व तिलक की ज़िम्मेदारी उन्हे सौंपी जा सकती है ?

आलोक —पिता जी, अब आप ही तिलक की रस्म अदा करें,लो यह पूजा- सामग्री व तिलक की थाली।

डॉ. भगवत स्वरूप—— नारियल व चाँदी का सिक्का कहाँ है ? इसी थैली में है क्या है जो चौंकी के पास रखी है ?

आलोक —- जाँच कर पिताजी को सौंपते हुए, हाँ यही है।

डॉ. भगवत स्वरूप- राकेश के मस्तक पर तिलक देकर अक्षत लगाकर नारियल व चाँदी का सिक्का भेंट करते हुए — लो बेटा, आज से आप हमारे रिश्तेदार हो गए, हमारे परिवार में शामिल हो गए।

(मुँह मीठा करवाकर चार मिठाई के बॉक्स सौंपते हैं।)

नेहा —- मौसा जी (आलोक शर्मा) ये दो मिठाई के बॉक्स हमारी तरफ़ से शगुन के लिए।

आलोक —- तुम नेहा बिटिया हो न ?

नेहा —- हाँ मौसा जी, रश्मि प्यारी भाभी की ननद।

सभी हँसते हैं व तिलक की रस्म पूरी होने पर तालियाँ बजाते हैं, डॉ. भगवत स्वरूप व नरेंद्र वत्स दोनों गले मिलते हैं। राकेश दोनों के चरण स्पर्श कर आशीर्वाद लेता है। आलोक शर्मा के पास जाकर उनके चरणों में अभिवादन करता है।

नेहा —राकेश भैया, मेरे पाँव भी छुओ, मैं कुल की कन्या हूँ।

राकेश बहन नेहा के पाँव छूकर उसे गले लगा लेता है। रश्मि मौक़े का लाभ उठाते हुए महिलाओं के समूह से बाहर आकर नेहा के चरण स्पर्श करती है।

नेहा — नहीं भाभी ? बड़ी भाभी तो माँ के समान ही होती है। तुम मुझे बस प्यार से गले लगाओ। आज अगर माँ होती तो इधर-उधर ख़ुशी में पागल हुई घूमती दिखाई देतीं, भगवान ने मुझसे मेरी माँ व पिता को निर्दयता से छीन लिया।

देव — आओ नेहा बहन, हम तुम्हें मौसी जी, रश्मि भाभी की माँ से मिलवाते हैं।

नेहा —- देव भैया, माँ के स्वरूप तो बहुत मिल जाएँगे पर माँ की ममता, माँ का दुलार कहाँ से मिलेगा ? मेरी माँ, ममता की साकार मूर्ति थी देव भैया। (रोने लगती है)

देव —- माँएं तो सभी की ममता- दुलार एवं त्याग की मूर्ति होती हैं। माँ अपने बच्चों के लिए सब कुछ बलिदान कर देती हैं। तुम मन मैला मत करो नेहा बहन, अगर राकेश ने सुन लिया तो उसकी हालत तुम्हारे से भी ज़्यादा ख़राब हो जाएगी। (अंजना व रश्मि दोनों आकर नेहा को अपने साथ महिला-मंडली में ले जाती हैं।)

अंजना —- आज से तेरी माँ मैं हूँ बेटी। तुझे माँ की कमी नहीं होने दूँगी ?

नेहा —मौसी जी, माँ की कमी तो भगवान स्वयं भी पूरी नहीं कर सकते ? जन्म देने वाली माँ ही माँ होतीं है, पालने वाली नहीं।

अंजना— नेहा बेटी, माँ कोई भी हो भगवान का ही रूप होतीं है अपने बच्चों के लिए।

नेहा —--हाँ मौसी जी, आप मेरी बात को ही स्वीकार कर रही हैं। आपने सुना होगा की जब राजा ने दो महिलाओं के दावा करने पर बच्चे के दो टुकड़े कर प्रत्येक को एक-एक टुकड़ा देने का फ़रमान सुनाया तो असली जन्म देने वाली माँ ने तुरंत कहा, "मेरे बच्चे को मत काटो, उसे ही सुपुर्द कर दो। जीवित रहेगा तो कभी देख तो लूँगी।" राजा बुद्धिमान था और उसने तुरंत बच्चा उसी महिला को सौंपने का आदेश जारी किया व मिथ्या दावा करने वाली महिला को लताड़ लगाकर भगा दिया।

अंजना — बेटी, हमारी सांस्कृतिक विरासत विश्व में सर्वोपरि है, अनेकों उदाहरण त्याग व बलिदान से भरे पड़े हैं। कृष्ण का पालन माँ यशोदा ने ही किया था, सारा संसार साक्षी है, कितना प्रेम व ममता लुटाई थी यशोदा ने।हम

सब तुम्हारा मन लगाने का भरसक प्रयास करेंगे और तुम्हें भी स्वयं को सँभालना होगा ?

नेहा—— हाँ मौसी जी, अब माँ तो लौट नहीं सकती, कहाँ खो गई मेरी माँ ? फिर फूट- फूट कर रोने लगतीं है।

अंजना —- रश्मि बेटी, तुम शांत करवाओ नेहा को।

रश्मि —- नेहा, अब चुप करो मेरी प्यारी ननद !

नेहा —-ठीक है भाभी जी, पर मैं पूछना चाहतीं हूँ कि परलोक गए प्राणी ऐसे समय ही क्यों याद आते हैं ? क्या वे हमें कुछ याद करवाते हैं या कुछ माँगते हैं?

रश्मि —— हमारे दिवंगत पूर्वज किसी वस्तु के नहीं श्रद्धा भाव के चाहने वाले होते हैं। तुम्हें जो चार बॉक्स मिठाई के मिलें हैं उनमें से दिवंगत पूर्वजों के लिए सबसे पहले निकाल देना व फिर सब को बाँट कर देना।

नेहा —- ठीक है भाभी, अब मैं भी ठीक हूँ। चलो तुम्हें भैया से मिलवाती हूँ।

रश्मि —- नेहा, वहाँ सब लोग बैठे हैं, क्या सोचेंगे ?

नेहा —- कुछ नहीं सोचेंगे बल्कि खुश होंगे। चलो मेरे साथ, डरती हो भैया से मिलने में ? (राकेश के पास आकर) भैया, भाभी आई हैं।

राकेश —- हाँ रश्मि, आओ ! अब हमें एक साथ रहने, होने का आशीर्वाद बुजुर्गों से मिल गया है। अब संकोच त्याग कर मुझसे मिल सकती हो।

रश्मि, राकेश के पास आकर चरण स्पर्श करती है, राकेश दोनों भुजाओं से ऊपर उठा कर रश्मि को गले लगा लेता है। तालियों से वातावरण गूंज उठता है, पुष्प वर्षा होतीं है व मोबाइल, कैमरों की क्लिक सुनाई देने लगती है।

देव —— (नरेंद्र वत्स से) मामा जी, खुश हो न ? यह मिठाई का बॉक्स आपके घर ले जाने के लिए है। सभी मेहमान कृपा करके 'तनेजा रेस्टोरेन्ट' से लंच लेकर ही प्रस्थान करेंगे। राजीव व कांति भैया, सभी मेहमानों को फल व

मिठाई का एक-एक गिफ़्ट पैक भेंट करो। सभी का समारोह में पधारने व दोनों एक सूत्र में बंधने जा रहे राकेश व रश्मि को आशीर्वाद देने के लिए धन्यवाद।

(सभी लोग राकेश व रश्मि के पास आकर बधाई देकर जाने लगते हैं।)

डॉ. भगवत स्वरूप —- राकेश व नेहा बेटी, यह छोटी दीवाली का पर्व तुम्हारे जीवन में बड़ी ख़ुशियाँ लेकर आए। रश्मि का कोर्स पूरा होते ही हम तुम्हें अकेला नहीं रहने देंगे ? नेहा, तुम हमारे साथ चलो बेटी, वहाँ अश्मि व अपनी भाभी के साथ तुम्हारा दिल लगा रहेगा।

नेहा —- भैया कहेंगे तो जा सकतीं हूँ ?

राकेश —- नेहा, अगर तुम्हारा दिल है तो चली जाओ, कल सुबह ही आ जाना।

नेहा - ठीक है भैया, मैं जा रही हूँ।

***

8

शिवि का घर से पलायन

दीपावली के पावन अवसर पर सभी लोगों ने अपने घरों को खूब साफ़-सुथरा व सजावट से भरपूर कर लिया था। राकेश, कल हुई आवाजाही की सैटिंग में जुटा था। टैंट हाउस का सामान कल सायं को ही लौटा दिया था, अब नाश्ता करने के लिए रेस्टोरेन्ट जाने का मन बना पर लगा कि नेहा पीछे से आ गईं तो परेशान होंगी इसलिए घर में ही चाय बनाकर कल मिली मिठाई का सदुपयोग किया। दोनों मित्र रात्रि में काफ़ी देर तक बतियाते रहे थे।देव ने कल के फ़ंक्शन पर संतोष व्यक्त किया व रात्रि में कुछ लेखन कार्य भी किया था।

राकेश —तुम्हें कैसा लगा फ़ंक्शन ?

देव —- हमारी जिस ढंग की तैयारी थी, उसके हिसाब से कामयाब रहा।बहुत ही शांतिप्रिय व संस्कारी परिवार है डॉ. भगवत स्वरूप जी का, एक दम मिलनसार भी। भिवानी से पं० शंकर प्रसाद जी, यमुनानगर से समीर जी, आलोक जी सबने शालीनता का परिचय दिया।

शुभम, तान्या, देविना सब त्यौहार की ख़ुशियों में मस्त थे। मात्र शिवि ही अपने जीवन की कठिन डगर से गुजर रही थी। आज दिन में पापा व मौसी के साथ शॉपिंग के लिए अनमने से बाज़ार चलीं गई थी। दीवाली के लिए खील-खिलौने, दीपक, मोमबत्तियाँ, फुलझड़ियाँ उसने ख़रीद कर ली थी। अचानक एक शोरूम में मौसी के साथ गईं तो मौसी ने लाल जोड़े का ज़िक्र किया। पहले तो शिवि कुछ हिचकिचाई फिर वक़्त की नज़ाकत को देखते हुए हरा रंग ही चुना। अब मौसी जी को भी विश्वास हो चुका था कि गाड़ी पटरी पर आ रही हैं।

पवित्र पर्व पर लोग मिठाइयों का आदान-प्रदान करते हैं व खुशियाँ आपस में बाँटते हैं। शेखर अपनी नई नवेली पत्नी के साथ सज- धज कर निकल पड़े थे कुछ मिठाई व ड्राई फ़्रूट के डिब्बे लेकर अधिकारियों को गिफ़्ट करने।

शिवि ने सोची समझी रणनीति के तहत वक़्त का फ़ायदा उठाया व ब्रीफ़केस में कुछ कपड़े, नया जोड़ा, शिक्षा के सर्टिफिकेट व कुछ रूपये- पैसे डाले व घर को अलविदा कहा, साथ ही एक चिट्ठी रख छोड़ी कि वह अपनी सहेली कुंती के पास जा रही है, सायं तक लौट आएगी। दस मिनट की ऑटो रिक्शा यात्रा से वह देविना के घर महेश नगर पहुँच गई थीं। देविना हैरान थीं और जब एकांत में शिवि की बातें सुनी तो उसे शॉक लगा।

देविना —- शिवि, यह क्या हो गया ? क्या एक औरत दूसरी औरत के जीवन की दुश्मन हो सकती हैं ? क्या माँ के सिवाय कोई औरत ममतामयी नहीं है ?

शिवि ——देविना दीदी, समय बर्बाद करने का समय नहीं है, मुझे अब क्या करना है ? यह विचार कीजिए। सायं तक का वक़्त है, हो सकता है कि पापा ढूँढते हुए यहाँ तक आ जाएँ या पुलिस में रिपोर्ट दर्ज करवा दें, इससे पहले ही मैं किसी ठोस नतीजे पर पहुँचना चाहतीं हूँ।

देविना —-ऐसी स्थिति में मेरा भी दिमाग़ काम नहीं कर रहा। तुम्हीं बताओ कि क्या प्लानिंग लेकर घर से निकलीं हो ?

शिवि —- शुभम के बारे में तो मैंने पापा जी को कुछ जानकारी साझा की थी अत: वहाँ जाना तो उचित नहीं होगा। मैं सोचती हूँ कि जींद में देव बाबू के पास चलीं जाऊँ, वहाँ डॉ. राकेश व कई और दोस्त हैं उनके, अगर तुम्हें एतराज़ न हो?

देविना —-एतराज़ वाली बात तो है ही पर संकट की इस घड़ी में हम एक दूसरे की मदद न करें, यह भी जायज़ नहीं। क्योंकि शुभम का ठिकाना दूर है, सायं तक वहाँ नहीं पहुँचा जा सकता ? ठीक है तुम जींद ही चली जाओ। वैसे यहाँ तुमने सब प्रयास करके देख लिया, मौसी जी टस से मस नहीं हुई होगी ?

शिवि —- तुम ठीक अंदाज़ा लगा रहीं हो। आज की रात मेरे जीवन की काली रात होतीं अगर मैं वहाँ रहती। मुझे अब तुम्हारे सहारे की बहुत ज़रूरत है।

देविना —-अब देर मत करो, ये कुछ पैसे रख लो, काम आएँगे।

शिवि— (आँखों में आँसू भरकर) औरत का अपना जिस्म ही उसका शत्रु बन गया है, तुम मेरी इतनी मदद कर रही हो, मैं भुला नहीं पाऊँगी ।अभी के लिए अलविदा !

देविना — सब सोच समझ कर कदम उठाना, किसी के साथ अनैतिक व्यवहार से परहेज़ करना ।अपने एक बार नहीं,बार- बार काम आते हैं ।आपस का विश्वास बनाए रखना ज़रूरी व महत्वपूर्ण होता है।

शिवि —- दीदी, जो मुसीबत में साथ देता है, वही अपना होता है। मैं अब अपनों के पास ही जा रही हूँ। मुझे पूरा विश्वास है कि मुझे सहारा मिलेगा व मेरी जीवन नैया को पार लगाने में मेरे अपने साथ खड़े रहेंगे। मुझे आशीर्वाद दो दीदी, मेरी राह में बिछे सब काँटे, फूल बनकर मेरे जीवन में मुस्कान बिखेरें।

देविना — हम सबकी दुआएँ तुम्हारे साथ हैं, भगवान पर भरोसा कर नेक काम करो।

शिवि —- हाँ दीदी, भगवान के सहारे ही है मेरी जीवन नैया।

शेखर बाबू व शालू निश्चिंत होकर मिठाइयाँ बाँटने में लगे थे। शिवि के पॉज़िटिव रूख से उन्हें शकुन - चैन मिला था ।शाम लगभग सात बजे घर लौटे तो दृश्य अद्भुत था। राजू कहीं नज़र नहीं आ रहा था और न ही शिवि का कोई नामोनिशान था। पंछी उड़ गया था पिंजरा ख़ाली था। दोनों ने पूरा घर छान मारा तो देखा राजू शिवि के बेडरूम में फ़र्श पर सोया हुआ था, शायद भूख-प्यास से व्याकुल होकर सो गया होगा ।दोनों ने जगाने की कोशिश की पर नाकाम, आख़िर कुंडी- लॉक खोलकर जगाया तो उसने बताया कि शिवि ने उसे अंदर बंद कर दिया। शेखर व शालू का माथा ठनका, उनके कान खड़े हो गए व ड्राइंग रूम में जाकर देखा तो टेबुल पर एक काग़ज़ का टुकड़ा पड़ा पाया। जिस पर कुछ यूँ लिखा था - "मैं अपनी सहेली कुंती के —— ।" पढ़ कर दोनों परेशान कि अब तक नहीं लौटीं। पर यह कुंती कौन है? कभी सुना नहीं ऐसा उसकी किसी सहेली का नाम। देविना ही उसकी पक्की सहेली है, मैं उसी से पूछताछ करता हूँ।

शेखर —- (फ़ोन मिलाकर) हैलो, देविना बिटिया बोल रही है ?

देविना — (दूसरी ओर से) यस सर, आप कौन बोल रहे हैं ?

शेखर —— मैं शिवि का पापा बोल रहा हूँ, शिवि घर में नहीं है, तुम्हारे यहाँ तो नहीं आई ?

देविना —- अंकल, वह यहाँ आई थीं मुझे दीपावली की बधाई देने व कुछ समय के बाद किसी कुंती सहेली से मिलने की कह कर चली गई।

शेखर —- क्या उसके साथ कोई और भी था, उसने किस कलर की ड्रेस पहन रखी थी ?

देविना—- वह मेरे पास तो अकेले ही आई थी, ड्रेस का मैंने कोई ध्यान नहीं किया। क्या अब तक वह घर नहीं पहुँची है ? कुंती के यहाँ पता कर लें आप ?

शेखर—- हमें कुंती के बारे में कोई जानकारी नहीं है। (फ़ोन बंद कर) शालू, तुम्हें शिवि की किसी कुंती नाम की सहेली का अता पता मालूम है क्या ?

शालू —- मुझे इस तरह की कोई जानकारी नहीं है, हम रात्रि नौ बजे तक इंतज़ार करेंगे वरना पुलिस को सूचना देनी होगी ?

शेखर — बेटी शिवि, यह तुमने क्या किया ? इस उम्र में मुझे परेशान कर रही हो, जहां कहीं भी हो घर आ जाओ।

(शेखर अपने मन व आत्मा में शिवि की आवाज़ सुनते हैं)

शिवि — पापा जी, आपने अपनी लाड़ली को खुद गर्त में धकेला है।आपने पिता का नाता शर्मसार किया है। धिक्कार है ऐसा पिता होने पर !

शेखर —-बेटी, मुझे और शर्मिंदा न करो, मैं मजबूर था, तुम्हारी रक्षा नहीं कर सका ?

शिवि—- एक पिता अपनी पुत्री की रक्षा नहीं कर सका ? उसकी आँखों के सामने उसकी पुत्री का सर्वस्व लुट रहा था और पिता चुपचाप मौन साधे खड़ा था। ऐसी भी क्या विवशता थी कि पिता अपनी पुत्री की आबरू का हरण देखता ही रहा ?

शेखर —- पुत्री शिवि, तुम्हारी मौसी शालू बहुत ख़तरनाक औरत है, अगर मैं उस समय ज़बान खोल देता तो वह मेरी खाल खिंचवा देतीं। मैं दोनों तरफ़ फँस गया हूँ बेटी !

शिवि —- अब आपको मुझे बेटी कहने का अधिकार नहीं रहा, आपने अपनी जमीर पर लॉक लगवा लिया पिताजी। माँ कीं बद्दुआएँ तुम्हें कभी क्षमा नहीं करेंगी ?

शेखर —- शिवानी, तुम्हीं समझाओ शिवि को, वह तुम्हारी बात ज़रूर मानेंगी ?

शिवि —-पापा, लगता है कि माँ को भी आपने बहुत दिक़्क़तें दी हैं।अब हम माँ- बेटी तुम से बहुत दूर जा चुकीं हैं, बहुत दूर जा चुकीं हैं ।आपने बहुत घाटे में सौदा कर लिया पापा जी, पीतल के बदले सोना लुटा दिया।

शेखर—— (चिल्लाकर) नहीं, ऐसा मत कहो बेटी, ऐसा मत कहो ?

शालू —- आप का दिमाग़ ठीक है या बेटी के वियोग में पगला गए हो। अपने आप से ही बात किए जा रहे हो ?

शेखर — शालू, शिवि मेरी आत्मा में प्रविष्ट हो कर मुझे धिक्कार कर चली गई, कहाँ चलीं गई, नहीं जानता, शिवि बेटी, कहाँ हो तुम ?

शालू —- अच्छा हुआ अपने आप चली गई, अगर मैं यह नाटक नहीं करती तो इतने पैसे कैसे बचते, ट्रेनिंग पर हज़ारों रूपए महीने खर्च हो रहा था।

शेखर —- तो तुमने केवल कुछ सिक्कों के लिए मुझसे मेरी बेटी को छीन लिया? इतनी बेदर्द मत बनो शालू ? आख़िर मैं उसका पिता हूँ ?

शालू —— मेरे भी तो पति हो, पिता तो मैं तुम्हें फिर भी बना दूँगी पर याद रखना- पति बड़ी मुश्किल से बने हो।

शेखर —- जो नसीब में लिखा है, मिलेगा ही पर शालू जब आदमी से आदमीयत चली जाती है तो वह केवल मांस का लोथड़ा ही रह जाता है।उसका पति होने का हक़, पिता होने का अस्तित्व छिन्न-भिन्न हो जाता है।

शालू —मैंने मांस के लोथड़े से ही शादी की है। आदमीयत को तो मैंने बहुत बार मरते, झुकते, सिसकते देखा है। बड़ी-बड़ी नैतिकता व इंसानियत की

बातें करने वालों को मैंने वेश्याओं के कोठों पर क़तार बद्ध देखा है। जेलों में बंद देखा है, लोगों के चरणों में गिरकर रहम की भीख माँगते देखा है।

शेखर ——वे लोग इंसान के रूप में जिस्म के सौदागर हैं, उनकी नैतिकता व धार्मिकता की बातें केवल ढोंग एवं पाखंड हैं।

शालू—- हर आदमी जिस्म का सौदागर है, औरत आदमी की वासना पूर्ति की मूर्ति है, एक रूप में तो वह भी घरेलू वेश्या ही है। उसे भी रोज़ आदमी चाहिए और आदमी को भी रोज़ औरत की इच्छा रहती है।ये घर वेश्यालय नहीं तो क्या हैं ? सिर्फ़ फ़र्क़ इतना भर है कि वहाँ सब दिन के उजाले में भी होता है और यहाँ घर में अंधेरे में छिपकर किया जाता है।

शेखर — परिवार वेश्यालय नहीं एक सामाजिक इकाई है, उसका अस्तित्व है, सत्ता है, जबकि वेश्यालय का कोई वजूद नहीं होता। फिर भी मेरे कहने का तात्पर्य यह है कि आधुनिक काल में दक़ियानूसी विचारों का समाज में कोई स्थान नहीं। तुमने कुछ रूपए- पैसे के लिए एक पिता का अहसास होने का कत्ल किया है।

शालू — अगर आप मेरे विचारों से साम्यता नहीं रखते तो मैं अब भी तुमसे किनारा करने को तत्पर हूँ। अब जीवन ही कितना बचा है ?

शेखर —- अपने जीवन, लघु जीवन को सँवारने- सजाने के लिए तुमने एक पवित्र आत्मा पर ज़्यादती की है। एक भोली- भाली बाला का जीवन बर्बादी के कगार तक पहुँचाया है। मैं बहुत गैरतमंद महसूस कर रहा हूँ स्वयं को।

शालू—- तो कल आपकी ज़मीर क्यों नहीं जाग्रत हुई ? यह दिन शायद देखना ही नहीं पड़ता।अब मैं इस घर में पल भर भी नहीं रह सकती। चलो बेटा राजू, कहीं और ठिकाना देखते हैं किसी और मर्द की पत्नी बनकर उसका घर बसाने का सौभाग्य मिलेगा।

शेखर —- शालू, तुमने मुझे अकेलापन में सहारा दिया है, मैं कृतघ्न इंसान नहीं हूँ। अगर तुम इतना सब कुछ होने के बाद भी यहाँ रहना चाहो तो

मुझे ख़ुशी होगी सिर्फ़ शिवि से तालमेल करना होगा। उसका विश्वास बहाल करना होगा ?

शालू —- मैं चलती-फिरती पत्नी हूँ, अब एक ही जगह पर मुझे परेशानी हो रही है, मैं शिवि से क्षमा भी माँग लूँ फिर भी मन में पड़ी गाँठ ढीली नहीं हो पाएगी।

शेखर —- मैं शिवि को भी समझा लूँगा, पहले तुम अपना मन पक्का करो।

शालू —- जब तक आप के दिल में मैं समाई हुई थी तभी तक मेरा अस्तित्व था, अब वह स्थान आपने शिवि को दे दिया है। मैं वजूद बिना नहीं जीना जानती।

शेखर —- तुम्हारे ज्ञान व तर्क से लगता है कि तुम किसी उच्च घराने में जन्म पाई व जीवन में आघात खाई शरीफ़ अबला हो।

शालू —- बहुत देर कर दी शेखर बाबू पहचानने में, अब शिवि भी न जाने कहाँ चली गई होगी,किस हाल में होंगी ? शेखर बाबू, मैं आप लोगों की गुनहगार हूँ, मुझे जाने दीजिए। मैं जिस दुनिया से आई थीं वहीं लौट जाना चाहती हूँ।

शेखर —- शालू, तुम्हें मेरी बात माननी होगी, शिवि को मनाकर लाना होगा। हम फिर से अपने परिवार को ख़ुशियों के संसार में परिवर्तित कर देंगे।

शालू ——- लेकिन शिवि का पता ठिकाना कहाँ हो गया होगा, यह परेशानी का सबब होगा।

शेखर —- तुम इसकी चिंता मत करो, यह मेरा काम है, बस तुम्हें तो अपना दिल मज़बूत कर शिवि से तादात्म्य स्थापित करना है।

शालू —- अब मैं तुम्हारी बात मानने को विवश हूँ। तुम्हारी शराफ़त व प्रेम भाव को देखकर मुझे नतमस्तक होना पड़ रहा है।

शेखर—— हाँ शालू, जो जितना झुक जाता है उतना ही ऊपर चला जाता है। शिवि को तुम अपनी ही बेटी मानो और उसे ऐसा होने का अहसास भी करवाओ।

9

नेहा का रश्मि भाभी के घर आना

नेहा अपनी भाभी के घर ही मेहमान थीं। हर कोई उसका सान्निध्य चाहता था, उसकी भूख- प्यास व ज़रूरतों का ख़्याल रख रहा था। दिन में वह काफ़ी देर तक अश्मि के साथ बातचीत में व्यस्त रही। उसने अपने व उसके स्कूल की जानकारियाँ साझा की। शाम को अश्मि उसे अपनी एक सहेली के घर लेकर गई जहां एक घंटे से भी ज़्यादा समय बिताया। अब रात्रि में डिनर का टाइम हो गया था, भूख के कारण नेहा विह्वल सी हो रही थी।

अंजना मौसी ने खाना टेबुल पर सजा दिया था। रश्मि, अश्मि व नेहा ने भरपेट भोजन किया व अपने -अपने रूम में चलीं गई। नेहा, भाभी के साथ ही गई थीं व उसने वहीं सोने की इच्छा व्यक्त की थी। कुछ समय बाद ही आलोक व डॉ. भगवत स्वरूप भी घर आ गए थे व खाना लेकर रोज़ाना की तरह सारा परिवार एक स्थान पर एकत्रित था।

डॉ. भगवत स्वरूप—नेहा बेटी कहाँ है, उसने डिनर ले लिया होगा ?

अंजना —हाँ पिता जी, दोनों बहनों के साथ मिलकर उसने डिनर किया व अब रश्मि के रूम में है।

डॉ. भगवत स्वरूप— नेहा व रश्मि बेटी बाहर आ जाओ, हम सब तुम्हारी इंतज़ार में हैं।

रश्मि — आ रही हैं दादा जी !

(वार्तालाप शुरू करते हुए)

दादा जी —- आलोक बेटा, आज सब काम ठीक ढंग से हो गया न ?

आलोक — हाँ पिता जी, सब बिलकुल सही रहा, खूब मेहमान आए व सभी जलपान व लंच लेकर विदा हुए।

दादा जी —अंजना बेटी, तुम्हें राकेश बाबू पूरी तरह से ठीक लगे हैं ? कोई कमी तो नज़र नहीं आई ?

अंजना —- पिता जी, दामाद जी सीधे- साधे व सरल स्वभाव के हैं, ऐसे ही हमारी रश्मि है। भगवान दोनों पर कृपा बनाए रखें।

दादा जी — रश्मि बेटी, तुम ख़ुश हो न ? मनचाही मुराद प्रभु के आशीर्वाद से ही फलीभूत होती है। बेटी के सुखी होने से परिवार भी सुखी रहता है। तुमने पिछले जन्म के अच्छे कर्मों का फल पाया है।

नेहा — बड़े अंकल, भाभी पिछले जन्म में भी भाभी ही थीं क्या ?

दादा जी —यह तो निश्चित तौर पर नहीं कह सकते पर जिस भी रूप में थीं, उसी के कर्मों का फल प्राप्त होता है।

नेहा —- तो भाभी अब भैया के साथ रहकर अच्छे कर्म करेगी तो अगले जन्म में भाभी को फिर भैया मिलेंगे ?

दादा जी —-शादी का बंधन सात जन्मों का होता है बेटी, पति पत्नी एक दूसरे में एकाकार हो जाते हैं।

नेहा —- सात जन्म के बंधन मे बंधने के कारण ही लोग कहते हैं कि शादियाँ स्वर्ग में निर्धारित होती हैं।

दादा जी — बिल्कुल सहीं कहा बेटी, अब राकेश बाबू के बाद तुम्हारी भी शादी करेंगे ?

नेहा —- क्या आपने मेरे लिए राकेश भैया जैसा शरीफ़ व सुंदर लड़का ढूँढ रखा है ?

दादा जी —-अभी तो तुम पढ़ रही हो जब डॉक्टर बन जाओगी तब एक सुंदर सा डॉक्टर तुम्हारे लिए लाएँगे।

नेहा —- और अश्मि के लिए भी, वह आज से मेरी पक्की सहेली बन गई है।

दादा जी — हाँ तुम दोनों की शादी एक ही दिन रखेंगे। अब तो ख़ुश हो न ?

नेहा—- आप हमें उस समय तक आशीर्वाद देंगे न बड़े अंकल ?

दादा जी — नेहा बेटी, जीवन की कोई निश्चित अवधि नहीं होती। जब तक इंसान स्वस्थ हैं तब तक जीवन है। कोई अंदरूनी या बाहरी रोग उसकी जीवन- यात्रा को विराम दे सकता है।

नेहा—— बड़े अंकल, मैं आपको नहीं जाने दूँगी, मैं अपने गणपति बप्पा मोरया से प्रार्थना कर आपका जीवन और दीर्घ होने की दुआ माँगूँगी।

डॉ. भगवत स्वरूप (दादा जी) नेहा को गले से लगा कर आशीर्वाद देते हैं व उसकी बुद्धिमत्ता व शुद्ध भावना की प्रशंसा करते हैं।

दादा जी —कोई और विषय या बात किसी को कहना है तो बताए ?

आलोक —-पिता जी, अभी रश्मि के कोर्स में चार माह शेष हैं फिर कुछ समय के लिए इंटर्नशिप होगा जो हम यहाँ के सरकारी अस्पताल में भी करवा सकते हैं ?

दादा जी —-यह काम तो राकेश बाबू व रश्मि अपने आप सोच- विचार कर शादी के बाद कर लेंगे।अभी से क्या फ़िक्र करने की आवश्यकता है। अब सभी अपने कक्षों में जाकर आराम करें।

रश्मि —- (नेहा के साथ रूम में आकर) नेहा, तुम हार्ड बेड पर सो जाओगी या फ़ोल्डिंग बेड निकालें ?

नेहा —- हाँ भाभी, मैं हार्ड पर ही सोतीं हूँ।वहाँ स्कूल में सब स्टूडेंट्स हार्ड बेड पर ही सोते हैं पर वहाँ गद्दे उमदा क़िस्म के हैं जो बिल्कुल सीधे रहते हैं।ऊँचे-नीचे हो जाएँ तो उन्हें निकाल बाहर किया जाता है।

रश्मि —- नेहा, तुम्हारा स्कूल तो बहुत स्टैंडर्ड का सुना है, वहाँ पर तो खर्च काफ़ी पड़ता होगा ?

नेहा —- हाँ भाभी, भैया की चौथाई तनख़्वाह तो मुझ पर ही खर्च हो जातीं है पर भैया हमेशा यही कहते हैं कि रूपया- पैसा इंसान की सुख सुविधा के लिए होता है, इंसान रुपए - पैसे के लिए नहीं होता।

रश्मि — मैं भी कोर्स करके जब डॉक्टर बन जाऊँगी तो तुम्हें और ज़्यादा रुपए दिया करेंगे।

नेहा —- भाभी सच कह रही हो। लगता है कि तुम्हारा दिल भी भैया की तरह शीशे के समान पवित्र व साफ़ है।

रश्मि —- तुम्हारे भैया को सबसे ज़्यादा क्या पसंद है ?

नेहा — अच्छा भाभी, तुम भैया से बहुत प्यार करने लगी हो तभी बार बार भैया के बारे में पूछ रहीं हो लेकिन भैया तुम्हें तुमसे भी ज़्यादा प्यार करते हैं।

रश्मि —- तुम्हारे भैया अकेले हैं न नेहा, अकेला इंसान प्यार को तरस जाता है। मैं तुम दोनों को ढेर सारा प्यार दूँगी।

नेहा —- पर लोग तो यह कहते हैं कि मौसी व भाभी कभी अच्छी नहीं हो सकती ?

रश्मि —- मौसी के बारे में ही ऐसा कहते हैं, भाभी के विषय में तो कभी नहीं सुना गया ?

नेहा —- हो सकता है किसी कारण से ऐसा कहा गया जाने लगा हो ?

रश्मि—- मैं तुम्हारी इस विचारधारा को बदल डालूँगी नेहा। हमारा एक छोटा सा सुखी परिवार होगा ?

नेहा — पर भाभी, मैं तो तुम्हारी तरह किसी दिन घर से विदा हो जाऊँगी, अपना छोटा सा घर बसा लूँगी। तुम मेरे घर को देखने के लिए आओगी न भाभी ?

रश्मि —- हाँ नेहा, लड़की को तो भैया- बाबुल का आँगन छोड़कर जाना ही पड़ता है। हम तुम्हारे घर को अपने घर से भी सुंदर बनाएँगे,अब सो जाएँ।

नेहा — हाँ भाभी, रात काफ़ी चली गई, तुम्हें सारा दिन की थकान होगी, गुड नाइट !

***

10

तान्या का दीपावली के अवसर पर घर आना व माँ के साथ डॉ. लक्ष्मी से मिलना

तृप्ता और तरसेम लाल त्यौहार के मौक़े पर अपनी बेटी तान्या को अपने बीच पाकर बहुत प्रसन्न थे। वे उसे हर प्रकार से खुश रखने का प्रयास करते। तान्या भी घर की साज सज्जा व सफ़ाई में जुटी रहती। रश्मि ने तान्या को अपने समारोह में शामिल होने के लिए दो बार फ़ोन किया लेकिन त्यौहार की वजह से वह "रोका" उत्सव में शरीक नहीं हो सकी। उसने रश्मि को बधाई का मैसेज प्रेषित कर दिया था। तरसेम लाल का कारोबार बढ़िया चल रहा था व अब दोनों बच्चों की शादी की फ़िराक़ में था। डॉ. तरुण लगभग सताइसवें साल में प्रवेश कर गया था और अस्पताल में ही एक लेडी डॉक्टर से उसकी नज़दीकियाँ बढ़ने लगीं थीं। दोनों एक दूसरे को चाहत भरी निगाहों से देखते पर कुछ कहने/ बोलने की हिम्मत नहीं जुटा पाते। लेडी डॉक्टर अभी इंटर्नशिप के लिए यहाँ आईं थीं व जानकारी के अभाव में संकुचित हो कर रह जाती।

दीपावली के पर्व पर तरसेम लाल अपने कारोबार में व्यस्त थे। तान्या ने माँ तृप्ता के साथ त्यौहारी ख़रीद के लिए मन बनाया। माँ ने भी बेटी की ख़ुशी के लिए इंकार नहीं किया। लंच के बाद दोनों माँ- बेटी मार्केट के लिए निकल पड़ीं और मिठाई, खील- खिलौने, फुलझड़ियाँ, पटाखे, मोमबत्ती आदि नाना प्रकार की आइटम ख़रीद कर ली।माँ ने तान्या को दो सूट, जींस व टॉप दिलवाए तथा किसी और चीज़ की ज़रूरत के लिए पूछ लिया था।

तृप्ता — बेटी, क्या तुम किसी गोल्ड आइटम की इच्छा रखती हो ?

तान्या — माँ, सोने के आभूषण औरतों को प्यारे तो लगते हैं पर आज जैसे पहनने पर अघोषित सा प्रतिबंध लग गया है।सभी अब रोल्ड- गोल्ड का प्रयोग करने लगे हैं। वैसे भी स्टूडेंट लाइफ़ में कौन गहने पहनता है ?

तृप्ता —- जैसी तुम्हारी इच्छा बेटी, अब और कुछ ख़रीद नहीं करना है तो घर चलें ?

तान्या — माँ, तरुण भैया का अस्पताल यहाँ से कितनी दूर है ?

तृप्ता — यह हमारी पिछली ओर ही है, शायद उसकी ड्यूटी का टाइम भी पूरा होने वाला है। हम अस्पताल जा सकते हैं ताकि सामान के साथ गाड़ी में बैठकर आ जाएं।

तान्या —- हाँ माँ, मैंने अस्पताल में भैया को काम करते कभी देखा भी नहीं है। चलो आज भैया को सरप्राइज़ देते हैं।(अस्पताल पहुँच कर पूछताछ काउंटर पर उपस्थित महिला से) डॉ. तरुण से मिलना चाहते हैं, मैं उनकी बहन हूँ।

महिला —- रूम न० 224 में मिलेंगे अगर न मिलें तो वहीं इंतज़ार करना, हो सकता है कि पेशेंट - विज़िट पर हों।

तान्या —- ओ. के. थैंक्यू ! (रूम के सामने पहुँच कर तरुण को देख कर) भैया!

तरुण —- अरे तान्या बहन तुम ! माँ तुम भी ! यहाँ कैसे पहुँचे ?

तृप्ता —- बेटा, दीवाली की कुछ ख़रीदारी करने आए थे, तान्या कहने लगी कि भैया के अस्पताल चलेंगे, नज़दीक ही थे इसलिए चले आए।

तान्या— — भैया सामान भी ज़्यादा हो गया था, सोचा कि आपकी ड्यूटी का टाइम समाप्त होने वाला है, कार में डालकर ही चलेंगे।

तरुण —- अभी तो पाँच ही बजे हैं, ड्यूटी साढ़े पाँच बजे ख़त्म होगी ?

तान्या —- अब तो हम तुम्हारे साथ ही चलेंगे, चाहे कितन बजे ही चलो।

तरुण —- अच्छा बैठो और इंतज़ार करो।

तान्या — आराम से कुर्सी पर बैठते हुए पास ही बैठी डॉक्टर से - हैलो डॉक्टर, मैं तान्या, डॉ. तरुण गुप्ता की छोटी बहन।

डॉक्टर—- मैं डॉक्टर लक्ष्मी तनेजा, अभी इंटर्नशिप पर हूँ।

तान्या —- आप कहाँ से हैं डॉ. लक्ष्मी तनेजा ?

डॉ. लक्ष्मी —-मैं जींद शहर से हूँ, पिता जी रेस्टोरेन्ट चलाते हैं, श्री राज तनेजा।

तान्या —- ओह ! वैरी गुड, मैं बी. डी. एस. कर रही हूँ, मेरा यह अंतिम वर्ष है । मेरी एक सहेली जींद शहर से ही है- रश्मि शर्मा । क्या आप उससे परिचित हैं ?

लक्ष्मी —- रश्मि मेरी फ्रैंड है, शहर के प्रसिद्ध समाज सेवी डॉ. भगवत स्वरूप जी की पौत्री है ।

तान्या —- अजीब संयोग है, आपने एम.बी.बी.एस. कहाँ से किया है ?

लक्ष्मी —- ऑल इंडिया दिल्ली से ।

तान्या —- तब तो आप प्रतिभावानों की श्रेणी में शामिल हैं मेरे भाई की तरह ?

लक्ष्मी —- बहुत शरीफ़ व काबिल डॉक्टर हैं तुम्हारे भाई साहब, हमेशा अपने पेशे के लिए समर्पित । स्वास्थ्य सेवाओं के लिए ऐसे ही डॉक्टर्ज की ज़रूरत है।

डॉ. तरुण गुप्ता —-डॉ. लक्ष्मी तनेजा, प्रशंसा के लिए धन्यवाद ।

डॉ. लक्ष्मी —- मैं केवल प्रशंसा के लिए ही प्रशंसा नहीं कर रही, वास्तविकता बयां कर रही हूँ।

तरुण —आप भी जब से यहाँ आई हैं, खूब परिश्रम कर रही हैं ।

तान्या —-आप दोनों एक दूसरे के काम की तारीफ़ कर रहे हैं, आपका तालमेल अच्छा है । यही तालमेल अगर जीवन में हो जाए तो कैसा रहेगा ?

डॉ. लक्ष्मी —अभी मैं इंटर्नशिप में हूँ व भविष्य में पी. जी. भी होना चाहती हूँ इसलिए अभी दिमाग़ इन बातों से परे है । हाँ, थोड़ा बहुत आकर्षण तो विपरीत सेक्स में रहता ही है ।

तान्या—-यही आकर्षण धीरे-धीरे प्यार में बदल जाता है और इंसान को पता भी नहीं लगता।

डॉ. लक्ष्मी — हो सकता है, शायद आपका अनुभव हो, (दोनों मुस्कुराती हैं) हर इंसान के जीवन में अनेक उतार-चढ़ाव आते हैं।कोई चूक कर जाता है तो कोई भुना लेता है।

तान्या —- ये मेरी मम्मी जी हैं।

लक्ष्मी —- नमस्ते आंटीजी !

माँ तृप्ता — हाँ डॉक्टर बेटी, जीवन में जब भी अवसर मिलें, उनका सम्मान ज़रूरी है, निकल जाने पर पछतावा झेलना पड़ता है।

डॉ. लक्ष्मी —आंटीजी, समय बड़ा शक्तिवान है, हमारे- तुम्हारे सोचने से कुछ नहीं होता। जब संयोग बनता है, सब अपने आप होने लगता है।

तृप्ता —- आज हमारा आना एक संयोग ही है और यह संयोग फलीभूत होगा। मैं तुम्हें तान्या की भाभी बनने का आशीर्वाद देती हूँ।

लक्ष्मी —-बड़ों का काम आशीर्वाद देना ही होता है और फलीभूत करना सबसे बड़े का। अगर यह सब हुआ तो मुझे कोई दिक़्क़त नहीं, आख़िर किसी न किसी की भाभी तो बनना ही है।

तृप्ता— हमने तुम्हें मन से अपनी बहू स्वीकार कर लिया है, अब तन से कब बनोगी, समय ही बताएगा।

तान्या —- डॉ. लक्ष्मी, मैं रश्मि से भी बात करूँगी, आप दीवाली पर घर नहीं जा सकीं शायद !

लक्ष्मी —- हमें ऐसे अवसरों पर ड्यूटी ज़रूरी होती है।

तृप्ता —- बैग में से मिठाई का डिब्बा निकाल कर - यह लो बेटी, हमारी ओर से तुम्हें दीपावली की बधाई व शुभकामनाएँ, भगवान श्री राम आपकी मनोकामना पूरी करें।

लक्ष्मी —- बहुत शुक्रिया आंटीजी।

तृप्ता —जब भी दिल करे, बिना हिचकिचाहट तरुण के साथ घर आ जाया करो, हमें ख़ुशी होगी।

लक्ष्मी — थैंक्यू आंटीजी !

***

11

शिवि का देव व मित्रों के पास जींद शहर पहुँचना

रोडवेज़ की बस अपनी क्षमता से अधिक गति से दौड़ रही थी और उससे भी तेज़ गति से दौड़ रहा था शिवि का मन ।माँ के स्वर्ग सिधारने के बाद दुनिया में उसका कौन हमदर्द बचा था, सिर्फ़ एक पिता जिसने उसे बड़े नाजों से पाला - पोषा व बड़ा किया पर आज वही पिता एक बेगानी औरत को अपना समझ कर अपनीं लाड़ली बिटिया से किनारा कर गया। संसार के रिश्ते कच्चे धागे की तरह ही नाज़ुक होते हैं जो एक झटके में तार- तार हो जाते हैं ।माँ, तुम जहां हो, मेरी मदद करो, मैं इस विस्तृत ब्रह्मांड में अकेली पड़ गई हूँ। अगर तुम जीवित रहती तो मुझे ये दिन नहीं देखने पड़ते। अब न जाने मेरा कहाँ ठिकाना होगा या नहीं होगा ? शुभम के माता-पिता क्या एक अनाथ सी लड़की को अपनी बहू बनाने के लिए तैयार होंगे ? अब केवल उसी पर मेरी आशाएँ टिकीं हैं। माँ तुम कुछ कह रही हो ?

शिवानी— हाँ बेटी, मैं तुम्हारे भीतर ही विद्यमान हूँ दिवंगत आत्माएँ अपने प्रियजन की आत्मा में विलीन हो कर उसे सुमार्ग पर चलने की प्रेरणा देतीं हैं। तुम अपने को अकेले मत समझो, इस नश्वर संसार में हर प्राणी अकेला ही है। हर एक का अपना अस्तित्व एवं वजूद है।

शिवि —- माँ तुम मुझे शक्ति प्रदान करो ताकि मैं जीवन में सन्मार्ग पर चलकर दीन- दुखियों, कुचले, विवश, अनाथ व अभावग्रस्त लोगों की मदद कर सकूँ।

शिवानी —— बेटी, अभी तो तुम ही विवश व दुखी हो, पहले स्वयं को मज़बूत करो, तभी औरों की मदद कर सकोगी ?

शिवि —- हाँ माँ, मैं मज़बूत बनूँगी, मैं सृष्टि की जननी हूँ, मैं विवश नहीं रहूँगी। मैं वह सब कुछ करूँगी जो एक सबल महिला कर सकतीं है। माँ, तुम मुझे आशीर्वाद दो कि मैं दुनिया को चमत्कार दिखा सकूँ ?

शिवानी —- मैं हमेशा तुम्हारे आसपास ही रहूँगी, तुम्हारा मार्गदर्शन करती रहूँगी।

शिवि —- अब मुझे ही सब कुछ करना होगा, इंसान की शक्ति उसके भीतर ही मौजूद हैं, कहीं और नहीं। मुझे अपनी आंतरिक क्षमता को पहचानना होगा ?

इन्हीं विचारों में खोईं हुई वह जींद शहर के बस स्टैंड पर पहुँच गई थीं। ऑटो रिक्शा लेकर अस्पताल की ओर निकलीं। दीवाली पर्व के अवसर पर रास्ते में कहीं मिठाई, पटाखे, मूर्तियाँ व कपड़ों के स्टॉल लगे थे जिनके कारण दस मिनट का रास्ता आधे घंटे में तय हुआ। सात बजने को आए थे, अस्पताल में अब कौन मिलेगा इसीलिए उसने अस्पताल कॉलोनी की ओर जाना ही उचित समझा। अभी वह सड़क से क्वार्टरज की तरफ़ मुड़ी ही थीं कि कुछ लोग सामने से आते दिखाई दिए। रिक्शा रूकवाकर उनसे डॉ. राकेश का घर पूछा-

शिवि — डॉ. राकेश के यहाँ जाना है ?

राकेश — (स्वयं ही) मैं ही डॉ. राकेश हूँ, बताइए क्या कोई काम है ?

शिवि —— डॉ. साहब,आपके पास भिवानी में बी. एड. की ट्रेनिंग कर रहे देव बाबू ठहरे हुए होंगे ? मैं उनसे मिलना चाहती हूँ।

राकेश —- हाँ, मेरे साथ ही तो खड़े हैं। देव, तुम्हें ही पूछ रहीं हैं ये महिला।

देव —(रिक्शा में झांक कर) शिवि तुम, इस समय व त्यौहार के दिन,सब कुशल मंगल तो है ?

शिवि —- देव भैया, मुझे पहले घर ले चलो।मैं सुबह से घर से निकली हुई हूँ, थकान के कारण बेहोश होने को हूँ। घर में सब बातें होंगी ?

देव —-(ऑटो रिक्शा चालक से) सामने से बाएँ मुड़कर दूसरा क्वार्टर है, हम भी साथ आ रहे हैं।

शिवि ने घर पहुँच कर नेहा से परिचय लिया व फ्रेश बगैरह होकर कुछ हल्का जलपान ग्रहण किया। क्योंकि टिफ़िन ब्वॉय का छुट्टी का दिन था इसलिए

सभी का दीवाली के पटाखे, बम, फुलझड़ियाँ चलाकर तनेजा रेस्टोरेन्ट जाने का फ़ैसला था लेकिन शिवि के आने से प्रोग्राम में बदलाव ज़रूरी हो गया था।देव व तीनों साथी राकेश, कांति व राजीव अब शिवि के साथ गुफ़्तगू कर रहे थे। शिवि ने अपना घटनाक्रम सबके सामने आत्मविश्वास पूर्वक रखा।

राजीव —- गंभीर मामला है, परिजनों ने पुलिस रिपोर्ट दर्ज कर दी होगी ? पुलिस यहाँ भी ढूँढने के लिए आ सकतीं हैं ?

देव —- यहाँ किसे जानकारी है, सिर्फ़ देविना को पता है, फिर भी हमें सोच समझकर निर्णय करना ही पड़ेगा। शिवि कोई नाबालिग थोड़े ही है, अपनी मर्ज़ी से कदम उठा सकतीं है ?

राकेश —- इससे पहले हम किसी परिणाम पर पहुँचें, हमें शुभम से भी बातचीत कर लेना चाहिए।

राजीव — बिल्कुल सही बात कही है डॉ. राकेश ने, शिवि की शुभम से भी सीधे बात करवाओ। आख़िर फ़ैसला तो दोनों को ही करना है।

देव —- मैं शुभम को फ़ोन लगाता हूँ व पूरी जानकारी देकर उसका विचार जान लेते हैं।

कांति —- तुम शुभम से बातचीत कर लो, कोई कोर्ट का मामला आएगा तो राजीव भाई संभाल लेंगे। मैं भी राजीव के साथ रहूँगा।

राकेश —- कोर्ट तो अंतिम विकल्प होगा, पहले अन्य सामाजिक विकल्पों पर विचार किया जाना चाहिए।

देव —- बिना शुभम से गुफ़्तगू किए हम कोई भी कदम नहीं उठा सकते। (फ़ोन पर) हाँ शुभम बोल रहे हो ?

शुभम —- (उधर से) हाँ मैं शुभम ही बोल रहा हूँ। आप कौन ?

देव —- अच्छा ! नालायक ! दो दिन में हम 'कौन' हो गए ?

शुभम—— देव भाई साहब, दीवाली की शुभकामनाएँ।

देव —- थैंक्यू, आप सब को भी हमारी ओर से शुभकामनाएँ।

शुभम —- धन्यवाद बड़े भैया ! क्या समाचार हैं, दीवाली कैसी चल रही है ?

देव —- सब ठीक चल रहा था, अचानक शिवि घर छोड़ कर यहाँ आ गईं।

शुभम—- क्या कह रहे हो देव भैया ?

देव —- मैं जो भी कह रहा हूँ, सब सच व प्रत्यक्ष है। शिवि हम सबके साथ यहाँ राकेश बाबू के घर में है।तुम चाहो तो उससे बात कर सकते हो ?

शुभम —- हाँ, शिवि से मेरी बात करवाओ ?

देव —- शिवि, लो शुभम से बात कर लो।

शिवि —- (फ़ोन पर) शुभम, मैं बर्बाद हो गई, पिताजी व मौसी जी मिलकर मुझपर अत्याचार करने पर तुले हुए हैं। मौसी जी मुझे अपनी बहन के विक्षिप्त लड़के के साथ आज सुहागरात मनाने का दबाव डाल रही थी, इसलिए मैं घर छोड़ कर भाग आई हूँ। तुम मुझे संभाल लो शुभम, वरना मैं टूट जाऊँगी और टुकड़ों को न जाने कौन- कौन चबा जाएगा।(फूट- फूट कर रोने लगती है।)

शुभम —- तुम रोओ मत शिवि, हम सब मिलकर स्थिति को कंट्रोल कर लेंगे।

देव —- (शिवि को ढाढ़स बंधाते हुए व फ़ोन पर शुभम से बात करते हुए) हाँ शुभम, अब क्या करना है ?

शुभम —मैं कल सुबह दस बजे तक आपके पास पहुँच जाऊँगा, फिर सारी परिस्थितियों पर गंभीरता से विचार करेंगे।

देव —- ठीक है, हमें तुम्हारे आने का इंतज़ार रहेगा।

राकेश —- अब सबको भूख सता रही होगी ? रेस्टोरेन्ट चलते हैं व डिनर ले लेते हैं। देव भैया, तुम तो कांति के साथ जाओगे डिनर के बाद।

देव —- हाँ, मैं कल प्रातःकाल में ही आ जाऊँगा, शिवि, तुम नेहा के साथ ही रात्रि- विश्राम करना। घबराने की कोई बात नहीं है, सब ठीक होगा।

बाहर दरवाज़े पर दस्तक पड़ती है, राकेश ने दरवाज़ा खोला तो डॉ. भगवत स्वरूप व अश्मि को सामने पाकर आश्चर्य में पड़ गया।

राकेश — डॉ. साहब, नमस्ते !

डॉ. भगवत स्वरूप - चिरंजीवी भव राकेश बाबू ! दीपावली की हार्दिक शुभकामनाएँ।

(ड्राई फ्रूट के दो बॉक्स राकेश को देते हैं।)

अश्मि —- जीजा जी, नमस्ते ! दीवाली मुबारक हो, नेहा कहाँ है ?

नेहा —- (बाहर आकर) नमस्ते, बड़े अंकल ! हॉय अश्मि ! दीवाली की आप सबको भी बधाई।

डॉ. भगवत स्वरूप —नेहा बेटी, चलो वहाँ, तुम्हें सब याद कर रहे हैं, अपनी भाभी के साथ दीवाली मनाना। यहाँ तुम्हारा कोई साथी नहीं है।

नेहा —- बड़े अंकल, दीदी आई हुई हैं अंबाला से, देव भैया के साथ भिवानी में कोर्स कर रही है। मैं उनके साथ ही रहूँगी।

राकेश —- आओ डॉ. साहब, अंदर आ जाओ, कुछ जलपान ग्रहण करें।

डॉ. भगवत स्वरूप— अभी कई लोगों से मिलना रहता है, दीवाली खूब रंग - चाव से मनाओ। (जाते हैं)

राकेश — नमस्ते डॉ. साहब !

दोनों के चले जाने के बाद मित्र मंडली शिवि तथा नेहा के साथ डिनर के लिए 'तनेजा रेस्टोरेन्ट' के लिए निकल लेती है।

***

12

शुभम के जींद पहुँचने पर शादी की तैयारियाँ, शेखर व शालू भी जींद शहर पहुँचे

दीवाली के अगले ही दिन शुभम अपने माता पिता से सलाह मशविरा कर डॉ. राकेश के घर पहुँच गया जहां सभी मित्र व शिवि बड़ी बेसब्री से उसका इंतज़ार कर रहे थे। देव ने शुभम को सब बातें फिर से बतलाई क्योंकि फ़ोन पर इतनी स्पष्टता से बात नहीं होती।

शिवि ने भी खुलकर बता दिया था कि मौसी ने उसे राजू के साथ दीवाली की रात को सुहागरात के रूप में मनाने के लिए फ़रमान जारी कर दिया था और ऐसा न करने पर गंभीर परिणामों की चेतावनी दी थी। इसी कारण अपने को सुरक्षित रखने के लिए उसे घर से भागने का इरादा किया।

शुभम —- (सारी बातें सुनकर) आप लोग मुझे क्या करने के लिए कहेंगे जो मैं कर सकता हूँ।

राजीव —-शुभम भाई, तुम शायद इस बात से अनभिज्ञ होंगे कि हम पर शिवि को भगा कर ले जाने का आरोप लग सकता है। पुलिस हमें हिरासत में लेकर पूछताछ कर सकतीं है। दोनों का कैरियर बेदाग़ एवं पवित्र रहे, हमें ऐसा कुछ सोचना होगा ?

देव —— राजीव भाई, हमें सुने - सुनाए तो बहुत क़िस्से ज्ञान में हैं लेकिन उनके परिणामों की जानकारी नहीं।जैसे- कोर्ट मैरिज या किसी धार्मिक स्थल पर शादी या प्रेम विवाह आदि- आदि।

राजीव — कोर्ट मैरिज में तो काफ़ी दिन लग जाते हैं, कई पहचान पत्र व एड्रेस बगैरह की आवश्यकता होती है। हाँ मंदिर आदि धार्मिक स्थलों पर यह तुरंत संपन्न हो जाती है।

देव — शुभम, क्या तुमने अपने माता पिता जी से ऐसी कोई सलाह कर ली है, और क्या शिवि भी यह सब कुछ करने के लिए रज़ामंद है ?

शुभम —माता-पिता की ओर से मैं स्वतंत्र हूँ, उन्होंने मुझ पर ही सब फ़ैसला लेने का ज़िम्मा छोड़ दिया है। अब जो भी सुरक्षित व क़ानून सम्मत उपाय हो बिना विलंब किए पूरा कर लेना चाहिए।

राकेश —- राजीव व कांति भाई, तुम दोनों क़ानून के मंदिर में रहते हो, अच्छी तरह सोच समझ कर फ़ैसला लें।

राजीव —-आज सायं तक मंदिर में जाकर शादी करें व पंडित से प्रमाण पत्र भी ले सकते हैं, फिर कोई कुछ नहीं बिगाड़ पाएगा। कुछ कागजी कार्रवाई होगी तो हम पंडित की मदद कर सकते हैं।

देव —— शुभम- शिवि, क्या तुम दोनों सहमत हो? शुभम,पहले तुम अपना निर्णय स्पष्ट करो ?

शुभम — मुझे कहीं भी कोई आपत्ति नहीं है, सब जैसा कहेंगे, मैं रज़ामंद रहूँगा। मंदिर, मस्जिद, गिरिजाघर, शिवालय कहीं भी परहेज़ नहीं है। मैं हर हाल में शिवि को पाना चाहता हूँ।

देव —- तुम यह सब अपनी इच्छा व बिना किसी दबाव के कह रहे हो। यदि कुछ छुपाया गया है तो मुझे अकेले में भी बता सकते हो ?

शुभम — देव भैया, तुमने सब कुछ देखा है कि मैं शिवि को कितना प्यार करता हूँ।

देव — मैं बहुत खुश हूँ शुभम तुम्हारे स्पष्ट एवं पॉज़िटिव विचारों से। शिवि, अब तुम अपने मन की बात सबके सामने बताओ।

शिवि — देव भैया, मैं तो शुभम को बहुत पहले ही पति रूप में स्वीकार कर चुकी हूँ। अब बिना किसी दबाव व संकोच के मैं कहना चाहती हूँ कि पिता के बेगानेपन के व्यवहार के कारण अब शुभम के सिवा मेरा कोई दूसरा नहीं है।

देव —- हम सब तुम्हारे साथ हैं शिवि ! तुम घबराओ नहीं ?

शिवि —- मैं केवल रिश्तेदारों की बात कर रही हूँ। माँ के जाने के बाद मामा जी भी मुख मोड़ गए। अब मौसी के आने से पिता जी भी आँखें बदल गए। शुभम ही अब मेरा सर्वस्व है। यह मेरा अंतिम फ़ैसला है।

शिवि के इस तरह कहने व शादी के लिए रज़ामंद होने पर शुभम ने कल ख़रीदी हुई अंगूठी निकाली व शिवि को पहनाते हुए क़हा - मैं सबके सामने शिवि को अपनी अर्द्धांगिनी स्वीकार करता हूँ। नेहा ज़रा कुमकुम तो लाओ।

(सभी हर्ष से तालियाँ बजाते हैं।)

राजीव — शुभम भैया, कुमकुम बगैरह पंडित के समक्ष हो जाएगा रीति-रिवाज से।

शुभम — वहाँ तो होगा ही, मुझे यहाँ भी थोड़ा शगुन करने दो राजीव भैया, मैं शिवि को इसी क्षण गले लगाकर प्यार करना चाहता हूँ। मैं शिवि के दुखों का अंत करना चाहता हूँ। पिता खोया है तो पति पाया भी होना चाहिए।

देव — ठीक है शुभम, 'मियाँ बीबी राजी तो क्या करेगा काजी।' तुम अपने प्यार को पूर्णता तक पहुँचाओ, पंडित अपने ही गाँव का है, मैं सब कर लूँगा।

राजीव —- दो लोग पंडित के पास जाकर उनसे टाइम निश्चित कर लो, क्योंकि प्रमाण पत्र में समय, गवाह, स्थान आदि का उल्लेख करना होता है।

देव — यह तो मैं यहीं बैठे- बैठे कर सकता हूँ, पंडित मुझे अच्छी तरह से जानते हैं। (फ़ोन मिलाकर) सुधाकर जी, मैं देव बोल रहा हूँ। एक विश्वस्त बात करनी थी आपसे।

सुधाकर —- सब ठीक तो है न देव बाबू ?

देव —- हाँ, सब कुशल मंगल है, मेरे एक मित्र आज ही मंदिर विवाह करने का इरादा रखते हैं, दोनों बॉलिग हैं व पूरी सहमति भी बनी है। आप के पास किस समय पहुँचे ?

सुधाकर —-जब आपको सुविधा लगे। मैं तो हर समय मंदिर में ही रहता हूँ।

देव —- सायं पाँच बजे ठीक रहेगा ?

सुधाकर —अच्छा समय है, आज का दिन सारा शुभ है।

देव —लड़के का नाम भी शुभम है। हम सब लोग पाँच बजे से पहले ही पहुँच जाएँगे। कोई सामान बगैरह बताएँ तो ले आएँगे।

सुधाकर —थोड़ा सा मिष्ठान, तंदुल, कुमकुम (रोली) पुष्प, एक गोल्ड रिंग व लाल या हरे रंग का दुपट्टा। दो लोग गवाह के रूप में भी ज़रूरी हैं।

देव —मैंने सब नोट कर लिया है, साथ ले आएँगे। कुछ दान- दक्षिणा आप के लिए भी ज़रूरत होगी। ख़ुशी का अवसर मिला है।

सुधाकर — देव बाबू, अब आपसे डिमांड थोड़े ही करेंगे, ख़ुशी से जो दोगे, सिर - माथे पर रखेंगे।

देव —- धन्यवाद सुधाकर जी। (सभी की ओर मुख़ातिब होकर) आप सब ने सुन लिया है, अब के लिए अपने- अपने घर जाएँगे व सायं चार बजे यहीं एकत्रित होंगे।

शुभम— डॉ. राकेश जी, आपको बधाई हो 'रोका' होने पर, भाभी जी भी डॉक्टरी पढ़ रही है ?

राकेश — धन्यवाद शुभम भाई, आज शाम को हम भी तुम्हें मुबारकबाद देने के लायक़ हो जाएँगे।शिवि तुम ख़ुश हो न ?

शिवि — आप सब के होते हुए मुझे क्या फ़िक्र है। मेरे विधाता ने मुझे सही जगह पर भेजा है। मारने वाले से बचाने वाला ताकतवर होता है।

अब शुभम, शिवि, राकेश, नेहा व देव रेस्टोरेन्ट का रूख करते हैं। दो बजने वाले हैं, पंडित द्वारा बताई गई सामग्री भी एकत्रित करना है। सब लोग लंच लेकर घर लौट आते हैं, देव व राकेश बाज़ार से सामान लेकर कुछ देर में पहुँचते हैं। कांति व राजीव भाई भी पहुँच गए थे।

देव —— अब चार बजने वाले हैं, हम सबको मंदिर के लिए चल देना चाहिए।

राजीव —जो सामग्री पंडित जी ने बताईं थीं क्या वे सब तैयार कर ली हैं ?

देव —- हाँ राजीव भाई, मैं और राकेश दोनों लंच के तुरंत बाद मार्केट जाकर ख़रीद लाए थे। कांति भाई, यह थाल व थैला में सारी सामग्री तुम्हारी ज़िम्मेदारी में दे रहा हूँ, ये मंदिर के लिए हैं।

शुभम —- देव भैया, मैं भी कुछ मदद करूँ ?

देव —- आज तुम्हें माफ़ किया क्योंकि आज तुम दूल्हे राजा बने हो। बस हमें करते हुए देखते रहो, क्योंकि हमारे टाइम में तुम्हें भी करना पड़ सकता है ?

शुभम—- अनिश्चितकाल के अनिश्चित काम की ज़िम्मेदारी डाल रहे हो देव भैया, हो सकता है कि हमें पता ही न चले, कब देव और देविना एक सूत्र में बंध गए ?

देव —- तुम और शिवि हमारे पहली पंक्ति के मेहमानों में शुमार होंगे।

शुभम —- अग्रिम धन्यवाद बंधुवर !

राकेश —- देव बाबू, अब क्यों विलंब हो रहा है ?

देव — चलते हैं डॉ. साहब, जल्दी मत करो, देर हो जाएगी। राजीव भाई, तुमने अपनी कोई क़ानून की बुक पढ़ी या नहीं ?

राजीव —- हमारा क़ानून तो कोर्ट में ही चलता है मंदिर पर नहीं, वहाँ तो पुजारी ही भगवान का भी स्वामी होता है।

देव —-तो सब तैयार हैं ? चलिए, हाँ नेहा बहन, तुम घर पर ही रहोगी ? अपनी कल जाने की तैयारी करके रखना, अच्छा मौक़ा मिला है।

नेहा —- मैं भी आपके साथ नहीं जा सकतीं क्या ?

देव ——नेहा बहन, हम सब वहाँ पैदल ही जाएँगे, तुम्हें थकावट महसूस होगी व तुम्हारा वहाँ कोई ख़ास रोल भी नहीं है।

नेहा —- आप सब लोग शिवि को मेरी भाभी बनाने के लिए ले जा रहे हो न ?

शुभम —हाँ नेहा बहन, कुछ दिनों में तुम्हें और कई भाभियाँ मिलने वाली हैं।

नेहा —-हाँ मैं सबकी प्यारी ननद बन जाऊँगी। मेरी भाभियाँ मुझसे खूब प्यार करेंगी न शुभम भैया ?

शुभम —- हाँ, अगर नहीं करेंगी तो राजीव भैया को कह देंगे, वे कोर्ट में हैं न, उनसे सब डरते हैं।

नेहा —- हाँ शुभम भैया, तुम भी मंदिर में भाभी को समझा देना कि वे मुझे तुमसे भी ज़्यादा प्यार करें, मैं तो क्योंकि बहुत दिनों के बाद घर आती हूँ।

शुभम —- मैं तुम्हारी बात याद रखूँगा, पर नेहा, शिवि तो यहीं है, तुम ख़ुद भी कह सकती हो।

नेहा —— नहीं शुभम भैया, मंदिर में कही- सुनी बात का प्रभाव ज़्यादा होता है, तुम भी यहाँ की बजाय मंदिर में इसीलिए तो शादी कर रहे हो।

शुभम —- नेहा बहन, तुम बहुत तर्क पूर्ण बात करती हो, सामने वाले को निरुत्तर कर देती हो।

नेहा —- सच्चाई में यही शक्ति होती है, उसका कोई जवाब नहीं होता, उसे स्वीकार करना ही पड़ता है।

देव —- नेहा बहन, अब शेष बातें वहाँ से आने के बाद कर लेना। हमें देर हो जाएगी, साढ़े चार तो यहीं हो गए।

राकेश — नेहा, तुम घर पर ही चौकस रहना, कोई आए तो कह देना किसी काम से व्यस्त हैं, आज नहीं मिलेंगे।

(शेखर व शालू का आगमन)

शेखर—- किसी से कुछ भी कहने की आवश्यकता नहीं, कोई इतनी दूर से आपके पास आए उससे आप क्यों नहीं मिलेंगे ? अवश्य मिलेंगे।

राकेश —- मैंने आपको पहचाना नहीं ?

शेखर —- हमें शिवि के सिवाय यहाँ कोई नहीं पहचानता ?

देव —- (सामने आकर)। महोदय, आप अपना स्पष्ट परिचय दीजिए, हम किसी ज़रूरी काम से बाहर जा रहे हैं।

शेखर —- आपके सब ज़रूरी काम यहीं हो जाएँगे, कहीं बाहर जाने की आवश्यकता नहीं होगी ?बस एक बार शिवि को हमारे सामने ले आइए।

देव —- बिना किसी परिचय के ऐसा कैसे संभव हो सकता है, क्यों राजीव भाई ? आप ज़रा इन महोदय से बात करें।

राजीव —आप दोनों अपना परिचय देकर ही शिवि से मिल सकेंगे, वह भी हमारी अनुमति से ?

शेखर —- पिता को अपनी पुत्री से मिलने के लिए किसी की अनुमति नहीं लेनी होतीं ?

राजीव —जो पिता ग़ैर ज़िम्मेदार हो, उसे बेटी से मिलने का अधिकार समाज छीन लेता है। तुम शिवि के पिता हो, इसका भी क्या प्रमाण है ?

शेखर —एक पिता को अपनी पुत्री के पिता होने का प्रमाण देना होगा, यह कैसी विडंबना है ? कोई किसी का पिता यूँ ही थोड़े बन जाएगा।

राजीव — पिता होता है, बनता नहीं और एक पिता होने का हक़ आपने ख़ुद ही गवां दिया है। अब हम ही शिवि के सर्वेसर्वा हैं।

शेखर —- मैं शुक्रगुज़ार हूँ आप सबका जो मेरी बेटी को हिफ़ाज़त दी, उसे सहारा दिया। अब मैं सबके सामने ही उससे बात करना चाहता हूँ। क्या मैं अंदर नहीं आ सकता ?

राजीव —आप अंदर आ सकते हैं पर शिवि से बात तभी कर सकते हैं जब वह ऐसा करने के लिए राज़ी हो।

शेखर —मुझे आपकी शर्त मंज़ूर है। हमें थोड़ा जलपान करवाइए, अंबाला से यहाँ तक का सफ़र कई घंटे का है।

राजीव —- देव भैया, पानी लाना व चाय के लिए भी शिवि को कह दो।

देव—- ओ. के. राजीव भैया।

शेखर—जलपान के लिए धन्यवाद ! अब हमें शिवि से मिलने की इजाज़त दें। आप में डॉ राकेश कौन हैं ?

राकेश — जी, आप मुझे क्या कहना चाहते हैं ?

शेखर —हम दोनों शिवि बिटिया से सबके सामने ही क्षमा याचना कर प्रायश्चित करेंगे। इंसान से भूल हो सकती है, उसे सुधारने का मौक़ा दिया जाना चाहिए।

राकेश —- जब इंसान भूल से भूल नहीं बल्कि जानबूझकर अहंकार वश भूल करे तो उसे दंडित किया जाना चाहिए।

शेखर —आप लोग जो भी दंड देंगे, हमें स्वीकार होगा। शिवि से पूछो, यदि वह अपने पिता से मिलना नहीं चाहतीं तो मैं ख़ाली हाथ ही लौट जाऊँगा और शायद उसे फिर मेरी चिता की भस्म ही नसीब होगी ?

राकेश — शायद ये भावुक कर देने वाली बातें आप पहले से ही गढ़ कर तैयार किए हुए हैं। फिर भी इंसानियत के नाते हम शिवि से पूछ लेते हैं। देव भैया, तुम शिवि की राय जानो।

देव — मैंने व कांति भाई ने शुभम को साथ ले कर शिवि से बातचीत की थी,उसने हम पर ही इसका निर्णय छोड़ दिया है।

राकेश —- ठीक है, क्यों राजीव भाई, आपका क्या विचार है ?

राजीव —सुबह का भूला शाम को घर आ जाए, उसे भूला नहीं कहते। आख़िर पिता तो पिता ही होता है। इतनी अनुनय - विनय के बाद हमें मौक़ा दे देना चाहिए।

राकेश —-जब वकील साहब ही कह रहे हैं तो हम सब भी तैयार हैं। शिवि, बाहर आओ, पहचानो, पिताजी ही हैं या नहीं ?

शिवि—- (बाहर आकर रोते हुए) पिताजी.... ! मौसी जी .... ! आपको मेरे यहाँ आने का कैसे पता लगा ?

शेखर —देविना ने मुझे अपनी क़सम दिलवाकर सब कुछ बता दिया था, मैंने तुम्हारी मौसी को बहुत समझा दिया है, अब हम तुम्हें अपनी प्यारी बेटी बनाकर रखेंगे।

शिवि —पिताजी, अब मैंने शुभम से विवाह करने का फ़ैसला कर लिया है,आख़िर औरत को भी कोई तो ठिकाना चाहिए ही होता है। उस घर में अब मेरा दिल नहीं लगेगा।

शालू — शिवि बेटी, हमसे बहुत बड़ी भूल हुई है, हमने तुम्हारे साथ ज़्यादती की है।

शेखर —हाँ बेटी, बहुत बार चुप रहना भी अपराध बन जाता है, मेरी अक़्ल पर न जाने कब पत्थर पड़ गया जो अपनी ही बेटी को संसार के हवाले अकेले ही छोड़ दिया। शिवानी की आत्मा मुझे कभी माफ़ नहीं करेगी, मैं तुम दोनों माँ बेटी का गुनहगार हूँ। बेटी ! अब हमारी लाज तुम्हारे हाथ में है। तुम जो सजा दोगी वह हम सहर्ष स्वीकार करेंगे।

शिवि —- पिता जी, अब कोई फ़ैसला मैं अकेले नहीं ले सकती ? मैंने शुभम को सर्वस्व मानकर उनके नाम की अंगूठी पहन ली है।

शेखर —- बेटी, हमें सब देविना ने बता दिया था, हम तुम्हारी पसंद पर सवाल खड़े नहीं करेंगे पर तुम्हारी डोली मेरी दहलीज़ से ही निकलेगी, यह एक पिता का अधिकार मुझसे मत छीनना।

शालू —- हाँ शिवि, हम अपनी बेटी की डोली सजाकर ही घर से रुखसत करेंगे। मुझे तुम अब माँ के रूप में पाओगी।

शिवि —- मौसी, मैं कैसे विश्वास कर पाऊँगी कि सब कुछ बदल गया है। घर जाकर मुझ पर इससे भी ज़्यादा अत्याचार हो सकते हैं ?

शेखर —- नहीं बेटी, हम पर विश्वास रखो, हम तुम्हारे शुभ चिंतक हैं।

शिवि —- पिताजी, विश्वास की डोर जब टूटतीं है तो दिल भी टूट जाते हैं जो फिर कभी नहीं जुड़ पाते, जुड़ भी जाएँ तो गाँठ तो रहेगी ही।मैं घर आ भी जाऊँ लेकिन बेटी बन कर न रह पाऊँ, मेरी रूह पर जो ज़ख़्म मिले हैं वे जन्मों तक नहीं मिट सकते ?

शालू —— हम उन ज़ख़्मों पर प्यार का मरहम लगाएँगे व तुम हमें बदला हुआ पाओगी।

शिवि —-मौसी जी, ज़ख़्म तो भर जाएँगे पर उनके निशान उम्र भर सालते रहेंगे। ज़ख़्मों की चोट इतनी गहरी नहीं होती जितनी जख्मों की लकीरों की होती है।

शालू —- बेटी, हमने भी बहुत ज़ख़्म खाए हैं फिर भी जी रहे हैं ।दुनिया में ज़ख़्मों को सहलाते हुए ही जीना पड़ता है ।तुम एक बार ' हाँ ' कर दो, हमारे ज़ख़्मों को कुछ ठंडक मिल जाएगी ।

शिवि —- आपको मैंने तो कोई ज़ख़्म नहीं किया, आप ख़ुद ही ज़ख़्म खाने को पता नहीं क्यों तैयार हुए ?

शालू—- हम तुम्हें नहीं बल्कि दुनिया की बात कर रहे हैं बेटी, अब बहुत हो चुका, घर चलने पर विचार करो ।(राकेश, देव व राजीव शिवि को अंदर चलकर विचार करने को कहते हैं ।)

शिवि —- मैं अकेले ही अब कोई फ़ैसला नहीं लूँगी ।

शुभम —अब घर जाने का भी क्या लाभ ? दो दिन बाद से कॉलेज खुल रहे हैं, हम यहीं से कॉलेज जाएँगे ।

देव —- यही ठीक रहेगा । हम शेखर व शालू दोनों को यह बात समझा देते हैं ।

राकेश —- ठीक है (बाहर आकर) शेखर जी,ऐसा है कि दो दिन बाद से इन सबके के कॉलेज खुल रहे हैं इसलिए शिवि भी घर न जाकर सीधे ही कॉलेज में चली जाएगी ।

शेखर —- यह भी ठीक रहेगा फिर कभी छुट्टियाँ होंगी तो घर आ जाएगी ।एक बार शिवि को यहाँ बुला दो ।

राकेश—- हाँ, मैं बुला रहा हूँ । शि.........वि.... एक बार बाहर आओ ज़रा ।

शिवि —- हाँ राकेश बाबू !

राकेश —- तुम्हारे पिताजी कुछ कहना चाहते हैं ।

शेखर —- बेटी, यह लो कॉलेज व हॉस्टल के खर्च के लिए दस हज़ार रुपए, शुभम कहाँ है ?

शुभम— (अंदर से बाहर आकर) जी पिता जी !

शेखर —- (शुभम के सिर पर हाथ रख आशीर्वाद देते हुए) अब आप हमारे दामाद हो गए हैं, शिवि का पूरा ध्यान रखना। कोर्स ख़त्म कर बारात लेकर आना। हम अपनी बिटिया की शादी धूमधाम से करने की इच्छा रखते हैं।

शुभम —- थैंक्यू पिताजी, मैं शिवि को किसी प्रकार की दिक़्क़त नहीं होने दूँगा। अब आप लोग हमारे साथ चलकर जलपान लेंगे।

सभी लोग पैदल ही 'तनेजा रेस्टोरेन्ट' की ओर निकलते हैं। शेखर व शालू जलपान लेकर शेखर बिल चुकाते हैं।

राकेश —- बिल चुकाकर आपने अच्छा नहीं किया, आप हमारे मेहमान हैं, बिल यजमान ही चुकाता है।

शेखर —- नहीं राकेश बाबू, हम बड़े हैं, बच्चों से बिल लेना हमें शोभा नहीं देता। अब अगर इजाज़त हो तो प्रस्थान कर सकते हैं। सफ़र काफ़ी लंबा है, देर रात तक पहुँच पाएँगे। शिवि बेटी, हमें क्षमा करके दिल से ग़ुस्सा थूक दो, सूरज फिर निकलेगा, प्रकाश फिर फैलेगा और अंधकार का नाश होगा।

शेखर व शालू प्रस्थान करते हैं, सभी उन्हें प्रणाम करते हैं। शिवि व शुभम पिता जी व मौसी जी के चरण स्पर्श कर आशीर्वाद लेते हैं।

***

13

दीपावली के बाद कॉलेजों के खुलने पर स्टूडेंट्स का पहुँचना शुरू

दीपावली की छुट्टियाँ अब समाप्त हो गई थी, सभी अपनी-अपनी ज़िम्मेदारी सँभालने को लालायित लग रहे थे। नेहा को राकेश ने सुबह छः बजे की बस में बिठाकर रवाना कर दिया था। दिल्ली से तान्या ने रश्मि को फ़ोन कर राज तनेजा से लक्ष्मी के साथ बड़े भाई तरुण की शादी का प्रस्ताव स्वीकार करने के लिए कहा ताकि उसकी अपनी शादी का मार्ग भी प्रशस्त हो सके।देव व शुभम दोनों शिवि के साथ कॉलेज के लिए निकल गए थे। देविना का सफ़र काफ़ी लंबा था, लगभग छः घंटे की यात्रा थी। वह कॉलेज समय पर नहीं पहुँच पाई इसलिए हॉस्टल में ही विश्राम करने लगी। स्टूडेंट्स की हाज़िरी कुछ कम रही जिससे अध्यापन कार्य सुस्त रहा और अर्द्ध अवकाश में ही कॉलेज वीरान सा दिखाई देने लगा था।

देव व शुभम, शिवि को उसके हॉस्टल में छोड़ कर अपने रूम पर आ गए थे। मेस की ओर कदम बढ़ाए तो ख़ुशी से उछलने लगे क्योंकि मेस अभी चल रहा था। दोनों ने जी भरकर डिनर किया व रूम पर आकर सोने की प्रतियोगिता जैसे शुरू हो गई हो। कई दिनों की काम की थकावट व देव का रात्रि जागरण (मुखिया के लिए उपन्यास लेखन किया था) उसे आराम करने के लिए विवश कर रहा था। शुभम भी दो दिन काफ़ी तनाव से गुजरा लेकिन अब चैन की नींद ले रहा था, सांसारिक गतिविधियों से एकदम दूर, निश्चिंत।

शिवि ने हॉस्टल पहुँच कर रूम का दरवाज़ा खटखटाया तो देविना ने आलस्य त्याग कर दरवाज़ा खोला। हैलो शिवि, क्या हाल हैं ?

शिवि ——देविना, कुछ मत पूछो, बुरा हाल है।कई दिनों से थकान सिर पर चढ़ी हुई है, आराम करने की ज़रूरत है।

देविना —- हाँ शिवि, तुम्हारे लिए दीवाली जैसे आफ़त बन कर आई हो ? क्या पिताजी व मौसी जींद पहुँच गए थे ?

शिवि —- जिस पर देविना की कृपा हो वह क्यों नहीं पहुँचेगा ?

देविना —- हाँ शिवि, तुम्हारे पिताजी जब बहुत गिड़गिड़ाने लगे तब मुझसे रहा नहीं गया और मैंने सब कुछ उन्हें उगल दिया था लेकिन उन्होंने मुझे विश्वास दिलाया था कि कोई अनुचित गतिविधि नहीं होगी ?

शिवि —-भैया देव व अन्य सभी ने मिलकर मुझे बहुत सहारा दिया और अगले दिन ही शुभम को जींद बुला लिया था। शुभम के पहुँचते ही सायं को मंदिर जाकर शादी का प्रोग्राम बन गया था पर ऐन वक़्त पर पिताजी व मौसी जी वहाँ पहुँच गए थे।

देविना—- हाँ, मैं भी ऐसा ही सोच रही थी, शिवि, जहां तक हो यही कोशिश रहनी चाहिए कि मामला शांत व तनाव ख़त्म हो जाए।

शिवि — जो नसीब में लिखा गया है, उसे कौन मिटा सकता है ? पिताजी व मौसी जी ने बहुत ज़ोर डाला कि मैं घर लौट आऊँ पर मैंने अपना निर्णय इन सभी दोस्तों पर छोड़ दिया। डॉ. राकेश, वकील राजीव, देव व शुभम, कांति भाई सबने मिलकर फ़ैसला किया कि अभी तो कॉलेज ज़ाया जाए फिर कभी छुट्टियाँ होंगी तब देखा जाएगा ?

देविना —- यह अंगूठी कहाँ से मारी है, बहुत चमक रहीं है, शायद नई लग रही है ?

शिवि —- शुभम ने ही माँ की अनुमति प्राप्त कर मेरे लिए ख़रीदी थी। कल ही मुझे पहनाई है। देविना, अब शुभम मेरे 'वो' बन चुके हैं। अगर पिताजी थोड़ी देर और न पहुँचते तो शुभम के साथ मंदिर में शादी के बंधन में बंध गई होती ?

देविना —-जो होता है, अच्छाई के लिए ही होता है। अब तुम भी आराम कर लो।

शिवि —- देखती हूँ अगर मेस चल रहा हो तो भूख शांत कर लूँ।

देविना —- मेस तो कई देर पहले ही बंद हो गई थी, मेरे पास आलू के दो पराँठे रखे हैं, उन से तुम्हारा काम चल जाएगा ?

शिवि—- हाँ, भूख में तो चने भी बादाम जैसे लगते हैं। देव व शुभम ने भी सुबह हल्की नाश्ता लिया था।

देविना —-लड़कों का मेस तो चलता ही रहता है। वे अपने आप प्रबंध कर लेते हैं। तुम पराँठे खाकर कुछ समय आराम कर लेना।

शिवि — पराँठा खाते- खाते कुछ बात कर सकतीं हूँ।

देविना — अब तुम्हें क्या पिताजी व मौसी पर विश्वास हो गया है ?

शिवि — विश्वास की डोर तो अब टूट चुकी है। कोर्स ख़त्म होते ही शुभम बारात लेकर अंबाला आएगा व मुझे दुल्हन बना कर ले जाएगा। पिताजी कह रहे थे कि बेटी की डोली बाप की दहलीज़ से ही उठनी चाहिए। सभी ने उनकी बात का समर्थन कर ऐसा करना स्वीकार कर लिया था।

देविना —- फिर तो तैयारी कर लें बारात की, ले चलोगी न मुझे भी ?

शिवि —-आप ही तो सब कुछ होंगी वहाँ, देव भाई साहब, इंचार्ज होंगे हमारी शादी में। जींद वाले मित्रों की बारात जब बैंड-बाजे के साथ जाएगी तभी शिवि की डोली शहनाई के साथ विदा होगी।

देविना — भगवान ने तुम्हारी दीवाली दिल वाली बना दी। अब विश्राम कर लो। कल कॉलेज जाना है।

दिल्ली से तान्या व जींद शहर से रश्मि अपने कॉलेज के लिए बस में सवार हो गई थी। रश्मि को मंज़िल पाने में क़रीब चार घंटे का समय लगा जबकि तान्या की बस रादौर, इंजीनियरिंग कॉलेज के सामने ख़राब हो गई।ड्राइवर व कंडक्टर ने काफ़ी प्रयास किया पर कोई फ़ायदा नहीं हुआ।

यहाँ से अभी यमुनानगर बीस कि० मी० दूर था और कोई स्थानीय वाहन भी नहीं मिला। एक पूरे घंटे की इंतज़ार के बाद करनाल से आई बस ने काफ़ी लोगों को अपने अंदर समा लिया था।

तान्या को भी इसमें जगह मिल गई थी और क़रीब दो बजे हॉस्टल पहुँची। अब कॉलेज जाने का विचार त्याग कर वह थकीं- मांदी लेटी ही थी कि निद्रा रानी ने आ घेरा और वह घोड़े बेचकर सोने लगी थी।

पाँच बजे कॉलेज ख़त्म होते ही रश्मि ने रूम की ओर कदम बढ़ाए और दरवाज़ा बंद देख कर सोचा कि शायद तान्या घर से आकर सो गई है।दरवाज़े पर दस्तक दी।तान्या ने आलस भरे स्वर में पूछा, कौन है ?

रश्मि —- तान्या, मैं रश्मि हूँ, दरवाज़ा खोलो ?

तान्या —- (दरवाज़ा खोल कर) तुम इतनी जल्दी कॉलेज से आ भी गई ?

रश्मि —- सवा पाँच बजने को हैं, तुम कब आईं ?

तान्या — मैं दो बजे हॉस्टल पहुँच गईं थीं और आकर सो गई थी पर यूँ लगता है कि अभी ही सोईं थी। तुम टाइम सही बता रहीं हो ?

रश्मि —- लंबे सफ़र से बहुत थकान हो जातीं है, अच्छा किया आराम कर लिया। आओ अब चाय के लिए कैंटीन पर चलते हैं। वहीं सब बातें करेंगे।

तान्या —-सर्वप्रथम तो मैं तुम्हें मुबारकबाद पेश करती हूँ आख़िर डॉ. राकेश को 'रोक' ही लिया।

रश्मि —- हाँ तान्या, जब तक दादा जी स्वस्थ हैं वे कुछ न कुछ करते ही रहते हैं।

तान्या —-मैंने जो राज तनेजा की लड़की का ज़िक्र किया था, वह बात तुमने दादा जी को बता दी थी या नहीं ?

रश्मि —- तुम क्या सोचती हो तान्या ? ऐसे काम देर करने के नहीं होते, आजकल ख़ानदानी बच्चे कहाँ मिलते हैं ? मैंने तुम्हारा फ़ोन मिलते ही दादा जी को बता दिया था। एक-दो दिन में हमें सूचना मिल जाएगी कि क्या रहा ? उम्मीद है सकारात्मक परिणाम होगा ?

तान्या —-असल में तरुण मुझसे कई वर्ष बड़ा है, उसकी शादी के बाद ही मैं अपने लिए समीर के बारे में घर में चर्चा कर पाऊँगी।

रश्मि —- तुमने समीर का ज़िक्र कहीं नहीं किया ?

तान्या —- क्या करती करके, भैया की शादी के बाद ही हमारे लिए शहनाई बज सकती है पर मुझे विश्वास है कि मेरी पसंद को मम्मी- पापा अस्वीकार नहीं करेंगे।

रश्मि —लक्ष्मी से तुम्हारा मेल - मिलाप कैसे हुआ ?

तान्या — दीवाली के शुभ अवसर पर मम्मी के साथ मार्केट में ख़रीदारी के लिए निकली थी। वहीं अस्पताल नज़दीक पाकर हम भैया से मिलने चले गए क्योंकि हमारे पास सामान का ज़्यादा भार हो गया था, सोचा कि कार में सवार होकर ही भैया के साथ चलेंगे। अभी भैया की ड्यूटी का आधा घंटा बाक़ी था। हम इंतज़ार में बैठे थे कि लक्ष्मी से मुलाक़ात हो गई। भैया के अस्पताल में इंटर्नशिप कर रही है। बातों- बातों में मैंने उसे भाभी मान लिया व मम्मी ने बहू बनने का आशीर्वाद दे दिया। बड़ी समझदार व होशियार लड़की है।

रश्मि —- भाग्य उदय हो गया लक्ष्मी का जो इतने बड़े डॉक्टर का ऑफ़र मिल गया। मैं दादा जी से कल ही बात करूँगी।

तान्या — अब तुम कब बजवा रही हो बैंड-बाजा ?

रश्मि —- ट्रेनिंग में अभी चार महीने बचे हैं तब तक डॉ. राकेश को इंतज़ार करना होगा।

तान्या —-'रोका' फ़ंक्शन कैसा रहा ?

रश्मि —- मज़ा आ गया तान्या, सब रिश्तेदारों से मिलना- जुलना हो जाता है ऐसे शुभ अवसरों पर। भैया समीर भी पहुँच गए थे।तुम आतीं तो मैं तुम्हारा भी 'रोका' करवा देती। अंकल- आंटी को मैं ख़ुद मना लेती।

तान्या —- इतनी जल्दी भी क्या है, सहज पके सो मीठा होए। फ़ंक्शन की फ़ोटो बगैरह भी हुई हैं क्या ? मोबाइल फ़ोन पर हैं या प्रिंट करवाई हैं ?

रश्मि —ये लो, सब ध्यान से देख लो। लेडी संगीत व नृत्य के फ़ोटो बड़े आकर्षक हैं।

तान्या —-(फ़ोटो देखते हुए) ये जिनसे गले मिल रही हो, यही डॉ. राकेश जी हैं क्या ? इतने लोगों के बीच तुम्हें शर्मिंदगी सी नहीं महसूस हुई और यह छोटी लड़की कौन है ?

रश्मि — मेरी ननद है, यही मुझे खींच कर मिलाने के लिए लाई थी। अभी स्कूल में ही पढ़ रही है।

तान्या —-डॉ. राकेश की फ़ोटो भी बहुत सुंदर निकली है।

रश्मि —सुंदर हैं तभी तो फ़ोटो सुंदर निकली है, समीर भैया जितने ही क़द- काठी के हैं।

तान्या —- अच्छे कर्म किए होंगे पिछले जन्म में जो उनका फल पा रही हो। दीवाली कैसे मनाई ?

रश्मि —- इस बार घर में उत्साह व उत्सव का माहौल रहा। पिताजी, दादा जी, मम्मी जी, सब प्रसन्नचित् थे। चलो अब, चाय के लिए नहीं चलोगी क्या ?

तान्या —- अब चाय की ज़रूरत नहीं, तुम्हारी बातें सुनकर ही तरोताज़ा हो गई हूँ। वैसे भी डिनर का टाइम हो गया है।

रश्मि —- अच्छा, बातों में समय का पता ही नहीं चला, कब निकल गया ?

***

14

राकेश व मित्रों का नदी भ्रमण व डॉ. भगवत स्वरूप जी का ख़ुशीपूर्ण संदेश

कल तक डॉ. राकेश के घर में कई दिनों से मेला लगा हुआ था पर आज सुनसान दिखाई पड़ रहा था। ड्यूटी आज सायंकाल में ही थीं, घर लौटे तो कांति व राजीव को इंतज़ार करते पाया। सभी बाहर से ही नदी किनारे की सैर के लिए निकल पड़े। मौसम सुहावना बना हुआ था लेकिन दिलों में खामोशी का साम्राज्य छाया था।

राकेश — कांति भाई, आज कुछ ऐसा सुनाओ जिससे दिल को तसल्ली मिले।

कांति —तसल्ली कैसे मिलेगी, अब यह दिल तुम्हारा नहीं रहा डॉ. राकेश बाबू, इसका ट्रांसप्लांटेशन हो चुका है। तुम्हारा दिल भाभी रश्मि के दिल में व भाभी रश्मि का तुम्हारे में बदल चुका है।

राजीव —- कांति भाई, तुम्हें प्यार की ऐसी बातों की कैसे नॉलेज है। हमें तो प्यार की क, ख, ग भी नहीं मालूम ?

कांति —- दिन- रात विवादियों, अपराधियों, झगड़ालुओं से व्यवहार में रहते हो, प्यार कैसे नज़दीक आएगा। या तो पैसे कमाओ या फिर प्यार करो ।दोनों साथ नहीं मिलेंगे ?

राजीव —-तुम भी तो सारा समय कोर्ट में ही रहते हो मेरी तरह, फिर तुम्हें ज़्यादा नॉलेज कैसे ?

कांति—- हम प्रेमियों के साथ रहते हैं, कहा है न - जैसी संगत, वैसी शोभा।

राजीव — कांति भाई, मैं तो डॉ. राकेश के साथ ही रहता हूँ फिर भी किसी से आँखें चार नहीं हुईं ?

राकेश —- मैंने रश्मि के दादा जी को तुम्हारे लिए बोल दिया है। वे जल्दी ही पं० शंकर प्रसाद से बातचीत कर हमें जवाब देंगे। तब तक कांति भाई को सुनते रहो। हाँ तो कांति भाई, शुरू करो।

कांति —- पूर्णिमा की रात थी, कुछ नौजवान लड़कों ने शराब का सेवन कर लिया था और नशे में मदमस्त हो जब मयखाने से बाहर निकले तो देखा कि चाँद की चाँदनी धरा पर अमृत वर्षा कर रहीं है। उन्हें ख़्याल आया कि नदी पर जाएँ व नौका विहार का आनंद लूटें।

राजीव —-जैसे हम लहरों के उतार-चढ़ाव का आनंद ले रहे हैं।

कांति ——बिल्कुल, रात्रि बड़ी चमकीली व नशीली थीं, वे सब गीत गाते मस्ती में नाचते नदी किनारे पहुँच गए जहां मछुवारे अपनी नावें बाँध कर घर जा चुके थे। रात काफ़ी बीत गईं थीं, वे एक नाव में सवार हो गए थे। पतवार को उठाया व खेना शुरू किया।फिर वे रात भर नाव खेते रहे।

राकेश —- उन्हें कोई थकावट या नींद न लेने से परेशानी नहीं हुई ?

कांति —सुबह की तेज़ व ठंडी हवाओं ने उन्हें सचेत किया। अब शराब का नशा भी छूमंतर होने लगा था। उनमें से किसी ने किसी से पूछा- कहाँ आ गए होंगे अब तक ?

राजीव —- सारी रात नाव खेने के बाद तो काफ़ी दूर तक निकल गए होंगे ?

कांति — उनमें से एक ने नीचे उतर कर देखा तो हंसने लगा।दोस्तों से कहा - तुम सब भी उतर जाओ, हम कहीं नहीं पहुँचे हैं, हम वहीं खड़े हैं जहां रात को नाव खड़ी थी।

राजीव —- ऐसा कैसे हुआ कांति भाई ?

कांति — राजीव भैया, आपकी तरह वे भी सब बड़े हैरान हुए। रात भर पतवार चलाई और पहुँचे भी कहीं नहीं। नाव से नीचे उतरे तो देखा व पता चला कि नाव की जंजीरें किनारे से बँधी हुई हैं, उन्हें खोलना याद नहीं रहा।

राकेश —कमाल है कांति भाई, पर इस प्रसंग का भाव क्या है ?

कांति — आप लोग ही बताएँ, मैंने तो कथा सुना दी है।

राकेश— इंसान जीवन - नैया को खेते हुए कहीं नहीं पहुँचता। मृत्यु के समय वह स्वयं को वहीं पाता है जहाँ से जन्म के समय था। सम्पूर्ण जीवन एक सपना मालूम पड़ने लगता है ।जीवन की नाव कहीं बंधी रह जाती है किनारे पर।

कांति — सही कहा पर कुछ लोग पहुँच जाते हैं उस आकाश में, जहाँ सत्य है, जहां भगवान का मंदिर है, जिन्होंने किनारे से ज़ंजीरों को खोला है, जीवन में पाखंडों को तोड़ा है।

राजीव — कांति भाई, बड़ी गहरी बात कही आपने।

कांति —- राकेश भैया; मेरे दिमाग़ में एक बात बहुत दिनों से अटकी पड़ी है, सुनो तो कहूँ ?

राकेश — अवश्य, पिछले आधा घंटा से तुम्हें ही सुन रहे हैं।

कांति ——राजीव भाई का भी कहीं से ' रोका ' करवा दो, हम तो फ़क़ीर हैं पर इसका तो घर बस जाएगा। कभी भाभी के हाथों से बनी रोटी खाने का मौक़ा मिल जाएगा ?

राकेश —- मैंने अभी बताया था कि रश्मि के दादा जी को कह रखा है। शायद आजकल में उनका फ़ोन आ जाए।

(अचानक फ़ोन की घंटी बजती है।)

डॉ. भगवत स्वरूप —राकेश बाबू, आपने व रश्मि बिटिया ने मेरे ज़िम्मे एक-एक काम सौंपा था। ईश्वर की कृपा से दोनों सिरे चढ़ गए। पं० शंकर प्रसाद जी कह रहे थे कि वे शादी जल्द करना चाहते हैं क्योंकि एक महीने बाद भिवानी विधानसभा सीट के लिए उपचुनाव होना है, इससे पहले ही बिटिया को शादी के बँधन में बांधना चाहते हैं। इस रविवार तक सब करना होगा? मैंने रश्मि को भी सूचित कर दिया है। वहाँ से भी पॉज़िटिव जवाब मिला है।

राकेश —— डॉ. साहब, आपको हम बहुत तकलीफ़ दे रहे हैं।

डॉ. भगवत स्वरूप — अपने बच्चों की ख़ुशी के लिए लोग न जाने क्या-क्या कर जाते हैं ?

राकेश —-(फ़ोन से हटकर) कांति भाई, तुम्हारे मुँह में घी - शक्कर, डॉ. भगवत स्वरूप जी का फ़ोन था, राजीव का भी अब जल्द ही 'रोका' हो जाएगा।

कांति —- आज हम हर बार की तरह घर नहीं, सीधे 'तनेजा रेस्टोरेन्ट' जाएँगे। आज चाय - चपाती नहीं, चिल्ड चुस्की चलेगी।

देव का उपन्यास मिलने पर मुखिया ब्रज किशोर गुप्ता ने समय पर अपना केस उच्च्च अधिकारियों को भेज दिया था। समिति के प्रधान बाबू राम कृष्ण की कृपा से वह स्वीकृत भी हो गया था। अब शिक्षक दिवस पर उन्हें सम्मानित किया जाएगा व सेवा में दो वर्ष का विस्तार, नक़द राशि व प्रशस्ति पत्र भी भेंट किया जाएगा। मुखिया इस उपलब्धि से अत्यंत ख़ुश हो रहे थे और समय निकालकर डॉ. भगवत स्वरूप जी को धन्यवाद करने क्लीनिक पर जा पहुँचे।

मुखिया —-डॉ. साहब, मैं आपका हृदय से आभार व्यक्त करता हूँ, आपने स्टेट अवार्ड दिलवाने में मेरी पूरी मदद की। उपन्यास के कारण मुझे सबसे ऊपर का दर्जा मिला है।

डॉ. भगवत स्वरूप—-आपको मुबारक हो व अब आप पर ज़िम्मेदारी का ज़्यादा बोझ बढ़ गया है। दिल लगाकर स्टाफ़ व स्टूडेंट्स को साथ लेकर संस्था की भलाई में जुट जाएँ।

मुखिया —- डॉ. साहब, मेरी आपसे एक प्रार्थना है कि अवार्ड मिलने के बाद स्कूल में एक समारोह आयोजित कर समिति की ओर से मुझे सम्मानित किया जाए।

डॉ. भगवत स्वरूप — मैं अभी कुछ दिन व्यस्त चल रहा हूँ, कुछ रिश्तों का ज़िम्मा मेरे ऊपर आया हुआ है। उसके बाद प्रधान जी से सलाह मशविरा कर आपकी प्रार्थना पर गौर करेंगे।

मुखिया —जी आपका बहुत धन्यवाद ! मुझे आप पर पूरा भरोसा है। अब मैं इजाज़त चाहूँगा। डॉ. भगवत स्वरूप जी अपनी पौत्री रश्मि व राकेश

बाबू की सिफ़ारिश पूरा करने में व्यस्त हो गए थे। लक्ष्मी के बारे में राज तनेजा व दिव्या की बाबत शंकर प्रसाद से संपर्क साधा व दोनों ही जगह उन्हें पॉज़िटिव रिस्पांस मिला। आज राकेश को फ़ोन करके उन्होंने इसकी जानकारी दे दी थी व रश्मि को भी यमुनानगर में सूचना दी। रश्मि बल्लियों उछलने लगी थीं और उसने तुरंत तान्या को यह ख़ुशख़बरी सुनाई।

रश्मि —- तान्या, दादा जी ने ख़ुशी का समाचार भेजा है, तुम्हारे भाई तरुण के लिए लक्ष्मी के पिता राज तनेजा से रिश्ते के लिए 'यस' करवा ली है।

तान्या —- क्या कह रही हो, जो मैं सुन रही हूँ क्या तुम वही कह रही हो ?

रश्मि —- बिल्कुल, दादा जी की बात पत्थर की लकीर होती है।

तान्या —- रश्मि, यह तुमने मुझ पर बहुत बड़ा अहसान कर दिया है।

रश्मि —आपसी प्रेम व भाईचारे में किए गए कार्य अहसान नहीं होते बल्कि गहरे संबंधों के आधार बन जाते हैं।

तान्या —रश्मि, 'यू आर रीयली ग्रेट' मैं आज ही मम्मी को यह गुड-न्यूज़ भेज रही हूँ।

रश्मि—— अब हम निश्चित ही एक साथ हनीमून के लिए जा सकेंगी ?

तान्या —तुम्हारी मेहनत रंग लाई है, ऐसे ही कर्मों से अच्छे फल प्राप्त होते हैं। तुम धन्य हो ! मुझे तुम्हारी दोस्ती पर गर्व है।

रश्मि —इंसान के काम अगर इंसान नहीं आएगा तो जीवन अधूरा सा महसूस होता है। सेवा और सहयोग जीवन की ख़ुशियों के प्रतीक होते हैं।

तान्या —- रश्मि, तुम हो तो छोटे शहर की पर बातें बड़ी करती हो। तुम्हें परिवार से अच्छे संस्कार मिले हैं रश्मि।

रश्मि —जो इंसान कर्तव्य पथ पर अडिग रहता है, समाज व राष्ट्र के लिए क़ुर्बानी देना जानता है, परोपकार को जीवन का अंग बना लेता है, वही बड़ा है, महान है, चाहे वह किसी भी स्थान पर पैदा हुआ हो।

तान्या —- हाँ रश्मि, अनेक बड़ी हस्तियाँ गाँव में ही जन्म लेकर आकाश तक पहुँची हैं। गिनना शुरू कर दें तो शायद पूरा जीवन बीत जाए।

रश्मि —तुम डॉ. राकेश का उदाहरण ले सकती हो, गाँव में जन्में हैं पर व्यक्तित्व, सहयोग एवं परोपकार का है। देव, जिनके उपन्यास तुम छोड़ती नहीं, उन्हीं के गाँव से हैं। सबने मिलकर एक बेसहारा हुई लड़की को बचा लिया फिर समय मिला तो कभी सुनाऊँगी यह क़िस्सा भी, अब बहुत देर हो चुकी है, मेस बंद हो जाएगी।

तान्या —-हाँ चलो, आज तो ख़ुशी के मारे दो चपाती ज़्यादा ही चबा जाऊँगी।

***

15

ट्रेनिंग कॉलेज स्टूडेंट्स की टीचिंग प्रैक्टिस शुरू

आज टीचिंग प्रैक्टिस का पहला ही दिन था। चारों पत्रिका-पथिकों ने एक विद्यालय में ही अपनी ड्यूटी लगवाईं थीं। सभी लगभग नौ बजे स्कूल में पहुँच गए थे। कुल पच्चीस छात्र -छात्राओं को इस विद्यालय में टीचिंग प्रैक्टिस के लिए लगाया गया था। छठी कक्षा से दसवीं तक के बालकों को पहले पाँच पीरियड तक एक -एक पाठ सभी को देना था व शेष छात्र छात्राओं को पाठ देने वाले छात्र-छात्रा की समालोचना करना था। पाठ समाप्त होने के बाद प्रोफ़ेसर साहब द्वारा उन सभी का निरीक्षण होता था व अशुद्धि निराकरण किया जाता था। देव व साथियों ने पाठ समाप्त कर डॉ. गुप्ता से गुफ़्तगू की।

डॉ. गुप्ता —-आप सभी ने दीपावली का पर्व धूमधाम से मनाया होगा, ऐसा मुझे विश्वास है। टीचिंग प्रैक्टिस का आज पहला दिन आप सब को कैसा लगा ?

देव —मेरे लिए यह कोई नया काम नहीं था, प्राथमिक शिक्षक की ट्रेनिंग में मैंने यह कई महीने किया है।

डॉ. गुप्ता— शुभम, तुम अपना अनुभव साझा करो ?

शुभम ——सर, मुझे लगा कि मैं आज से ही अध्यापक बन गया हूँ और उसी मूड से मैंने कक्षा में बच्चों को पढ़ाया।

डॉ. गुप्ता —वैरी गुड, जब आप स्वयं को उसी रूप में ढाल लेते हैं जिसका रोल कर रहे हैं तो परिणाम बेहतर मिलेगा। शिवि, तुमने कौनसा पाठ दिया है ?

शिवि — सर, मैंने हिंदी व्याकरण का उपविषय 'र' वर्ण का संयोजन चुना।

डॉ. गुप्ता —- तुम्हारा विषय कुछ कठिन प्रतीत होता है पर शायद तुमने ब्लैक बोर्ड की मदद से समझाया होगा ?

शिवि —जी सर, बच्चों को पहले इनके संयोजन से बने रूप, शब्द निर्माण कर ब्लैक बोर्ड पर लिखकर दिखाए गए व फिर बुलवाए गए।

डॉ. गुप्ता —— गुड, देविना, तुम्हें कैसा लगा आज का दिन ?

देविना —- सर ! अब कुर्सी पर बैठकर क्लास में बैंचों पर बैठना मुश्किल लगेगा।

डॉ. गुप्ता — कुर्सी केवल अध्यापक के सम्मान के लिए रखीं होती है, पढ़ाना तो खड़े होकर ही होता है।

देविना—सर, मैंने भूगोल विषय से 'सूर्य एवं चंद्र ग्रहण' उपविषय पर पाठ- योजना तैयार की थी जिसके लिए सहायक सामग्री के रूप में चार्ट पेपर पर ग्रहण की दशा में दोनों की स्थिति दिखाई थी।

डॉ. गुप्ता —बहुत अच्छा, सहायक सामग्री से पाठ में रोचकता बढ़ती है व बच्चे रूचि लेकर पढ़ते हैं। अब आप लोग विश्राम करें व कल के लिए दिल से पाठ- योजना बनाएँ।

सभी एक स्वर में — थैंक्यू सर !

डॉ. गुप्ता—मैंने जिस काम के लिए तुम्हें बुलाया था, उसका तो ज़िक्र करना ही भूल गए।

देव —सर ! आप भित्ति पत्रिका के बारे में कुछ कहना चाहते होंगे ?

डॉ. गुप्ता —- तुमने सही अनुमान लगाया, टीचिंग प्रैक्टिस के दौरान भी पत्रिका का प्रकाशन जारी रहेगा। जब भी अवसर मिले आर्टिकल एकत्रित करने में चूक मत करो। दीपावली विशेषांक अभी चलता रहेगा। ओ. के. गुड डे फ़ॉर ऑल।

डॉ. गुप्ता से मुलाक़ात के बाद देव ने अपने तीनों सहयोगियों को स्कूल के पीछे बने पार्क में चलने को कहा ताकि कुछ ज़रूरी व गोपनीय बात कर

सकें। सभी आश्चर्यचकित थे कि देव के पास ऐसा क्या ख़ास है जो वे हमें बताना चाहते हैं।कल ही तो सब इकट्ठे थे, एक ही रात में क्या कुछ बदलाव आ गया।

शुभम —- देव भैया, अब एक बज चुका है, भूख का प्रकोप बढ़ने लगा है जो कुछ कहना- सुनना है, जल्दी बताओ ?

देव —-सब लोग ध्यान से सुनें, बीच में 'हैं ?' नहीं बोलना है। गंभीरता से सुनें।

शिवि — देव भैया, अभी और कितने दिन गंभीर रहना होगा ? कल ही तो गंभीरता से छुटकारा मिला है।

देविना —- हाँ बिल्कुल, शिवि के सामने तो जीने- मरने का सवाल उठ खड़ा हुआ था।

देव —- मैं मन की गंभीरता नहीं, ध्यान की गंभीरता की बात कर रहा हूँ। अब जल्द सुनें- कल रात क़रीब नौ बजे डॉ. राकेश का फ़ोन पर संदेश मिला था कि राजीव वकील भैया का रिश्ता पं० शंकर प्रसाद की लड़की दिव्या के साथ तय हो गया है व परसों ही रोका व सगाई का प्रोग्राम बना है।

शुभम —- बड़ी ख़ुशी की खबर है पर इसमें हम सब का क्या रोल होगा ?

देव —- राजीव भैया, राकेश का गहरा दोस्त है। उसने शिवि के मामले में बड़ी मदद की है। हमें उनके साथ दुख- सुख में खड़े रहना चाहिए।

देविना —- हमें क्या करना है, राकेश बाबू ने और कुछ भी कहा है ?

देव —- राकेश बाबू ने डॉ. भगवत स्वरूप से कहकर ये रिश्ता करवाया है। राजीव के माता-पिता बड़े खुश हैं व राकेश को शतकों आशीर्वाद दे रहे हैं। अगर हम सगाई के मौक़े पर फ़ंक्शन में शरीक हो सकें तो उन्हें प्रसन्नता होगी ?

देविना —- आज ही तो टीचिंग प्रैक्टिस शुरू हुई है, शायद हमें छुट्टी मिले, पर यह सब इतनी जल्दी कैसे हो गया, क्या आपको इसकी जानकारी थी ?

देव —- नहीं, मुझे तो कल ही राकेश बाबू ने बताया है व रिश्ता भी कल ही तय हुआ है। रविवार को शादी का प्रोग्राम होगा।

शिवि —- देव भैया, तो हम सगाई की बजाय यहीं पर शादी में शामिल हो जाएँगे।

शुभम —मुझे लगता है कि शिवि का दिमाग़ अभी ठीक काम कर रहा है ।हमें छुट्टी भी नहीं लेनी पड़ेगी व शादी भी अटैंड हो जाएगी।

देव —मुझे राकेश बाबू से बात करनी पड़ेंगी क्योंकि फ़ंक्शन में कुछ तो भीड़भाड़ दिखनी ही चाहिए।

शिवि —-राजीव भाई साहब वकील हैं, उनके अनेकों वकील धमाल मचाने में माहिर हैं, फिर राकेश बाबू व कांति भाई भी हैं व राज तनेजा भी अब तो उनके मित्रों में शुमार हैं।

देव ——राज तनेजा से ध्यान आया कि उनकी डॉ. लड़की का रिश्ता भी रश्मि की सहेली तान्या के डॉक्टर भाई के साथ तय हो गया है।

देविना —-आज कल बड़े रिश्ते करवाने में व्यस्त हो।

देव —कल ही सब बातें राकेश बाबू ने बताईं हैं कि डॉ. भगवत स्वरूप ने ही यह रिश्ता भी करवाया है। लड़की- लड़का दोनों डॉक्टर हैं।

शुभम —- अब चलें भाई साहब, मेस बंद हो जाएगी।

देव —- तो रविवार का फ़ैसला ही सबको मंज़ूर है ?

देविना —- हाँ, यहीं ठीक रहेगा। क्यों शुभम- शिवि ?

शुभम — शिवि- शुभम बोलिए मैडम जी, लेडीज़ फ़र्स्ट !

(सभी हंसते हुए हॉस्टल के लिए निकल जाते हैं।)

***

16

शेखर - शालू का अपने घर पहुँच कर विचार- विमर्श करना

शेखर व शालू डिनर के टाइम तक अपने घर अंबाला पहुँच गए थे। जींद से ही उन्हें चंडीगढ़ के लिए सीधी बस सेवा मिलने से यह संभव हुआ।घर में राजू टी. वी. के सामने मूवी देखने में मस्त था। दोनों को देखकर उसे कुछ विश्वास जगा व पुनः टी. वी. देखने में व्यस्त हो गया। शेखर बाबू ने ऑटो रिक्शा में बैठे हुए ही डिनर के लिए आर्डर कर दिया था व आधा घंटा की अवधि निश्चित कर दी थी। घर पहुँचते ही डिनर मिल गया व शालू ने राजू को टीवी के सामने ही दे दिया व स्वयं दोनों डाइनिंग टेबल पर बैठकर खाने लगे। शारीरिक थकावट के बावजूद दोनों ने बातचीत का सिलसिला जारी कर ही लिया।

शालू —-अगर हम पंद्रह मिनट भी देरी से जींद पहुँचते तो शायद दोनों मंदिर में जाकर शादी रचा लेते ?

शेखर —-शादी तो समझो हो ही गई, जब रिंग पहन लिया तो क्या शेष रह गया?

शालू —-मंदिर की शादी में प्रमाण व गवाह पंजीकृत होते हैं जिनकी क़ानूनी वैधता है। केवल रिंग पहनने से शादी स्वीकृत नहीं हो सकती ?

शेखर —हमने भी तो शादी करनी ही थी, उसने लड़का ख़ुद ढूँढ लिया, हमारी सिरदर्दी व ज़िम्मेदारी ख़त्म। बस दोनों ख़ुश रहें, यही दुआ मांगते हैं।

शालू—जिसकी क़िस्मत में जो लिखा है, वहीं पाता है। हम लाख कोशिश करके भी प्रकृति को नहीं बदल सकते। मैंने जीवन में ऐसा अनुभव किया है।

शेखर—- हाँ शालू, जीवन खट्टे- मीठे अनुभवों का मिश्रण ही तो है।कुछ अपने व कुछ औरों के अनुभवों से जीवन की गाड़ी चलती है।

राजू ——(डिनर कर शालू के पास आकर) वह लड़की मेरे लिए छोले -पूरी लेने गई थीं, अब तक क्यों नहीं लौटी। मैं उसकी इंतज़ार कर रहा हूँ।

शेखर—- किस लड़की की बात कर रहे हो ?

राजू —- वही लड़की जो कई दिनों से हमारे घर आई हुई है। मम्मी मुझे रात को ज़बरदस्ती उसके रूम में जाने को कहती है।

शेखर—- क्या तुम गए थे उसके रूम में ?

राजू ——— मैंने काफ़ी देर तक दरवाज़ा पीटा पर वह लड़की गहरी नींद में सोईं हुईं थीं। मैं भी अपने रूम में जाकर सो गया। मम्मी मुझे वहाँ किस लिए जाने को कहतीं हो तुम ? आज मुझे किसके पास जाने के लिए कहोगी ? वह लड़की तो छोले- पूरी खाकर अपने घर में सो गईं होगी। मम्मी, मुझे उसके घर ले चलो ना ?

शालू ——— तुमने पेट भर कर डिनर कर लिया है, अब जाकर सो जाओ।

राजू —- मैं सारा दिन सोया ही तो रहा,टीवी तो आठ बजे देखना शुरू किया था, नौ बजे आप लोग आ ही गए।

शालू —- अब दस बजने को जा रहे हैं, जाओ अपने बिस्तर पर।

राजू —-मैं उस लड़की की प्रतीक्षा कर रहा हूँ, कब आएगी वह ? अगर कल तक नहीं आईं तो मैं उसे बाज़ार से ढूँढ कर लाऊँगा।

शालू —-ठीक है, अगर नहीं आईं तो कल हम उसे लेने जाएँगे। अब चैन से सो जाओ।

राजू —-तुम्हें उसके घर का पता मालूम है तो अभी मेरे साथ चलो, मेरा उसे देखने का मन करता है। बहुत ख़्याल रखतीं है वह मेरा।

शालू —- अभी वह अपनी मम्मी के साथ सो गईं होगी। उसने सारे छोले- पूरी जो खा लिए।

राजू —- तो मैं क्या खाऊँगा ?

शालू — सुबह वह लड़की तुम्हारे लिए भी लेकर आएगी।

राजू —- क्या तुम्हारी उस लड़की से गुफ़्तगू हुई है ?

शाल — नहीं, वह लड़की बहुत अच्छी है, ज़रूर आएगी।

राजू —- तुम कहतीं हो तो ठीक है, कल तक मैं उसकी इंतज़ार करूँगा।

शालू — हाँ अब सो जाओ।

राजू —- ओ के मम्मी, गुड नाइट !

(राजू के चले जाने के बाद)

शेखर —-तुम इसे अपनी बहन के पास ही क्यों नहीं छोड़ आतीं।यहाँ सारा दिन निठल्ला व आलसी बना रहता है।

शालू —- बहन का परिवार संयुक्त परिवार है, देवरानी जेठानी के बच्चे भी हैं, वे सब राजू की विक्षिप्तता से भय खाते हैं। इसीलिए इसे यहाँ भेज दिया। आपके ऑफिस जाने के बाद मुझे भी काफ़ी सहारा रहता है।

शेखर —- कल अगर शिवि के लिए फिर ज़िद करने लगा तो क्या करोगी ?

शालू —- मैं कल इसे बहन जी के घर ले जाऊँगी, वहीं सब इसको भूल पड़ जाएगी दूसरे बच्चों के साथ क्रिकेट बगैरह खेलने में। सब बच्चे लॉकडाउन की वजह से घर में ही हैं।

शेखर - अब हमें भी आराम करना चाहिए। सारा दिन बस के सफ़र में ही बीत गया।पाँव बेजान से हो गए हैं। पूरा शरीर थका सा हो रहा है। सोने से ही चैन मिलेगा ?

शालू —- हाँ, मुझे भी आराम चाहिए वरना कल कुछ भी काम नहीं कर पाऊँगी।

(दोनों विश्राम के लिए चले जाते हैं।)

***

17

भिवानी में राजीव- दिव्या की शादी संपन्न

पं० शंकर प्रसाद के घर मित्रों, रिश्तेदारों व नेताओं का आना-जाना लगा हुआ था। कुछ दिन पहले ही दिव्या के लिए राजीव का 'रोका' हुआ था। बूढ़े माता-पिता की मानो मुराद पूरी हो गई थी। वे मन ही मन डॉ. राकेश व डॉ. भगवत स्वरूप का आभार जता रहे थे। घर बहू के बिना सूना दिखाई पड़ता था। मंगलवार को ही पं० शंकर प्रसाद अपने मौसा डॉ. भगवत स्वरूप के साथ राजीव के रोके के लिए आए थे व साथ ही सगाई की रस्म भी अदा कर ली थी व रिंग सेरेमनी शादी के समय ही कर लेने पर सहमति बनी। 'रोका' का प्रोग्राम इतना भीड़भाड़ से नहीं किया गया क्योंकि सभी रिश्तेदारों को फिर रविवार को शादी में आना था। डॉ. भगवत स्वरूप, राकेश बाबू, कांति भाई, आलोक शर्मा, डॉ. ज्ञान चंद्र जैन, कुछ वकील व दीक्षित जी भी इस पावन अवसर पर मौजूद थे।

देव व साथी भी शादी में शामिल होने के लिए बेताब हो रहे थे। वे सब कई दिनों से तैयारी में मशगूल थे। डॉ. राकेश ने सभी को फ़ोन पर निमंत्रण दिया था। देव, शुभम, शिवि से राजीव का परिचय हो गया था पर देविना को थोड़ी परेशानी हो रही थी। देव के समझाने के बाद वह भी शादी में जाने के लिए तैयार हो गई थी। मुम्बई से पं० शंकर प्रसाद की बहन 'उमा' सपरिवार शुक्रवार को ही पहुँच गई थीं। यमुनानगर से रश्मि, मामा जी के साथ पहुँच गईं थीं लेकिन वह जींद में ही रुक गई थी ताकि अपने परिवार के साथ जा सके।पं० शंकर प्रसाद ने अपने कॉलेज- स्टाफ़ को भी आमंत्रित किया था व कुछ एन. सी. सी. के लड़कों को भी समारोह में शामिल होने को कहा था। ज्यों ज्यों दिन बढ़ रहा था, घर - बाहर की रौनक़ बढ़ती जा रही थी। अब राजीव भी अपनी इक्कीस बारातियों की टीम के साथ विजय यात्रा पर निकल पड़े थे। राकेश व कांति सबसे सक्रिय मित्रों में थे। राजीव के रिश्तेदार मामा- मामीजी, बड़ी बहन-बहनोई और बच्चे, साथी वकील व दीक्षित जी बारात की शोभा बढ़ा रहे थे।

अब तक लंच ही चल रहा था जिसमें केवल घर के सदस्य व रिश्तेदार ही शामिल हो रहे थे। आगंतुकों के लिए चाय-कॉफी की व्यवस्था थी जो कन्यादान कर लौट भी रहे थे।

राजीव के बाराती क़ाफ़िले में एक मिनी एसी बस, एक रमेश दीक्षित जी की ऑडी कार, राकेश व कांति की वेगन आर व राजीव अपनी बहन व बहनोई के साथ होंडा अमेज, सवार थे।

डॉ. भगवत स्वरूप जी का सारा परिवार भी इससे पहले पहुँच चुका था। कुछ जलपान के बाद अब रिंग सेरेमनी की तैयारियाँ शुरू होने लगीं थीं। देव, शुभम, शिवि व देविना यथासंभव हर काम में सहयोग कर रहे थे। देव ने देविना का डॉ. राकेश से परिचय करवाया तो देविना ने कहा - डॉ. साहब, हम तो आपकी बारात में जाने की तैयारी कर रहे थे लेकिन शायद वकील साहब बाज़ी मार गए।

राकेश — यह जीवन नाव के समान है देविना जी, किसकी नाव लहरों को चीरकर पहले किनारे पर पहुँच जाए, कोई नहीं जानता ?

देविना —- बिल्कुल, अब शुभम व शिवि के बारे में किसको पता था कि ऐसा होगा। अंकल - आंटी आप लोगों के पास नहीं पहुँचते तो वे भी मंदिर में शादी के बंधन में बंध गए होते ?

राकेश —यह सब ऊपर वाले का खेल है। किस की नैया पार होगी व किस की अटकेगी, वही सब तय करता है।

देव —- राकेश बाबू, अब नैया के भँवर से बाहर निकलो, देखो, रिंग सेरेमनी की तैयारियाँ शुरू हो चुकी हैं, सब कुछ अच्छे से नोट कर लो, कुछ महीने ही तो बचे हैं।

राकेश —- देखते हैं किसकी नैया पार लगती है ?

देविना—- डॉ. बाबू, अपनी जादूगरनी से तो मुलाक़ात करवाओ ? आम चर्चा है कि हूर की परी है।

देव——हाँ राकेश भैया, हम भी सगाई के दिन अच्छे तरह से चाँद सा मुखड़ा नहीं देख सके ?

रश्मि —- (पास आकर) नमस्ते देव भैया, नमस्ते होने वाली भाभी, देविना जी!

देविना—-अरे ! रश्मि भाभी हैं क्या ? जैसा सुना था वैसा ही चाँद सा मुखड़ा देख रही हूँ।

देव —- हाँ, तुमसे अब सीनियर हो गई हैं, चरण स्पर्श कर आशीर्वाद ले लो।

रश्मि —-नहीं देव भैया, देविना मेरी होने वाली बड़ी भाभी हैं।मैं ही उनके चरणों का स्पर्श करूँगी।

राकेश — बिल्कुल सही कह रही है रश्मि, देर मत करो। शुभ काम जितना जल्दी हो जाए, अच्छा रहता है। रश्मि, हम सब को दिव्या के दर्शन भी करवाओ ?

रश्मि—- हाँ, मैं अभी वहीं से आ रही हूँ, दिव्या रिंग सेरेमनी के लिए तैयार हो रहीं है। मेरे साथ आओ।

(सभी रश्मि के साथ घर में अंदर जाते हैं जहाँ दिव्या के साथ कुछ सहेलियाँ भी हैं जो इस सैलाब को देखकर तितर-बितर हो जाती हैं।दिव्या डॉ. राकेश, रश्मि व अन्यों को देखती है।)

दिव्या —- नमस्ते ! होने वाले जीजा जी !

राकेश —नमस्ते, होने वाली भाभी व साली जी ! आज तो दिन में ही चाँद निकल निकल आया है भिवानी की भूमि पर।

दिव्या — प्रशंसा के लिए बहुत-बहुत धन्यवाद जीजाजी ! रश्मि, तुम्हें उस दिन की रेस्टोरेन्ट वाली बात याद है कि नहीं ?

रश्मि —- क्यों नहीं ? वह बात तो मुझे जीवन भर याद रहेगी पर मुझे आशीर्वाद देकर डोली में ख़ुद बैठ गईं। कुछ तो इंतज़ार किया होता ?

दिव्या —- दादा जी ने ही लड़का पसंद किया है, तुम्हारे राकेश बाबू का जिगरी दोस्त है। पापा जी ने भी उपचुनाव के कारण जल्दी सब कुछ करने का

फ़ैसला ले लिया ।तुम तो डॉक्टर लोग हो, हर काम देरी से करते हो, पहले शादी में देरी फिर बच्चों में भी देरी। (सभी हँसते हैं)

रश्मि —- दीदी, 'सहज पके सो मीठा होय।'

दिव्या —- अब और कितना मीठा शहद बनाओगी, जवानी पढ़ाई में ही बिता दोगी, बुढ़ापे में तो ढीले-पीले बच्चे ही मिलेंगे।

रश्मि —— बस थोड़ा इंतज़ार बचा है, तुम्हारे पीछे- पीछे ही आ रहे हैं। कई जोड़ियाँ क़तार में हैं।

देविना—- हाँ रश्मि भाभी, हम सब आपके पीछे क़तार में हैं।

राकेश —- देविना जी, मैंने लोगों को क़तार कूदकर बहुत आगे आकर क़तार में खड़े देखा है।

देविना—- आपने बिल्कुल दुरुस्त फ़रमाया। जीवन की दौड़ में किस की नैया पहले मंज़िल को चूमतीं है, महज़ संयोग ही समझो।

(उमा का आगमन)

उमा —- दिव्या अभी तैयार हो जाओ, बाहर सब इंतज़ार में हैं।

रश्मि — आंटीजी, कुछ तो इंतज़ार भी कराना ज़रूरी है। सारी उम्र जल्दी में ही रहना है।

राकेश- रश्मि व सभी मेहमान बाहर आते हैं व दिव्या की सहेलियाँ आकर उसे तैयार होने में मदद करती हैं।

रिंग सेरेमनी के बाद राजीव व दिव्या (दूल्हा व दुल्हन) मंच पर सजी विशेष कुर्सियों पर आसीन थे। सब मेहमान व आगंतुक सामने बैठे बातचीत व हँसी - मज़ाक़ में मशगूल थे ।एक तरफ़ डी. जे. की धुन पर कुछ बच्चे थिरक रहे थे तो दूसरी ओर मेहमान खाने का लुत्फ़ उठा रहे थे। मुख्य द्वार से शामियाने तक दो सौ मीटर की दूरी तक अब हरी, लाल, नीली,पीली अनेक रंगों की रोशनी बिखरने लगी थी। टिमटिमाती, रंग बदलती रोशनी में फूल- पत्तियाँ नहा रही प्रतीत हो रही थी। यह गलियारा कृष्ण- कुंज के समान मनमोहक बन गया था ।गलियारे के साथ ही घुमाव पर शहनाई वादक अपनी मधुर तान बिखेर रहे

थे ।उनके पास से गुजरते हुए कान आनंद महसूस कर रहे थे। घुमाव के कोने पर कुछ युवतियाँ आकर्षक परिधानों में सजी- धजी आगंतुकों का फूलों से स्वागत कर रही थी जिससे आगंतुक गर्व से सीना विस्तृत किए आगे बढ़ जाते जहां पं० शंकर प्रसाद एवं रिश्तेदार उनका भावपूर्ण करबद्ध सत्कार कर रहे थे। दस बजने को आए थे अभी डिनर का प्रोग्राम चल ही रहा था। एक कोने में हार्ड ड्रिंक का मान्यता प्राप्त स्टाल लगाया गया था और उसके पास ही डी जे पर नृत्य करते बच्चे व जवान झूम रहे थे।

सबसे ज़्यादा जनसैलाब टिक्की, दही- बड़ा, डोसा, पानी-पूरी आदि स्टालों पर दिखाई पड़ रहा था जहां महिलाएं इन सबका चटखारे लेकर सेवन कर रहीं थीं। फलों के स्टाल पर अब चहल पहल कम हो चुकीं थीं व मेहमान खाने की ओर बढ़ने लगे थे। पंजाबी खाना सरसों का साग व मक्के की रोटी बहुत पसंद की जा रही थी। मिक्स्ड वैजिटेबल, दाल मक्खनी, मलाई कोफ्ता, मटर पनीर, कढ़ाई पनीर, दाल मूंग, प्लेन व जीरा चावल, दहीं व रायता सब तरतीब से मेज़ों पर सजे थे और उन्हें गर्म रखने की पूरी व्यवस्था उपलब्ध थीं। सादा तवे का फुलका व दाल मूँग तड़का सबको अपनी ओर खींच रहा था। अगले स्टालों पर गर्म गुलाब जामुन, जलेबी,मलाई वाला दूध व आइसक्रीम, रस मलाई, रसगुल्ला मुँह में पानी भर रहे थे। पं० शंकर प्रसाद की एक हज़ार वर्ग मीटर में फैली कोठी आज शहर का आकर्षण बनी हुई थी।

सवा ग्यारह बजे वरमाला का शुभ समारोह आरंभ हुआ। दोनों दूल्हा-दुल्हन अपने- अपने हाथों में सुगंधित पुष्पों से गूंथित माला थामे हुए थे। पहले दुल्हन ने हाथ बढ़ाया तो कांति ने राजीव को ऊपर उठा दिया जिससे दुल्हन को इंतज़ार करना पड़ा, पर एक बार जो नीचे की तरफ़ आए तो झट से दिव्या (दुल्हन) ने माला गले में पहना दी। पंडाल तालियाँ से गूंज उठा और तब दूल्हे ने भी दुल्हन को माल्यार्पण किया। संगीत लहरियाँ तेज़ हो गई थी, शहनाई वादक भी थिरकने लगे थे, डी जे पर नृत्य का धमाल मचा हुआ था।

अब तिलक करने का दौर आरंभ हुआ। दोनों पक्षों के रिश्तेदारों ने टीका कर वर - वधू को महँगे गिफ़्ट भेंट किए। रंग- बिरंगी व चमकीले काग़ज़ों व गतों में लिपटे गिफ़्ट आइटमों का ढेर लग गया था। देव- देविना, शुभम- शिवि

ने डांस की कमान संभाल रखी थी। राकेश, समीर व कांति को भी खींच लाया व सब मस्ती में भरकर नाचने लगे। वातावरण रंगीन हो रहा था। अचानक ही पंडाल में कुछ पल के लिए शांति सी छा गई। प्रदेश के मुख्यमंत्री जो पधारे थे। आते ही उन्होंने पं० शंकर प्रसाद को बधाई दी व इक्यावन हज़ार रूपया बतौर कन्यादान राज्य सरकार की ओर से भेंट किया। मुख्यमंत्री महोदय ने दुल्हा- दुल्हन को सिर पर हाथ रखकर आशीर्वाद दिया। पं० शंकर प्रसाद ने डिनर के लिए मुख्यमंत्री जी को आमंत्रित किया व सभी गणमान्य लोग डिनर के लिए दूसरे लॉन में पहुँच गए थे।अब दुल्हन व दूल्हा भी खाने की टेबल पर पहुँच चुके थे। सभी रिश्तेदार भी भोजन का आनंद उठा रहे थे। मुख्यमंत्री के विदा लेते समय पं० शंकर प्रसाद ने उनका व सभी महानुभावों का धन्यवाद किया।

ठीक सवा तीन बजे दुल्हन व दूल्हे राजा मंडप पर आसीन हो गए थे। पंडित जी के मंत्रों की ध्वनि बेशक ऊँची थी पर सबको मधुर लग रही थी। राजीव व दिव्या के परिजन मंडप पर मौजूद थे व पंडित के दिशानिर्देश पर अग्नि में आहूति डाल कर अपने बच्चों के लिए दुआएँ माँग रहे थे।

पंडित ने शंकर प्रसाद जी के हाथ हल्दी से पीले करवाकर कन्यादान करवाया व पाँच सौ रूपये की भेंट ग्रहण की।पास- पड़ौस की औरतें गीतों में मस्त हो रही थी। उनकी मृदु वाणी पंडित के मंत्रों के साथ पूरा तालमेल कर रहीं थीं। एक घंटे में ही सात फेरों के बाद राजीव व दिव्या जन्मों- जन्मों के लिए एक दूसरे के हो गए थे। अब डोली में बैठकर रश्मि के शहर आ रही थी दिव्या, रश्मि से पहले शादी के बंधन में बंध कर।

***

18

देव व शुभम के सपने व संवाद

रात्रि में प्रकृति शांत थीं, पेड़-पौधे, झरने, पर्वत, चरागाहें सब मौन धारण किए हुए थे। पक्षियों का कलरव अब कानों में सुनाई नहीं पड़ रहा था केवल दूर से झरने का जल पत्थरों से टकराकर मंद-मंद ध्वनि उत्पन्न करते बह रहा था। आकाश में कुछ कपासी क्लाउड बिखरे हुए उन खेत- खलिहानों की तरह लग रहे थे जिन्हें कुछ आवारा पशुओं ने वीरान बना दिया हो। कितनी विस्तृत होते हुए भी प्रकृति निर्मल व शांत थी पर मानव इतनी शांति में भी स्वयं को बेचैन व अशांत सा अनुभव करता है। पूरे दिन के कार्यकलाप, गतिविधियाँ, भूतकाल की यादें व भविष्य की चिंताएँ उसे उद्वेलित करती रहती हैं। प्रकृति सबको साथ लेकर भी शांत व संतुष्ट रहती है जबकि मानव एकाकी रह कर भी संयम नहीं साध पाता। देव यद्यपि लेटा हुआ था पर नींद उसके आस-पास भी नज़र नहीं आ रही थी। शादी समारोह के बाद सभी चारों प्राणी हॉस्टल में लौट आए थे। शिवि व देविना को उनके हॉस्टल पहुँचा कर अपने हॉस्टल में आकर सो गए थे लेकिन देव को विचार श्रृंखला ने जगाए हुए रखा था।

ख़ुशी के पलों के साथ अभाव के पल भी यादों में तैरने लगते हैं। शुभम बेपरवाह खर्राटे भर रहा था मानो वह देव के विचारों के संगीत के साथ तबले की संगति कर रहा हो ? कितना शांत हो गया था शुभम अपने प्यार को पाकर और कितना अशांत व एकांकी हो गया था देव अपनों को गंवा कर। भरे पूरे परिवार को अलविदा कह कर उसने अपना जीवन पथ सुनसान सा कर लिया था।सोच रहा था, ख़्याल नज़रों में तैर रहे थे- क़रीब पाँच वर्ष से भी ज़्यादा का समय बीत गया था उसे अपने घर गए, अपनों से मिले। उसे अब अपने पराए से लगने लगे थे। जहां जन्म लिया, पले -बढ़े शिक्षा पाई, वहाँ के प्रति वैराग सा हो गया। जिस दिन व्यापार के संसार से विदाई ली, भोली-भालीं माँ जाते कदमों को जैसे गिनती रही हो। बेबस थीं माँ, अपने कलेजे के टुकड़े को बिछुड़ते हुए, अपने सामने ही दुनिया की भीड़भाड़ में खोते हुए देख रही थी।उसके अमूल्य

अश्रु कणों का किसी पर कोई प्रभाव नहीं पड़ा और जिगर का टुकड़ा यों ही देखते- देखते नज़रों से ओझल हो गया। उस दिन से आज तक न घर की ओर रूख किया न माँ की खबर ली। राकेश ही अब उसकी दुनिया का सबसे बड़ा सहारा था जिसने अपने माता-पिता को खो दिया था। बस एक बहन का ही आश्रय पाए हुआ था। वह छोटी सी जान ही उसे जान दिए हुए थीं। जब भी कोई ख़ुशी या त्यौहार का अवसर होता, वह राकेश के पास जींद आतीं और ख़ुशियों का पिटारा भरकर लातीं। राकेश भी उससे इतना ही प्यार करता और जब भी समय निकलता उससे मिलने हॉस्टल पहुँच जाता।

अभी कुछ समय पहले ही वह नेहा से मिलने के बाद यहाँ मेरे पास आया था। कितना लगाव है राकेश को मुझसे, बड़े भाई की तरह मानता है मुझे वरना कौन इजाज़त देता है किसी को अपना जीवन साथी चुनने की। डॉ. भगवत के सामने ही मैंने फ़ोन पर उसे मना लिया था। नेहा भी रश्मि जैसी भाभी पाकर खुश थीं और ' रोके' के दिन सभी के सामने रश्मि भाभी को राकेश के पास ले आईं थीं, तब सबने मिलकर डांस कर धमाल मचा दिया था। कितनी समझदारी व तर्क की बात करती है नेहा, सब निरुत्तर हो जाते हैं उसके सामने। शुभम-शिवि उसकी बुद्धिमत्ता के क़ायल हो गए थे।कांति जो स्वयं को वाक्पटु समझता था, नेहा के सामने निरीह सा पाता था।

शिवि अब तुम सदा - सदा के लिए मेरी हो गई हो, तुम्हें मुझसे कोई नहीं छीन सकता ? मैं तुम्हें जी- जान से प्यार करता हूँ। तुम्हें देखे बिना मुझे कुछ भी देखना अच्छा नहीं लगता ? धनतेरस के दिन ही मैंने तुम्हें अपना जीवन साथी स्वीकार कर लिया था जब पिताजी के समझाने के बावजूद मैंने तुम्हारे लिए रिंग ख़रीद ली थी। माँ ने कोई विरोध नहीं जताया और मेरी ख़ुशी में ही सब ठीक समझा। तुम्हारी मोसी व पापा उस दिन राकेश के घर नहीं आते तो हम मंदिर जाकर शादी कर लेते। मैं तुम्हारे गले में फूलों का हार डालकर तुम्हें गले से लगा लेता। देव भैया, राकेश, राजीव व कांति ने हमारी कितनी मदद की, विश्वास नहीं होता, आज के युग में ऐसे मित्र भी आसानी से उपलब्ध हैं और वह छुटकी सी नेहा बहन, कितनी विवेकशील व बुद्धिमान है, डॉ. की बहन जो

ठहरी। ट्रेनिंग ख़त्म होते ही मैं पूरे दल बल के साथ तुम्हें लेने आऊँगा। सभी मित्रों के साथ तुम्हारे घर के बाहर डांस का धमाल होगा।

(नींद में ही हाथ पाँव चलाने लगता है)

देव - यह क्या कर रहे हो शुभम भैया ? कैसा डांस कर रहे हो ?

शुभम - (आँखें खोलते हुए) कहाँ है शिवि ? अभी तो मेरे पास मौजूद थी।

देव —- तुम सपना देख रहे हो शुभम। हम अपने हॉस्टल में हैं।

शुभम —- तुम अभी तक जाग रहे हो देव भैया, क्या तुम जागते हुए ही सपनों में खोए हुए थे ?

देव —- हाँ शुभम, गुप्ता सर ने बताया था कि सपने नींद में व जागते हुए भी देखे जा सकते हैं। तुम्हारी नींद के सपने पूरे होंगे और मेरे दिन के सपने अधूरे ही रहेंगे। तुम शिवि को जी जान से चाहते हो न, सपनों में भी तुम्हें शिवि का ख़्याल रहता है।

शुभम — तो क्या मैं शिवि के विषय में कुछ बोल रहा था, तुमने जागते हुए सब सुना होगा ?

देव — तुम वही सब दोहरा रहे थे जो हम सब ने उस दिन किया था। अब सो जाओ कल सुबह टीचिंग प्रैक्टिस के लिए भी जाना है।

शुभम — ओ. के. गुड नाइट !

***

19

नेहा के स्कूल में 'डॉक्टर दिवस' सेलिब्रेशन व घर आगमन

परम पूज्य प्रधानाचार्या एवं निदेशक सोनाक्षी जिंदल गर्ल्स मॉडर्न शिक्षा सदन, सुयोग्य एवं प्रशिक्षित स्टाफ़ मेंबर, उपस्थित अतिथिगण एवं प्रिय छात्राओं, आज हम अपने शिक्षा केंद्र में डॉक्टर्स दिवस मनाने के लिए एकत्रित हुई है। मैं डॉक्टर राणा कपूर इन्चार्ज मेडिकल विंग आपके संज्ञान में लाना चाहता हूँ कि आज दिसंबर 22 को हम डाक्टर्स दिवस क्यों मना रहे है जबकि यह हर वर्ष पूरे भारत वर्ष में एक जुलाई को बड़े विश्वास के साथ मनाया जाता है। उपस्थित छात्राओं एवं अभिभावक गण, आप सभी जानते होंगे कि इस वर्ष (पूरे वर्ष) हमारे प्रिय राष्ट्र को एक भयानक बीमारी ने अपनी चपेट में ले लिया था। देश जैसे ठहर सा गया था, फिर किसी समारोह की संभावना लगभग शून्य हो गई थी। अब इस भयंकर बीमारी के प्रकोप से हमें व पूरे विश्व को कुछ राहत मिली है इसलिए हम डॉक्टर्स डे 1 जुलाई की वजाय 22 दिसंबर को मना रहे हैं। कल से क्रिसमिस के लिए एक सप्ताह के अवकाश आरंभ होंगे जिसके लिए आप सभी को क्रिसमस की शुभकामनाएं देता हूँ। आज हमारे मध्य केंद्रीय स्वास्थ्य मंत्री (जो ख़ुद ही एक डॉक्टर भी हैं) कुछ समय में तशरीफ़ लाने वाले हैं। मैं किसी भी अभिभावक को आमंत्रित करता हूँ जो मुख्य मेहमान के आने से पूर्व इस दिवस के बारे में जानकारी साझा कर सके।

श्रोताओं के बीच से एक युवा चेहरा चुपचाप मंच की ओर बढ़ कर अपना वक्तव्य आरंभ करता है। मैं रवि अग्रवाल, अंबाला कैंट से दांतों के लिए डॉक्टर हूँ। मेरी छोटी बहन इस विद्यालय में दस जमा एक की छात्रा है। मैं शिक्षा सदन द्वारा डॉक्टर दिवस मनाए जाने का भरपूर स्वागत व सम्मान करता हूँ। यह शिक्षा सदन पूरे प्रदेश में ही नहीं बल्कि पूरे देश में अपनी शिक्षा व्यवस्था, अनुशासन, चरित्र निर्माण एवं राष्ट्र की प्रगति में योगदान के लिए सुविख्यात

है। हमें गर्व है ऐसे शिक्षा केन्द्र पर जो राष्ट्र निर्माण व विकास के लिए होनहार बालकों -छात्राओं को सन्मार्ग दिखा रहा है । मैं विद्यालय प्रबंधन का आभार व्यक्त करता हूँ कि मुझे एक अभिभावक के रूप में मंच साझा करने का मौक़ा प्रदान किया है।

(मुख्य अतिथि का प्रवेश, सभी खड़े होकर अभिवादन करते हैं व तालियों से स्वागत करते हैं।)

डॉक्टर राणा कपूर – (माइक संभालते हुए) उपस्थित सभ्य समाज, हमारे मध्य केंद्रीय स्वास्थ्य मंत्री श्री सुबोध कांत मेघवाल जी पधार चुके हैं, मैं प्रिंसिपल एवं निदेशक महोदया से विनम्र निवेदन करूँगा कि वे आएँ व मंत्री महोदय का स्वागत करें।

प्रधानाचार्या एवं निदेशक- मैं विद्यालय के स्टाफ़, छात्राओं एवं अभिभावकों की ओर से डॉक्टर्स दिवस पर केंद्रीय मंत्री महोदय का हार्दिक अभिनंदन करती हूँ वे इस पवित्र दिवस की बधाई देती हूँ। अपनी व्यस्तताओं के मध्य समय निकालकर कार्यक्रम की शोभा वृद्धि के लिए मंत्री जी का धन्यवाद करती हूँ।

राणा कपूर - (माइक संभालते हुए) सबसे पहले मंत्री महोदय द्वारा दीप प्रज्वलित किया जाएगा जिसमें विद्यालय की निर्देशिका एवं प्राचार्या तथा प्रेसिडेंट एवं IMA की हरियाणा प्रदेश शाखा के प्रमुख उनका सहयोग करेंगे। तत्पश्चात सदन की छात्राएँ सरस्वती वंदना एवं स्वागत गीत प्रस्तुत करेंगी।

(मंच पर कुछ छात्राओं का भव्य परिधानों में प्रवेश व कर्णप्रिय ध्वनि में सरस्वती वंदना एवं स्वागत गीत प्रस्तुति)

राणा कपूर - अब विद्यालय के उप प्राचार्य आपके समक्ष डॉक्टर्स दिवस के विषय में वक्तव्य प्रस्तुत करेंगे।

उप प्राचार्य— परम आदरणीय मंत्री महोदय, विद्यालय समिति के प्रधान जिंदल साहब, प्राचार्या महोदया ! हर वर्ष एक जुलाई को मनाया जाने वाला डॉक्टर्स दिवस आज क्यों मनाया जा रहा है इसका कारण डॉक्टर राणा कपूर ने पहले ही स्पष्ट कर दिया है। मैं आपको बताना चाहूंगा कि यह दिवस क्यों व

किस कारण से मनाया जाता है । भारत में प्रथम वार डॉक्टर्स डे एक जुलाई 1991 को डॉक्टर बी. सी. राय को श्रद्धांजलि देते हुए मनाया गया जिनका जन्म व मृत्यु दोनों ही एक जुलाई को है । डॉक्टर बी.सी. राय पश्चिम बंगाल के मुख्यमंत्री भी रहे हैं । वे एक योग्य डॉक्टर, सामाजिक कार्यकर्ता, शिक्षाविद् एवं राजनीतिज्ञ थे । उनकी उत्कृष्ट सेवाओं के लिए उन्हें भारत रत्न के सर्वोच्च नागरिक पुरस्कार से नवाज़ा गया था ।वे महात्मा गांधी के व्यक्तिगत डॉक्टर भी थे । डॉक्टर्स की सेवाओं की प्रशंसा के लिए यह दिवस राष्ट्रीय स्तर पर मनाया जाता है। कोविड महामारी के प्रकोप से बचाने में डॉक्टर्स ने अपनी जान पर खेल कर भी लोगों के जीवन की रक्षा की । कोई भी इनकी सेवाओं को भुला नहीं सकता । मैं इस पुनीत अवसर पर डॉक्टर्स-समाज की सेवाओं की सराहना करते हुए अपना स्थान ग्रहण करता हूँ । बहुत-बहुत धन्यवाद।

अब मंच पर मंत्री महोदय का अवतरण हुआ । उन्होंने अपने संबोधन में डॉक्टर्स की सेवाओं, कर्तव्यों व ज़िम्मेदारियों का भरपूर उल्लेख किया ।कार्यक्रम की समाप्ति पर प्रतिभावान छात्राओं को पुरस्कार प्रदान किए। संस्था के प्रधान श्री जिंदल ने मुख्य अतिथि का संस्था में आने व 51 लाख रुपये की राशि घोषित करने पर धन्यवाद किया । श्री जिंदल ने सभी अभिभावकों को जलपान के लिए भी आमंत्रित भी किया ।

अरे डॉक्टर साहब ! घर पर हो न या रोज़ की तरह दरवाज़े पर एक किलो भर का ताला देखकर लौट जाएं ? कोर्ट से काम की थकान के बाद कुछ समय आनंद से बिताने को भाई साहब के घर आते हैं पर भाईसाहब तो जब से 'रोका' हुआ है,नदारद हो गए ।एक तो अपनी दुल्हनिया को गोद में डालकर हनीमून के लिए निकल गया, दूसरा घर पर ताला डालकर न जाने कौन सी दुनिया में खो गया । रह गए हम झख मारने को ? चल कांतिभाई, तनेजा रेस्टोरेंट ही चलते हैं,एक प्याली काफ़ी की हो जाए । थकान तो मिटेगी ही, कुछ समय भी बीत जाएगा ।इन लापरवाह मित्रों से तो ये चाय काफ़ी वाले लोग ही अच्छे हैं जो सुख दुख में सदा भागी बनने को तत्पर रहते हैं,क्या शनिवार क्या रविवार, चौबीसों घंटे, आठों पहर इनके लिए कोई विश्राम नहीं ? अनवरत सेवा में लगे रहते हैं और एक ये हमारे डॉक्टर बाबू है, अपने मित्रों से कन्नी काटते हुए घूम

रहे हैं। कब तक बच पाओगे मित्रों से, चार दिन की चाँदनी फिर अँधेरी रात। अब तो सपनों में खोए रहो जब सवेरा होगा और दिन निकलेगा, हम मित्रों की याद आएगी। दुल्हनिया को कब तक नचाओगे, एक दिन आएगा जब वह तुम्हें अंगुली पर नचाएगी, तब मित्रों को ढूँढ़ोगे और नदी तट पर अपना दुखड़ा सुनाओगे। तब तुम्हारी करुणा भरी आवाज़ लहरों में समा जाएगी और नशे में चूर नाविकों की तरह जहाँ से चले थे वहीं पाओगे। कांति तो अपना समय अकेला भी बिता लेगा पर तुम हमारे बिना अधूरे रह जाओगे। मित्रों के बिना अधूरा आदमी पति-पत्नी पाकर भी पूर्ण नहीं होता। एक दिन हमारे जैसे योग्य मितभाषी मित्रों के बिना जीवन में सार्थकता नहीं रह जाएगी। पर तुम्हें क्या ? तुम तो डॉक्टर हो, तुम्हें तो कृत्रिम क्रूरता ने सहृदय से निर्मम बना दिया है। हम भी कोर्ट में मुक़दमे सुनते सुनते कठोर हो गए हैं और यही कठोरता जीवन में कठिनता उत्पन्न करती है।

(ऑटो रिक्शा की आवाज़ नज़दीक होती हुई)

शायद डॉक्टर बाबू हैं, हाँ वही है। साथ में कोई और भी है। पास आए ऑटो रिक्शा से डॉक्टर साहब —-अरे कांतिभाई, क्यों गुमसुम खड़े हो, किधर जाना है, भूल गए क्या ?

कांति -हाँ डॉक्टर बाबू, तुम्हारे पास हम आते तो हैं ग़म मिटाने के लिए पर तुम तो रोग का इलाज करने के बजाय बढ़ा ही देने में लगे हो। दरवाज़े पर ताला लटका पाकर हम गमगीन हो जाते हैं।अभी लौट रहा थे तनेजा के पास ?

राकेश —- देखो कांति, अब तुम्हें एक सप्ताह तक 'तनेजा' नहीं जाना पड़ेगा। इधर देखो।

कांति — अरे नेहा रानी, क्या स्कूल की छुट्टियाँ हो गई है ?

नेहा — कांति भैया नमस्ते ! तुम्हारे साथ वे काले कोट वाले भैया नहीं है क्या जो तुम्हारे साथ हमेशा दिखाई देते थे ?

कांति — नेहा बहन, मुझे दुख तो आने वाले समय को लेकर है जब राकेश भैया भी दिखाई नहीं देगा। वह दिन अब ज़्यादा दूर नहीं है। चलो, घर में चलकर ही बातें करेंगे।

राकेश— (घर में आकर) कांतिभाई, तुम जानते हो मैं कहाँ से आ रहा हूँ ?

कांति— हाँ मैं तो मूर्ख ही हूँ जो नेहा को देखकर भी न जानूँ कि तुम कहाँ से आ रहे हो ?

राकेश— मेरा मतलब वो नहीं कान्ति भाई, मैं कहाँ गया था ये तो तुम नेहा को देखकर ज़ान गए पर किस किस से मिला यह तुम्हारे ज़हन से परे की बात है।

कांति— क्या रश्मि भाभी से मिलकर आ रहे हो ?

राकेश— नहीं कांति, हम अपने मित्र, अपने सहपाठी से मिलकर आ रहे हैं। पूछो कौन है वो?

कांति— बिना पूछे नहीं बताओगे ?

नेहा — (चाय की प्यालियाँ टेबुल पर रखते हुए) कांति भैया, राकेश भैया अपने डॉक्टर साथी रवि अग्रवाल से मिलकर आ रहे हैं ।कई वर्ष बाद मिले हैं । उनकी बहन सपना मेरी पक्की सहेली है व मेरे साथ ही पढ़ रही है ।

कांति — हाँ नेहा, मुझे यही सच लग रहा है । राकेश को नए- नए दोस्त मिल रहे हैं जो पुरानों को भूल रहा है ।

नेहा — रवि अग्रवाल भैया का तुमसे भी पुराना दोस्त है ।आज मेरे स्कूल में डॉक्टर्स दिवस मनाया गया था जिसमें सभी छात्राओं के अभिभावकों को आमंत्रित किया गया था।अचानक ही रवि भैया मंच पर आए तो राकेश ने उसे पहचान लिया और जलपान के समय ख़ूब जी भरकर बातचीत की। अब तुम जी भरकर बातें करो।

और क्या हम जी भरकर बात नहीं कर सकते ? देव ने घर में प्रवेश करते हुए कहा।

राकेश —-अरे देव भैया, तुम कब आए ?

देव —- अभी आ रहा हूँ, कांति भैया नमस्ते ! नेहा बहन तुम यहाँ कब से हो ?

नेहा —- देव भैया, नमस्ते ! मैं अभी कुछ देर पहले ही भैया के साथ आईं हूँ। आज मेरे स्कूल में डॉक्टर्स डे मनाया गया था। जैसे आप लोग अध्यापक डे मनाते हो।

कांति —- हाँ नेहा, जैसे हम भी न्याय दिवस हर वर्ष 17 जुलाई को मनाते हैं।

नेहा — न्याय के लिए तो इस दिन किसी को भी सम्मानित या पुरस्कृत होते हुए हमने कभी देखा- सुना नहीं। क्या आप लोग सही न्याय नहीं करते ? क्या आँखों पर पट्टी बांधकर फ़ैसले लेते हो ?

कांति —- नेहा बहन ! हम निष्पक्ष व भेदभाव रहित न्याय करते हैं, इसलिए आँखों पर पट्टी बांधते हैं। हमारा न्याय किसी सम्मान या पुरस्कार का मोहताज नहीं ?

देव—- कांति भैया, बहुत दिनों से सरिता -छोर नहीं निहारा, बस में दो घंटे बैठे रहने से टाँगें अकड़ गईं है।

कांति — हाँ देव भैया, मुझे भी कई दिनों से इच्छा हो रही थी, आओ सब चलते है। क्यों राकेश भैया ?

राकेश —- हाँ, सभी चलते हैं। नेहा ! तुम डिब्बे वाले से खाना लेकर रख लेना, हम कुछ देर में लौटेंगे ?

नेहा —- देव भैया, तुम्हें कुछ चाय- कॉफी लेना है तो मैं बना लाती हूँ।

देव —- नहीं नेहा, में कुछ नहीं लूँगा।नदिया से लौट कर डिनर ही लेंगे। क्यों राकेश भाई,सब के लिए डिनर आर्डर किया है न ?

राकेश — हाँ मैंने सभी के लिए बोला है।

देव — अच्छा किया, आज बहुत दिनों बाद मिल बैठकर भोजन करेंगे।कांति भैया, आज तुम अकेले कैसे, राजीव नहीं दिखाई दे रहा ? क्या किसी केस में उलझ रहे हैं ?

कांति —- अब तो सारी उम्र के लिए वकील साहब ख़ुद ही फँस गए हैं। अभी तक हनीमून से नहीं लौटे हैं,एक सप्ताह होने को आया है ।माता पिता की देखभाल का ज़िम्मा हम दोनों पर लाद कर गए हैं। शायद कल सायं तक लौट आएँ।

देव —- तब तो मैं भी दिव्या भाभी के दर्शन कर लूँगा।

नेहा —-तुम सब ने तो शादी में लड्डू भी खा लिए हैं, अब मैं भाभी-भैया राजीव को डांट पिलाऊँगी कि मुझे शादी में क्यों नहीं बुलाया ?

कांति—- हाँ नेहा, हम सब तुम्हारे साथ है। कल आएगा तो पूछेंगे,अब हम सब घूमने निकलते हैं।

नेहा —- ठीक है, इतने तक मैं सब सामान की सैटिंग कर लूँगी।

***

20

रश्मि- तान्या की बातचीत

अब कॉलेज में पढ़ाई जोरों पर थी। दीपावली की छुट्टियाँ ख़त्म हो चुकी थी। रश्मि ने दिव्या की शादी के बाद अब तान्या के लिए दिन गिनने शुरू कर दिए थे। जल्द ही लक्ष्मी की शादी तरुण के साथ सम्पन्न हो जाएगी तब समीर भैया को भी अपनी दिल की रानी व मुझे भाभी मिल जाएगी।दादा जी अब चैन से बैठने वाले नहीं, तनेजा अंकल से बात को फ़ाइल करने में जुट गए होंगे।अभी लक्ष्मी की इंटर्नशिप तीन- चार महीने और चलेगी, उसके बाद ही शायद दो दिलों का मिलन होगा। तान्या अपनी क्लास ख़त्म होने पर रूम पर लौटी तो रश्मि को विचारों में खोया पाया।

तान्या —क्या डॉक्टर साहब की याद में खोई हुई हो, अब तो कुछ ही दिनों की बात है ?

रश्मि —-मैं अपनी नहीं, भैया तरूण व लक्ष्मी के विषय में सोच रही थी। तुम्हारा भी ख्याल आता जाता रहता है।

तान्या —- अब ये ख़्याली पुलाव पकाना छोड़ो और पढ़ाई की तरफ़ ध्यान दो।बहुत गफलत हो चुकी है।

रश्मि—-अब क्रिसमस की छुट्टियों में कॉलेज बंद रहेगा पर शुक्र है कि मेस चालू रहेगा।

तान्या —- कैसे व्यतीत होगा यह छुट्टियों को लंबा समय। ज़्यादा तो पढ़ा लिखा भी नहीं जाता ?

रश्मि ——अब तो किताब के पन्नों पर समीर भैया ही नज़र आते होंगे। कोई फ़ोटो वग़ैरह मारी कि नहीं मेरी तरह ?

तान्या —- उसी दिन मुलाक़ात हुई थी, सारा समय प्रॉब्लम हल करने में ही बीत गया। बस स्टॉप पर छोड़ने गए थे, तब भी ज़्यादा समय नहीं मिला बात करने का।

रश्मि—- तो अब दिलवा देते हैं समय। बोलो क्या मूड है ? चलो मामा जी के यहाँ चलते हैं। तुम समीर भैया से मिल लेना, मैं मामा - मामी से मिल लूँगी।

तान्या— घर में थोड़ा बंधन सा ही रहता है,खुलकर बात नहीं कर पाते ?

रश्मि—— शादी से पहले ज़्यादा खुलना अच्छा नहीं, पर तुम तो दिल्ली की लौंडिया हो, फ़ॉरवर्ड जो ठहरी।

तान्या— नहीं रश्मि, दिल्ली हो या देहात, सपने तो हर लड़की पालती है पर जब मिलना होता है कुछ नहीं सूझता, दिमाग़ काम करना बंद कर देता है दिल चालू हो जाता है।

रश्मि —-दिल लगाओगी तो मीटर चलेगा ही। अब बताओ कब चलना चाहोगी?

तान्या—मुझे कुछ नहीं सूझ रहा है, तुम ही ज़्यादा अनुभवी हो गई हो।

रश्मि—-ठीक है हम क्रिसमस के दिन ही चलेंगे। पहले दो दिन इंतज़ार में और बाद के दो दिन प्यार में। दो दिन खूब सोचो कि क्या बात करनी है ?

तान्या —यह कोई डॉक्टरी की पढ़ाई नहीं जो पहले सोच विचार करना पड़े। तुम ही गाइड करो।

रश्मि ——तान्या, चलो डिनर के लिए मेस की घंटी बज गई है।आज स्टूडेंट्स कम ही होंगी। हमें भी बिना देर किए चलना चाहिए।

तान्या—- हाँ चलो, फिर आकर कुछ पढ़ाई भी कर लेंगे।(फ़ोन की घंटी बजती है) हेलो कौन है ? (फ़ोन पर दूसरी ओर से) तान्या बेटी, मैं तुम्हारी मम्मी बोल रही हूँ। दोपहर में जींद से तुम्हारी सहेली रश्मि के दादा जीका फ़ोन मिला था कि—।

तान्या——हेलो ! हेलो ! हेलो ! मम्मी लगता है नेटवर्क सुचारु नहीं चल रहा। दिल्ली में MTNL वह यहाँ BSNL का तालमेल नहीं हो पा रहा है।

रश्मि——सब ठीक तो है तान्या ? क्या कह रही थी आंटी जी ?

तान्या—-रश्मि, बात पूरी नहीं हो सकी। मम्मी, तुम्हारे दादाजी का ज़िक्र कर रही थी, उसके बाद फ़ोन बंद हो गया। रश्मि, तुम अपने फ़ोन से दादाजी से बात करो ।लगता है कोई विशेष समाचार है ?

रश्मि——(जेब से फ़ोन निकालकर मिलाते हुए) हेलो दादा जी, नमस्ते ! मैं यहाँ ठीक हूँ। आप कैसे हैं ?

डॉ दादा—-रश्मि बेटी ! मैं अभी खाना ले रहा हूँ। 10 पन्द्रह मिनट के बाद तुम्हें फ़ोन कर सब बताऊँगा ?

रश्मि—- ठीक है दादा जी,हम दोनों भी मेस में डिनर के लिए जा रही हैं। तान्या चलो, पहले डिनर कर लें, उसके बाद ही दादाजी से बात होगी ? अभी दादाजी भोजन कर रहे है।

तान्या —— लगता है कोई ख़ास बात है ?

रश्मि—- हाँ कुछ तो ज़रूर है। (फिर फ़ोन बजता है) तत्परता से, हेलो ! (दूसरी तरफ़ से) मामीजी — हेलो बेटी रश्मि, सब ठीक चल रहा है न ? कॉलेज की तीन चार दिन की छुट्टियाँ हैं, इधर आ जाओ, तान्या को भी साथ ले आना।

रश्मि— हाँ मामीजी, हमने एक दिन आने का प्रोग्राम बनाया है। तान्या की कुछ प्रॉब्लम हैं।

मामीजी— हाँ, रश्मि बेटी, शादी तक ही औरत को प्रॉब्लम रहती है फिर तो सभी मर्दों पर आ जाती हैं।

रश्मि ——(मुस्कराते हुए) मैंने ही तान्या को आने के लिए मनाया था। शायद हम दोनों क्रिसमस के दिन आएं। क्योंकि उस दिन समीर भैया को भी फ़ुरसत रहेगी। (फ़ोन पर टक टक की आवाज़ सुनकर) मामीजी, मुझे दूसरा

फ़ोन आया है, शायद दादा जी बात करेंगे। मैं आपसे थोड़ी देर में बात करूँगी। हेलो दादाजी !

दादाजी —- रश्मि बेटी ! मैं सुबह नाश्ता करके तनेजा के यहाँ गया था घर पर, सभी वहीं थे छुट्टी के कारण।

रश्मि—- अच्छा दादा जी, फिर क्या रहा ?

दादा जी —- हमने क्रिसमस के दिन सगाई का कार्यक्रम सभी की सहमति से तय कर लिया है। तुम्हारी सहेली तान्या क्रिसमस की छुट्टियों में घर चली गयी होगी ?

रश्मि—- नहीं दादा जी, अभी उसे ऐसी कोई जानकारी नहीं है।थोड़ी देर पहले दिल्ली से उस की मम्मी का फ़ोन आया था पर नेटवर्क की समस्या के कारण पूरी बात नहीं हो पाई। शायद फिर कोई फ़ोन आए।

दादा जी —अब फ़ोन आए या न आए, तुम दोनों कल सुबह ही दिल्ली के लिए रवाना हो जाना। अगर तुम यहाँ घर आना चाहती हो तो तुम्हारी इच्छा।

रश्मि—मैं सोच लूँगी। तान्या कहेगी तो उसके साथ ही दिल्ली चली जाऊँगी। नहीं तो मामाजी के घर जाकर अपनी पढ़ाई करूँगी।

दादा जी —- ठीक है बेटी, तान्या को सब बात समझा देना, किसी प्रकार की चिंता करने की ज़रूरत नहीं है। मैंने दोनों ओर से विश्वास पूर्वक बातचीत कर ली है।

रश्मि— ठीक है दादा जी ! गुड नाइट ! तान्या तुमने सब सुन लिया है न ? चलो अपनी तैयारी शुरू करो।

तान्या— कुछ शरीर में अन्न का कण पड़ेगा तभी हाथ पैर चलेंगे ?

रश्मि—- हाँ चलो, देर तो हुई है पर इतनी नहीं, अभी मैस चल रहा होगा ?

***

21

राजीव- दिव्या का हनीमून के लिए प्रस्थान

एयरपोर्ट से ही प्रीपेड टैक्सी लेकर राजीव व दिव्या घर लौट रहे थे। आज आधा सप्ताह बीत गया था दोनों को हनीमून पर गए हुए जब उनकी कार एयरपोर्ट की तरफ़ दौड़ रही थी। सर्दियों के ठंडे दिन जवानी के जोश को शीतल नहीं कर सकते।दोनों पति -पत्नी उत्साह से दिल्ली एयरपोर्ट पर पहुँच गए थे। अभी बेंगलुरु की उड़ान के लिए दो घंटा शेष था।

पहचान पत्र जाँच कर संतरी ने अंदर जाने दिया। सामान के नाम पर दो सूटकेस तैयार कर लिए गए थे जिन्हें ट्रॉली पर रखे हुए राजीव कांउटर की तरफ़ बढ़ रहा था व दिव्या भी उसके साथ - साथ आगे बढ़ रही थी। कांउटर पर अभी सर्पनुमा पंक्ति काफ़ी लम्बी लगीं थीं। दोनों ट्रॉली के सहारे कछुए की चाल से आगे बढ़ रहे थे। भीड़ कुछ हल्की हुईं तो कांउटर तक पहुँचे व एयरलाइंस कर्मचारी ने सूटकेसों का वजन कर एक जो ज़्यादा भारी था, चैक इन के लिए प्लेटफ़ार्म पर रख दिया तथा दोनों को बोर्डिंग पास थमा दिए थे। अब ट्रॉली को वहीं छोड़कर सूटकेस को पहियों पर चलाते हुए वे निर्धारित गेट की ओर बढ़ने लगे।

दिव्या— अब हमें कितना और चलना होगा, क्या गेट काफ़ी दूर है ?

राजीव— हम धीरे-धीरे मस्ती में चल रहे हैं इसलिए देर लग रही है। अभी तो हमें सुरक्षा जाँच से भी गुजरना होगा ?

दिव्या—- हमारे पास तो एक सूटकेस के अतिरिक्त अन्य कोई सामान नहीं है फिर कैसी जाँच ?

राजीव—- किसी भी अवांछित व घातक घटना को रोकने के लिए जाँच आवश्यक है। यह केवल हमारी नहीं, सभी यात्री सुरक्षा जाँच के बाद ही विमान में सवार होते हैं।

दिव्या—- वह सामने शायद सुरक्षा जाँच के लिए लोग पंक्तियों में खड़े हैं व सुरक्षा कर्मचारी भी तैनात हैं।

राजीव—- हाँ, तुम बिल्कुल दुरुस्त कह रही हो। वहाँ सामान की व हमारी जाँच होगी। उसके बाद ही गेट की ओर प्रस्थान कर सकेंगे।

दिव्या—- पर वहाँ तो बहुत लंबी लाइन लगी हुई है, इतने तक तो हमारा विमान उड़ान भर लेगा।

राजीव —- यात्रियों को बिना लिए विमान कैसे उड़ सकता है ? सुरक्षा कर्मचारी बड़ी मुस्तैदी से तलाशी -जाँच करते हैं। महिलाओं व पुरुषों के लिए अलग-अलग व्यवस्था की गई है।

दिव्या —- मैं दूसरी बार विमान में सवार हो रही हूँ। पहली बार उमा बुआ के घर मुम्बई में गोलू के जन्मदिन पर मम्मी -पापा के साथ आई थीं। चेंबूर इलाक़े में हैं बुआ का घर, आर. के. स्टूडियो से एक कि. मी. की दूरी पर।

राजीव—- मै तो पहला मौक़ा ही पा रहा हूँ। वकालत में फ़ुरसत के पल नसीब ही नहीं होते फिर बूढ़े माता -पिता को भी सहायता की दरकार रहती है। अब भी कुछ दिनों के लिए कांति व राकेश भैया को ज़िम्मेदारी सौंपी गई है।

दिव्या—हाँ, मम्मी पापा कुछ असहाय ही नज़र आ रहे हैं। उन्हें देखभाल की ज़रूरत है।

राजीव —- लो, सुरक्षा की लाइन में लग जाते हैं फिर गेट पर बैठकर ढेरों बातें करेंगे।

(सुरक्षा जाँच पार कर गेट पर बैठे हुए)

राजीव — अभी एक घंटा शेष है, कुछ चाय- कॉफी की ज़रूरत है क्या ?

दिव्या — क्या एयरपोर्ट पर भी यह सब उपलब्ध रहती हैं?

राजीव —- रेलवे स्टेशन, बस स्टैंड व एयरपोर्ट पर चाय- कॉफी नहीं मिलेगी तो कहाँ मिलेगी ? आओ वहीं पर गर्म -गर्म पी लेते हैं। सर्दी का प्रकोप कुछ शांत हो जाएगा।

(दोनों चाय लेकर वापस गेट पर पहुँचे तो देखा कि सभी यात्री पंक्तिबद्ध होकर हाथों में बोर्डिंग पास लिए जाँच के बाद विमान की ओर बढ़ रहे हैं। राजीव व दिव्या ने भी अपने बोर्डिंग पास चेक करवाए व विमान में सवार हो गए।)

दिव्या — (विमान में हलचल महसूस कर) यह विमान पीछे क्यों चला जा रहा है ?

राजीव— तुम ही बताओ, मैं तो पहली बार ही विमान से यात्रा करने जा रहा हूँ।

दिव्या—- पहली बार जो काम करो तो उसके बारे में क्या मुझे ही बताना पड़ेगा?

(दोनों एक-दूसरे की आँखों में झांक कर मुस्कुराते हुए)

राजीव- बेशक ! क्योंकि तुम्हारा अनुभव है तो तुम ही बताओगी ?

दिव्या—- विमान जब गेट पर खड़ा रहता है तब आगे बढ़ने के लिए पुश बैक लेता ही है। फिर धीरे-धीरे आगे बढ़ कर एक दम से गति पकड़ कर ऊपर आकाश में चढ़ने लगता है।

राजीव — क्या कोई घबराहट वगैरह तो नहीं होती होगी ?

दिव्या —- हाँ थोड़ी- बहुत तो सभी को महसूस होती है। कई लोगों के कानों में दर्द की शिकायत भी दर्ज की गई है पर कुछ च्यूइंगम बगैरह चबाने से रिलीफ़ मिल जाता है।

राजीव —- क्या अब हमारे पास है ? मुझे घबराहट जैसा कुछ लगने लगा है।

दिव्या —खिड़की से बाहर मत झांको, अपना ध्यान किसी और स्थान पर केंद्रित करो।

राजीव — तुमने सूटकेस ऊपर रख दिया है न ?

दिव्या—- हाँ, बिल्कुल सीट के ऊपर, बहुत ख़ाली जगह थी। लो, यह च्यूइंगम चबाते रहो, घबराहट व कानों में दर्द से राहत रहेगी।

राजीव—- अब कुछ आराम महसूस कर रहा हूँ।

दिव्या—- अब विमान काफ़ी ऊपर तक पहुँच गया है। यह प्रॉब्लम विमान के उतरते व चढ़ते हुए ही परेशान करती है। कुछ हवा का दबाव कम - ज़्यादा होने से ऐसी स्थिति बन जाती है।

राजीव — अब हमें थोड़ा विश्राम कर लेना चाहिए, सुबह से ही भाग-दौड़ चल रही है।

दिव्या— हाँ, हमें शायद एक घंटा लगेगा बेंगलुरु पहुँचने में, इतने तक आराम मिल जाएगा।

***

22

शुभम की किरोड़ीमल मंदिर में देविना व शिवि से भेंट

देव के जींद चले जाने के बाद शुभम को अकेलापन महसूस हो रहा था। खाने व सोने के सिवाय उसके पास कुछ काम नहीं था। क्रिसमस के बाद भी अभी टीचिंग प्रैक्टिस के कुछ दिन शेष रह गए थे जिनके लिए पाठ- योजना तैयार कर ली थी। पहला दिन तो फिर भी कुछ ऐसे ही कामों में निकल गया पर अगले दिन नाश्ता ले चुकने के बाद वह उदास सा हो गया था। कुछ समय सोच- विचार कर रूम से बाहर आया पर स्टूडेंट्स साथियों के दर्शन दुर्लभ रहे क्योंकि सब छुट्टियों के कारण अपने- अपने घरों का रुख़ कर चुके थे। अकेलेपन व बोरियत से बचने के लिए वह बाज़ार की तरफ़ निकल गया। सोचा कि क्यों न मंदिर में प्रभु के दर्शन कर लूँ। मंदिर पहुँच कर देखा तो प्रवचन चल रहा था। जूते बाहर निकाल कर वह चुपके ही पीछे बैठकर ध्यान से सुनने लगा। अचानक किसी ने पीछे से कंधे पर हाथ रखा तो उसने पीछे मुड़ कर देखा। यह देविना थीं जो शिवि के साथ सत्संग के लिए मंदिर आईं थीं। महात्मा जी का प्रवचन जारी था। श्रद्धालु जड़वत् विराजमान थे। पूरा वातावरण शांत व भक्तिमय हो गया था।

महात्मा जी ने फ़रमाया कि एक युवक भोला- भाला पर पेटू था, जो मिलता चट कर जाता। परिवार की इतनी आमदनी नहीं थी कि उसकी उदर पूर्ति कर सके, अत: वह घर छोड़कर निकल पड़ा और एक कुटिया में किसी साधु का शिष्य हो गया। साधु व उसके शिष्य भी उसकी अधिक खाने की आदत से परेशान हो गए थे। साधु ने एक बार उस युवक से सप्ताह में एक दिन व्रत करने का मशविरा दिया। युवक ने व्रत धारण करने से मना कर दिया तो साधु ने कहा कि हम सब तो एक दिन व्रत धारण करते हैं, तुम उस दिन अपनी भोजन सामग्री जंगल में ले जाना और वहीं पका कर खा लेना। निश्चित दिन वह

युवक जंगल में चला गया व भोजन पका कर भगवान भोलेनाथ को बुलाने लगे कि उसके भोजन में भोग लगाने के लिए आ जाएँ। भोले युवक की पुकार सुनकर भोलेनाथ अवतरित हुए व युवक ने उन्हें प्रेमपूर्वक प्रणाम कर भोजन समर्पित किया। भगवान भोलेनाथ ने काफ़ी भोजन कर उसके लिए थोड़ा सा ही बचाया जिससे उसकी संतुष्टि नहीं हुई ?

अगली बार वह ज़्यादा भोज्य सामग्री लेकर लौटा व पकाने के बाद पहले की तरह भोलेनाथ को भोग लगाने का आह्वान किया। भोलेनाथ ने फिर ज़्यादा भोजन लेकर उस युवक के लिए कम ही शेष छोड़ा। वह युवक इस बार भी असन्तुष्ट रहा व अगली बार और ज़्यादा सामग्री लेकर आया। पुकारने पर भोलेनाथ फिर प्रकट हुए व काफ़ी भोजन कर अंतर्ध्यान हो गए। शिष्य के लिए भोजन नाकाफ़ी साबित हुआ। अगली बार जब युवक ने साधु महात्मा जी से ज़्यादा भोज्य सामग्री देने की माँग की तो साधु को शंका हुई कि कहीं यह युवक सामग्री को बिक्री तो नहीं कर रहा। साधु महात्मा ने भोज्य सामग्री देने का शिष्यों को आदेश तो दे दिया पर साथ ही जंगल में जाकर उसका निरीक्षण करने का फ़ैसला किया।

हर सोमवार की तरह युवक ने भोजन बना कर अपने प्रभु का आह्वान किया। भगवान भोलेनाथ फिर प्रकट हुए व भोजन का अधिकांश हिस्सा चट कर गए। इस बार भी युवक के लिए भोजन का अभाव रहा। इसी दौरान साधु महात्मा जी भी शिष्यों सहित वहाँ पहुँच गए और बहुत थोड़ा भोजन देखकर बोले—युवक ! मैंने तुम्हें बहुत ज़्यादा भोज्य सामग्री दिलवाई थी लेकिन भोजन तो थोड़ा ही शेष ही बचा दिखाई पड़ रहा है। युवक ने महात्मा जी को निवेदन किया कि भगवान भोलेनाथ पधारे हैं इन्होंने ही भोग लगाया है। भोग के बाद इतना ही शेष बचा है। साधु ने कहा कि उसे तो कहीं भोलेनाथ नज़र नहीं आ रहे हैं, तुम मिथ्या संवाद कर रहे हो युवक। युवक ने विनम्रतापूर्वक उत्तर दिया—नहीं गुरूजी ! सामने ही तो विराजमान हैं भगवान भोलेनाथ, शायद आप नहीं देख पा रहे हैं। मैं प्रभु भोलेनाथ से विनती करूँगा कि मेरी सत्यता की रक्षा हेतु साक्षात दर्शन दें। भगवान भोलेनाथ कृपा कर प्रकट हुए व साधु महात्मा जी शिष्यों समेत प्रभु के दर्शन लाभ पाकर कृतकृत्य हो गए व शिष्य युवक की

ईमानदारी पर मुग्ध हो रहे थे।महात्मा जी ने कथा का समापन करते हुए उपस्थित श्रद्धालुओं को बताया कि गुरू तो शिष्य को भगवान की प्राप्ति में सहायक होता ही है, आज एक शिष्य ने गुरू को भगवान के दर्शन करवाए हैं। यह सब युवक के भोलेपन के कारण ही हुआ। जहां भोलापन व सरलता है, वहीं भगवान का निवास है। उचित व प्रामाणिक जानकारी के अभाव में किसी भी पर लांछन लगाने से परहेज़ करना चाहिए। प्रभु श्री राम के जय उद्घोष के साथ ही कथा का समापन हुआ। शुभम, देविना व शिवि तीनों महात्मा जी का आशीर्वाद प्राप्त कर मंदिर से बाहर आ गए थे।

देविना —- शुभम, क्या तुम अपने घर नहीं गए, तुम्हारा घर तो हमारी तरह दूर नहीं था ?

शुभम —- नहीं ! मेरा जाने को मन नहीं हुआ, देव परसों निकल गया था। जींद में डॉ. राकेश के पास ही उसका ठिकाना है।

देविना —- हाँ, उन्होंने मुझे बताया था। डॉ राकेश के सिवाय इस विशाल भूमंडल पर उनका कौन है ?

शुभम —- नहीं देविना जी, देव भैया के साथ तुम भी तो खड़ी रहती हो हमेशा। देव भैया वैसे भी बहुत भोले व सरल हैं, भगवान उसके पास हमेशा उसकी मदद करने को तत्पर रहते हैं।

शिवि—- (जो अब तक मौन साधे हुए थी) हाँ देविना, देव भैया बहुत सरल स्वभाव के व सभी का हित चाहने वाले हैं। ऐन मुसीबत में उन्होंने हमारी मदद की, वे इंसान नहीं देवता हैं।

शुभम —— बिल्कुल सही कहा शिवि ने। उस रात देव, राकेश, राजीव व कांति भैया ने जो शिवि को सहारा दिया, वह अनुपम, समय अनुकूल व अद्वितीय था। मैं देव भैया का हमेशा ऋणी रहूँगा।

देविना—— शुभम-शिवि ! जहां तक मैं समझ पाई हूँ, देव अहसान जताने के लिए कोई काम नहीं करते बल्कि स्वभावत: करते हैं। मुझे लगता है कि देश और समाज के लिए ऐसे महानुभावों की ज़रूरत है।

शुभम—— देव भैया ने बिना किसी स्वार्थ के अपना साहित्य मुखिया को दे दिया जिसके कारण उन्हें स्टेट अवार्ड मिलने में सहायता हुई। हालाँकि मुखिया ने देव भैया को ट्रेनिंग के मामले में छुट्टी देने पर टाँग अड़ाई थीं ?

शिवि —-परोपकारी लोग शत्रु का भी हित साधते हैं।

देविना —- आओ शिवि हम मारवाड़ी ढाबे पर चलते हैं, बहुत दिनों से हॉस्टल की राजमा व सूखी चपातियाँ चबाते- चबाते जी भर गया है।

शुभम —- चलो मैं भी आपके साथ चलता हूँ, हॉस्टल जाकर डाइट बंद करवा देंगे।

देविना —- हमने तो डाइट बंद नहीं करवाई। एक डाइट में क्या फ़र्क़ पड़ता है, क्यों शिवि ?

शिवि —- वैसे भी सायं काल में हॉस्टल में ही डिनर करना है इसलिए दोपहर की डाइट बंद नहीं होगी।

शुभम —— ठीक है, आओ हम सब चलते है।

***

23

देव व साथियों का नदी भ्रमण

कांति भैया, आज कौनसा राग अलापोगे ? हम सुनने के लिए बेताब हैं - देव ने प्यार से कहा।

कांति —- देव भैया, राकेश के पास आने से पहले मैं अपने एक मित्र को बस स्टैंड पर विदा करने गया था जो हाईकोर्ट में कई सालों से वकालत कर रहे हैं। उसने चायपान के समय मुझे जो केस सुनाया, उसे सुनकर मैं हैरत में पड़ गया और सोचने को विवश हुआ कि कैसे नादानी के चलते ख़ुशियों से परिपूर्ण परिवार बिखर जाता है।

राकेश — कांति भाई, आपने अपने मित्र से हमें भी मिलवाया होता ? हम मित्रों की तादाद बढ़ जाती।

देव —- हाँ कांति भाई, राकेश भैया ठीक ही कह रहे हैं।

कांति —- पर मुझे नहीं इल्म था कि राकेश भैया कहाँ हैं। जब से रश्मि भाभी ने रोका है तबसे कुछ ज़्यादा ही व्यस्त रहने लगे हैं। नेहा बहन के पास हिसार चुपके चुपके निकल गए।

राकेश —- हाँ कांति भाई, मुझे इसके लिए अफ़सोस है। अब ज़्यादा देर मत करो, अपने मित्र द्वारा बताए केस का खुलासा कीजिए।

कांति —- राकेश भैया, क़रीब पच्चीस साल पहले मोहन व मोहिनी की शादी बड़े रंग- चाव से हुईं थीं। मोहन उस समय सेना में सेवारत था। मोहिनी केवल मैट्रिक स्टैंडर्ड तक शिक्षा प्राप्त थीं और उसका मन था कि कोई छोटी-मोटी नौकरी मिल जाए तो उसका ख़ाली समय आराम से व्यतीत हो सकेगा। मोहन ने उसे कई बार समझाया कि अभी बच्चे छोटे हैं, उनकी देखभाल करो।

देव —- मोहन की सलाह बिल्कुल नेक थीं, आख़िर बच्चों को पिता का ना सही माँ का भरपूर प्यार तो मिलना ही चाहिए ?

कांति—- देव भैया, मोहिनी बच्चों की देखभाल तो कर रहीं थीं पर अचानक मोहन की माता का देहावसान हो गया। पिताजी पहले ही गंभीर बीमारी की चपेट में आकर परलोक गमन कर गए थे। अब मोहिनी बिलकुल आज़ाद हो गई थी और नौकरी की तलाश में ज़ोर- शोर से जुट गई थी। उसकी मेहनत रंग लाई और एक स्थानीय स्कूल में ही उसे सहायक टीचर की जॉब मिल गई थी।

राकेश —- वाह कांति भैया, मेहनत का फल ज़रूर मिलता है। अब तो मोहिनी की इच्छा पूर्ण हो गई थी।

कांति—- हाँ राकेश भैया, मोहन तो किंचित् नाराज़ ही था पर परिवार में विवाद से बचने को उसने मौन धारण किए रखा। बच्चे पढ़ते रहे और मोहिनी पढ़ाती रही।सब ठीक चल रहा था कि अचानक एक दिन स्कूल प्रबंधक ने मोहिनी को पदोन्नति का लालच देकर उसके साथ अनैतिक संबंध स्थापित कर लिया।

देव —- कांति भैया, आगे क्या बताओगे ? तुम तो किसी केस के विषय में बताने वाले थे ?

कांति—- हाँ अब केस के बीज बोए गए हैं, जल्द ही अंकुर फूटेंगे। मोहिनी अब गाँव में चर्चा का विषय हो गई थी।पति के बाहर रहने के कारण वह भी खूब मौज -मस्ती व आनंद लूटने लगीं व बच्चों की पढ़ाई भी चौपट होने लगी थी। मोहन जब भी घर आता तो उसके कानों में दबे- छुपे मोहिनी की करतूत मालूम पड़तीं पर कोई उपाय न पाकर चुप रहता।

राकेश —- यह तो बड़ी विकट स्थिति है कांति भाई ! पति अपनी पत्नी की बेवफ़ाई कैसे बर्दाश्त करेगा ?

कांति—- राकेश भैया, औरत का कदम एक बार घर से बाहर पड़ गया तो वह फिर भीतर आने के लायक़ नहीं रहती। मोहिनी अब मोहन के नियंत्रण

से बाहर हो गई थी। उसने बहुत समझाने की कोशिश की लेकिन मोहिनी पर कोई असर नहीं। वह अब सहायक टीचर से टीचर बन गईं थीं।

राकेश —- कांति भाई, अब मामला समाप्त हुआ तो घर चलें ? नेहा अकेली है घर में, हमारा इंतज़ार कर रही होगी ?

कांति —- राकेश भैया, मामला समाप्त नहीं अब आरंभ होगा। मोहन जब भी छुट्टी पाकर आता तो अड़ोसी- पड़ोसी उसे सारी कहानी बताते। मोहिनी को वह बार-बार समझाता लेकिन उसने उलटे मोहन पर ही दुराचारी व नशाखोर होने के इल्ज़ाम लगा दिए।

देव —— यह तो उल्टा चोर कोतवाल को डांटे वाली बात हो गई।

कांति —- देव भैया, आपने बिल्कुल दुरुस्त फ़रमाया। अब मोहिनी उसकी उपेक्षा करने लगीं थीं। उसने मोहन को धमकी दी कि अगर उसके साथ ज़्यादा तू तू- मैं मैं की तो स्कूल प्रबंधक के गुंडों से उसका इलाज भी करवा देगी।

देव —— कांति भैया, अब लगता है कि मामला न्यायालय तक जाएगा।

कांति —- हाँ देव भैया, मोहन सेना से रिटायर हो कर घर आ गया था पर घर में रहना दूभर हो गया था। घर में मोहिनी उसे दुराचारी कहतीं और बाहर लोग उसकी पत्नी को दुराचारिणी कहते। मोहन की इतनी मजाल नहीं थीं कि वह स्कूल प्रबंधक का कुछ बिगाड़ सके। उसके पास कोई सबूत भी नहीं था कि वह प्रबंधक के खिलाफ कोई शिकायत दर्ज करवा सके।

राकेश —- आख़िर कोर्ट - कचहरी तक बात पहुँचने की नौबत आ ही गई।

कांति —-हाँ राकेश भाई, मोहन ने फ़ैमिली कोर्ट में याचिका दायर कर तलाक़ की गुहार लगाई।वकीलों की ज़ोरदार पैरवी हुई और आठ मास में ही फ़ैसला तलाक़ मंजूर होने का मिला। मोहिनी ने स्कूल प्रबंधक के बल पर फ़ैमिली कोर्ट के फ़ैसले के खिलाफ हाईकोर्ट में चुनौती डाल दी। हाईकोर्ट में मामला लंबा खिंच गया और इस बीच मोहन दुनिया से विदा हो गया।

देव —— कांति भाई, एक अच्छा ख़ासा परिवार उजड़ने के कगार पर पहुँच गया।

कांति —- देव भैया, अब परिवार में बचा ही क्या रह गया ? कोर्ट ने मोहन के क़ानूनी उत्तराधिकारी को केस आगे बढ़ाने की इजाज़त दे दी। मुकदमा अनेक वर्षों तक चलता रहा और आख़िर एक दिन फ़ैसला आया। फ़ैसला मोहन के हक़ में ही था पर मृत्यु के बाद कैसा हक़ ? कोर्ट का फ़ैसला था कि पति की मानहानि व उसे बिना सबूत व्यभिचारी व शराबी कहना क्रूरता है। कोर्ट ने फ़ैमिली कोर्ट के उस आदेश को बरकरार रखा जिसमें विवाह संबंध ख़त्म करने की इजाज़त दी गई थी और मोहिनी की याचिका को पूरी तरह से ख़ारिज कर दिया था।

देव —- यह तो वाक़ई सराहनीय फ़ैसला था लेकिन कांति भाई जब जीवन ही नहीं रहा तो कैसा भी फ़ैसला रहे ?

कांति —- अब मोहिनी का घर की चल- अचल संपत्ति में कोई हिस्सा नहीं रहा व मोहन के परिवार से उसके सारे संबंध विच्छेद हो गए थे।

राकेश —- कांति भाई, तुम्हारा यह केस पीड़ादायक है।

कांति —- हम तो रोज़ ऐसे ही मामले सुनते व निर्णय भी देते है। अब हम सभी को घर जाने का फ़ैसला सुनाते हैं।

राकेश —- हाँ कांति भाई, देर ज़्यादा हो गई है, सर्दी भी बढ़ गई है, ठंडी हवा चलने लगी है कुछ खाना- पीना होगा तो तन में उर्जा का संचार होगा ?

देव ——निःसंदेह ! राकेश भैया।

***

24

रश्मि व तान्या का भाई तरुण की शादी में दिल्ली आगमन

दोनों सहेलियाँ डिनर लेकर रूम पर आ गई थी। रश्मि ने सारी बातें तान्या को ब्रीफ़ कर दी थी जो दादा जी ने उसे बताईं थीं। माँ से भी तान्या ने फ़ोन कर पूरी जानकारी हासिल कर ली थी व अगले दिन मार्निंग में ही दिल्ली पहुँचने का प्रोग्राम बन गया था। रश्मि भी तान्या के साथ ही जाने को तैयार हो गई थी। अकेले हॉस्टल में रहना या मामा जी के यहाँ जाना भी उसके पास विकल्प थे पर उसे लगा कि सगाई का समारोह दर्शन ही उचित होगा। तनेजा अंकल राकेश को ज़रूर लेकर आएँगे व देव भैया भी क्रिसमस पर जींद आए हुए होंगे। सभी से मिलना- जुलना हो जाएगा। वैसे तो अभी दिव्या की शादी में सब मिले थे पर न जाने क्यों रश्मि कुछ अतृप्त सी रह गई थी, न राकेश से खुलकर बातचीत हुई और न ही परिवार जनों से। तान्या ने भी उसे अपने साथ चलने को राजी कर लिया था।

डॉ. भागवत स्वरूप ने तनेजा के साथ सारा प्रोग्राम तय कर लिया था। राकेश व देव तथा कांति भी अपनी तैयारी में जुट गए थे। नेहा को जब राकेश ने बताया कि रश्मि भी दिल्ली आ रहीं हैं तो उसकी ख़ुशी का कोई ठिकाना नहीं रहा और पूछने लगी - रश्मि भाभी से मिले बहुत दिन हो गए हैं। क्या मैं भी दिल्ली जा सकती हूँ ?

राकेश —- हाँ नेहा, तुम्हारी छुट्टियाँ तो हैं न ?

नेहा —- हाँ भैया, अभी कुछ छुट्टियाँ हैं, वहाँ तो केवल एक दिन ही कार्यक्रम होगा ?

राकेश —- अगर तुम्हारा मन है तो हमारे साथ चल सकती हो या चाहो तो अश्मि के पास रह सकती हो ?

नेहा —- अश्मि यहीं रहेगी ? उसे भी तो छुट्टियाँ हैं।

राकेश —बेशक ! पर वह दिल्ली नहीं जाएगी, केवल बड़े अंकल ही हमारे साथ जाएँगे।

नेहा —— बड़े अंकल हर शादी में मौजूद रहते हैं। क्या तुम्हारी शादी में भी शामिल होंगे ?

राकेश —-केवल शामिल ही नहीं वे सर्वे- सर्वा होंगे। आशीर्वाद देंगे। वे सबसे बड़े हैं न ? इसलिए पूजनीय हैं।

नेहा —— हाँ भैया, बड़े अंकल की बात को कोई नहीं टालता ? सब उन पर विश्वास करते हैं व पूरा सम्मान देते हैं।

राकेश —- लोग उन्हें प्यार व सम्मान से डॉ. दादा भी पुकारने लगे हैं।

नेहा —- चाहे लोग कुछ भी कहें मैं तो बड़े अंकल ही कहूँगी।

राकेश —- ठीक है, अब तुम भी तैयार हो जाओ, कांति व देव भैया भी आने वाले हैं। हम सब तनेजा रेस्टोरेन्ट पर एकत्रित होंगे।दिल्ली पहुँचने में क़रीब तीन घंटे तो लग जाएँगे।

नेहा —— अच्छा भैया, मैं तैयार होने में ज़्यादा वक़्त नहीं लूंगी, इतने तक कांति व देव भैया भी आ जाएँगे।

राकेश —- लो, वे दोनों तो इधर आ ही रहे हैं, तुम जल्दी तैयारी करो।

नेहा—- बिल्कुल, मैं केवल पाँच मिनट का समय लूंगी।

तान्या व रश्मि भी सुबह सवेरे तैयार हो कर बस में सवार हो गईं थीं। कम से कम तीन-चार घंटे तो दिल्ली पहुँचने में लगेंगे ही, यह सोच कर रश्मि ने बातचीत का सिलसिला शुरू किया।

रश्मि —- तान्या ! अब तुम्हारी बारी भी आने वाली है। लगता है एग्ज़ाम के बाद तुम दुल्हन बन कर यहाँ आ जाओगी।

तान्या —- हाँ रश्मि, शायद यमुनानगर में मेरा अन्न- जल बचा हुआ है। पिताजी यहीं से तो दिल्ली गए थे काम की तलाश में।

रश्मि —- हाँ तान्या, नारी का जीवन आगे - पीछे सरकता ही रहता है और कई बार जहां से चले थे वहीं लौट आता है।

तान्या —- लौट के बुद्धु घर को आए ! अगर तुमसे बातचीत नहीं हुई होती तो शायद समीर सर से मिलना नहीं होता ?

रश्मि —- यह सब संयोग की बात है, हम तुम तो बहाने मात्र ही होते हैं।

तान्या —- बिल्कुल ! डॉ. राकेश से तुम्हारा मिलन एक संयोग ही है। रश्मि ! तुम क़िस्मत कीअमीर हो जो बिना दौड़- धूप के इतना छैल- गाबरू मिल गया।

रश्मि — और तुमने कौनसा पहाड़ उठाया है, समीर भैया तो आसानी से तुम्हारे जीवन में आ गए।

तान्या —- तुम नहीं जानती रश्मि, मैंने तीन साल तक समीर के नाम की माला का जाप किया है। हम दोनों ही अंधेरे में थे।अगर उस दिन तुम्हारे साथ मामा के घर नहीं जाती तो शायद रिश्ते गुमनामी में ही खो जाते। तुम्हारा अहसान ज़िंदगी भर मुझ पर रहेगा।

रश्मि —-इसमें अहसान जैसी कोई बात नहीं है, जिसको जिसकी चाह होती है वह उसे पा ही लेता है। हाँ तुमने प्यार का इज़हार करने में ज़्यादा वक़्त गंवा दिया, तुम दिल्ली शहर में रहकर भी देहात की गुजरिया की तरह संकोच व लाज में डूबीं रहीं।

तान्या —-हमारा नाता ही गुरू- शिष्य का था। लोकलाज के कारण दोनों के मुँह पर ताले लगे रहे और समीर की नौकरी हटने का फ़ैसला भी एकदम से आ गया।

रश्मि —- हाँ आशु भैया के इंजीनियरिंग कॉलेज में दाख़िला लेने से मामाजी पर कारोबार का सारा बोझ आ पड़ा इसलिए समीर भैया को नौकरी से हटना पड़ा। वैसे भी यह नौकरी एक सैशन के लिए ही थीं। निजी कालेजों में तो एक साल में छ: महीने का ही पगार मिल पाता है। शेष समय तो छुट्टियों में ही बीत जाता है।

तान्या —- समीर अब भी उतना ही शरीफ़ इंसान है जितना नौकरी के समय में था ?

रश्मि —- बच्चे में अच्छे या बुरे संस्कार परिवार से ही जन्म लेते हैं। दादा जी ने माँ का रिश्ता उत्तम संस्कारों के कारण ही जोड़ा था। उस दिन मामीजी ने भी तुम्हें देख - परख लिया था।

तान्या — अच्छा ! इतनी सी ही देर में। कैसे क्या पहचान करते हैं बुजुर्ग ?

रश्मि —- लिफ़ाफ़ा देखकर मजबून भांप जाते हैं बड़े लोग। ज़िंदगी भर का तजुर्बा रहता है इन सब के पास।मामीजी ने उसी दिन मुझे ज़िम्मेदारी सौंप दी थी तुम्हारी व समीर भैया के मिलन की, जो आज तक निभा रही हूँ। मैं तुमसे वादा करतीं हूँ कि समीर भैया के साथ तुम्हारी शादी सिरे चढ़ा कर ही अपनी शादी पर विचार करूँगी।

तान्या —- रश्मि दीदी, तुम भी अपनी धुन की पक्की हो। परोपकार शायद तुम्हारे संस्कारों में रचा बसा है।डॉ. राकेश ने अपने साथियों के साथ मिलकर एक शरीफ़ व बेसहारा लड़की की ज़िंदगी उजड़ने से बचा ली थी।

रश्मि —- वाक़ई तान्या, अगर शिवि को उस समय सहारा नहीं मिलता तो अनर्थ हो सकता था ?

तान्या —- मारने वाले से बचाने वाला ताकतवर होता है। रश्मि दीदी, लगता है हम पानीपत शहर के ब्रिज से गुजर रहे हैं। बस काफ़ी स्पीड से दौड़ रही है। अब हमें लगभग एक घंटे तक का समय लग सकता है दिल्ली पहुँचने में। जींद से तो सब लोग पहुँच गए होंगे ?

रश्मि —- हमारा सफ़र कुछ ज़्यादा लंबा है फिर भी हम फ़ंक्शन के समय तो पहुँच ही जाएँगे।तुमने पानी का बॉटल रखा था न बैग में ?

तान्या —- हाँ मुझे भी कुछ खुश्क सा महसूस हो रहा है। यह लो, पहले तुम ही प्यास बुझाओ।

रश्मि —- लाओ, जल बिना भी जीवन नहीं। (कुछ घूंट भरकर) लो तुम भी गला तर कर लो।अब बातें बंद व आराम शुरू।

तान्या —- बसों में कहाँ आराम मिलता है ? ज़रा सी आंख लगी, तभी झटका लगा, फिर न जाने सिर कहाँ टकराए ? बातचीत से ही सफ़र आराम से

व जल्द बीत जाता है। मैं मम्मी को फ़ोन लगातीं हूँ, तुम भी दादा जी से बात कर सकती हो ?

रश्मि—- अभी थोड़ी देर में पहुँच ही जाएँगे। सब लोग अपने- अपने काम में लगे हुए होंगे, तैयारियों में जुटे होंगे। घर पहुँच कर ही बात कर लेंगे, बस में नेटवर्क भी इतना क्लीयर नहीं रहता। तान्या, तुमने देव भैया का नया उपन्यास पढा है ?

तान्या —- हाँ मैंने उस दिन हॉस्टल में ही कंपलीट कर लिया था।

रश्मि—— अगर तुम साथ लेकर आई हो तो मुझे दिखाओ।

तान्या —- अब दिल्ली तक तुम पूरा नहीं पढ़ पाओगी और अधूरा भी नहीं छोड़ पाओगी। वाक़ई, कमाल के लेखक हैं देव साहब।

रश्मि —- डॉ. साहब के दोस्त जो ठहरे। दोनों के स्नेह- प्यार को लेकर लोग दांतों तले अंगुली दबाते हैं।

तान्या —- हाँ, डॉ. साहब ने सबके दांत मज़बूत कर दिए हैं न, तुम अपनी अंगुली संभाल कर रखना।

रश्मि —- अच्छा ! मैं समीर भैया को बोल दूंगी, तुम्हारी अंगुली को कच्ची ही चबा जाएँगे।

तान्या —- अब तो ये तन मन उन्हीं का हो गया है, कैसे भी करें ?

रश्मि —- प्यार में कितना समर्पण छुपा रहता है। एक दूसरे पर जी- जान क़ुर्बान करने की ललक रहती है।

तान्या —- अब बंद करो ये प्यार के चर्चे, दिल्ली अब ज़्यादा दूर नहीं है। अपना बैग बगैरह सँभालो व उतरने के लिए तैयार रहो।

रश्मि —अच्छा जी, बड़ी मैडम जी, जो आज्ञा। हम तो सेवक हैं और वह भी वफ़ादार। आदेश का पालन करना पड़ेगा।

करनाल बाइपास पर दोनों बस से उतरकर ऑटोरिक्शा से अशोका सोसाइटी के लिए चल पड़तीं हैं।

***

25

राजीव - दिव्या हनीमून के लिए बैंगलुरु पहुँचे

बेंगलुरु एयरपोर्ट से बाहर निकलते ही ऑटोरिकशा व टैक्सी चालकों की भीड़ लगी रहती है, साथ ही होटलों के एजेंट यात्रियों पर अपने होटल में ठहराने के लिए टूट पड़ते हैं। राजीव- दिव्या ने भी टैक्सी ली व पहले से ही रिज़र्व 'गंगा होटल' की ओर निकल पड़े। होटल पहुँचकर थकान मिटाने के लिए कुछ समय आराम किया। अब शाम ढलने लगी थी, दोनों ने गर्म जल से स्नान किया व तरोताज़ा हो डिनर के लिए होटल से बाहर आ गए थे। पास ही एक शाकाहारी रेस्तराँ में प्रवेश किया। टेबुल पर बैठे तो मेन्यू पर नज़र पड़ी, हैरान रह गए थे- कहीं भी चपाती, मिस्सी रोटी या नॉन का ज़िक्र नहीं था और न ही कोई हार्ड ड्रिंक का निशान मिला। (वेटर को बुलाकर)

राजीव—- क्या आपके यहाँ रोटी- चपाती बगैरह नहीं मिलती हैं ?

वेटर—- सर ! यह साउथ इंडियन रेस्टोरेन्ट है। यहाँ इडली, डोसा, वडा, उत्तपम, केले से बनीं पूरी जो नारियल की चटनी व सांभर के साथ खाई जाती है तथा पूरन- पोली और कबाब और रोल भी उपलब्ध हैं।

राजीव — यहाँ वाइन या व्हिस्की का भी प्रबंध नहीं लगता ?

वेटर —- सर ! यह केवल रेस्टोरेन्ट है, बार नहीं। मुझे लगता है कि आप नार्थ इंडियन हैं, शाकाहारी भोजन लेंगे व साथ में हार्ड ड्रिंक भी। इसके लिए आपको दो किलोमीटर दूरी पर 'दिल्ली रेस्टोरेन्ट' जाना होगा ?

राजीव—- कोई आसपास नहीं है क्या ?

वेटर —— सर ! इससे नज़दीक कोई नहीं है। वहाँ आपको शुद्ध शाकाहारी भोजन मिलेगा व बहुत से उत्तर भारतीय लोगों से मुलाक़ात भी होगी।

राजीव —- ओ. के. थैंक्यू ! दिव्या, चलो हम वहीं जाकर डिनर लेंगे। तुम्हें तो मेरे शराब बगैरह लेने से कोई परेशानी नहीं है ?

दिव्या —- मेरा एक खुले विचारों के राजनैतिक परिवार से संबंध है, मुझे कोई परेशानी नहीं होगी पर रहना लिमिट में।

राजीव —- दिव्या ! मुझे ख़ुशी है कि तुमने स्पष्ट रूप से कह दिया है। मैं उतनी मात्रा में ही सेवन करूँगा जितने में केवल सरूर हो, नशा नहीं।

दिव्या —- तो चलिए, मुझे भी भूख सताने लगी है।

राजीव —- तुम तो कुछ इस तरह का सेवन नहीं करती ?

दिव्या —- नहीं, मैं अल्कोहल कंज्यूम नहीं करती पर दूसरे को कंज्यूम करने से मना भी नहीं करती।

राजीव — ठीक है, आओ हम टैक्सी से ही चलेंगे। तुमने रूम की चाबी तो संभाल कर रख लिया है न ?

दिव्या —- (पर्स खोलकर चैक करते हुए) हाँ, यह है मेरे पास सुरक्षित है।

राजीव —- वैरी गुड ! आओ हम पैदल ही निकल चलें, कुछ समय के लिए इवनिंग वाक हो जाएगी।

दिव्या—- हाँ, थोड़ी भूख भी चमकने लगेगी।

दोनों पति -पत्नी रेस्तराँ पहुँच कर प्रेम पूर्वक डिनर का लुत्फ़ लेते हैं। पैदल ही होटल लौट कर कल के लिए सैर- सपाटे की योजना बनाने में मस्त हो जाते हैं।

राजीव ——सुबह स्नान आदि से निवृत्त होकर नाश्ता लेंगे जो यहाँ होटल में ही मिलेगा।

दिव्या —- मुझे नाश्ते में आलू- प्याज़ का पराठा लेना अच्छा लगता है।

राजीव —- शायद ही मिले ! आमतौर पर नाश्ते में ब्रेड-मक्खन, अंडा-आमलेट, इडली या कटलेट के साथ चाय- कॉफी रहते हैं।

दिव्या —- मैं आमलेट भी शौक़ से ले लेती हूँ।

राजीव — ओ .के . नाश्ते के बाद हम घूमने के लिए निकलेंगे व प्रसिद्ध पर्यटन स्थलों की सैर करेंगे। बेंगलुरु हरियाली से परिपूर्ण शहर है, हम खूब आनंद मनाएँगे। बेंगलुरु से कुछ घंटे की यात्रा पर मैसूर सिटी है जहां के पैलेस व दशहरा पर्व विश्व प्रसिद्ध हैं। यदि समय मिला तो हम वहाँ भी जाएँगे।

दिव्या —- पहले हम बेंगलुरु पर ही केन्द्रित रहेंगे। मेरे विचार में हमें होटल से ही कोई टैक्सी बगैरह का इंतज़ाम हो जाएगा। हो सकता है कि हमारी तरह का कोई और मिल जाए। इससे टैक्सी भी शेयर्ड होगी व साथ मिलने से घूमने में भी आनंद रहेगा।

राजीव —- हाँ मुझे भी लगता है क्योंकि यहाँ सर्दी का ज़्यादा प्रकोप नहीं है। लोग बड़े चाव से यहाँ घूमने के लिए आते हैं। मुम्बई की तरह यह इतना महँगा शहर भी नहीं है।

दिव्या —- हाँ, वाक़ई मुम्बई बहुत मंहगा शहर है। सब प्रिंट रेट पर मिलता है।

राजीव —- क्या तुमने मुम्बई में रहकर अनुभव किया है।

दिव्या —- बिल्कुल, अपना अनुभव तो है ही, सुनने को भी यही मिलता है।

राजीव—मुम्बई में बारिश ज़्यादा होती है लेकिन बेंगलुरु में मौसम सुहावना ही रहता है। पिछले दिनों कुछ ज़्यादा बारिश सुनने को मिली थी। लोगों को परेशानी भी हुई पर जान माल का बचाव रहा।

दिव्या —- मुझे नींद आने लगी है, कल सुबह ही शेष प्रोग्राम तय करेंगे ?

राजीव —- हाँ मुझे भी नींद के कुछ झोंके से आने लगे हैं। आओ हम सपनों की दुनिया की सैर पर चलें और राजीव दिव्या को अपनी गोद में छिपा लेता है।

***

26

शुभम, शिवि व देविना पहुँचे सूरजकुण्ड मेले में

मारवाड़ी ढाबे से लंच लेकर तीनों बाहर आ गए थे कांउटर पर, जहां मैनेजर ने शुभम से पूछा- आपका चौथा साथी नहीं दिखाई दे रहा ?

शुभम—- मैं कुछ समझा नहीं ?

मैनेजर— पिछली बार जब आप लोग जन्माष्टमी के अवसर पर यहाँ भोजन के लिए आए थे तो चार लोग थे। मैंने आप सभी की हालत देख कर विशेष रूप से भोजन तैयार करवाया था। आपको ध्यान नहीं है क्या ? अभी कुछ दिन ही तो निकले हैं जन्माष्टमी को ?

देविना —- यस सर ! आज हमारे चौथे साथी अपने घर गए हैं। कल हम भी फ़रीदाबाद जाएँगे सैर- सपाटे के लिए।

मैनेजर —-हाँ, इस बार सूरजकुण्ड मेला इसी माह लग रहा है। छुट्टियाँ भी हैं, आप सभी के लिए बेहतर मौक़ा रहेगा।

शुभम —- हाँ सर ! फ़रीदाबाद में मेरा घर है। सूरजकुण्ड मेला विश्व विख्यात है। हम कल सुबह या आज सायं को भी निकल सकते हैं ?

(भोजन का बिल चुकता कर तीनों फिर मंदिर की ओर आकर योजना को कार्य रूप देने के लिए व्यस्त हो जाते हैं।)

देविना — हम कल सुबह नाश्ता लेकर ही निकलेंगे। मेले आमतौर पर देर से ही शुरू होते हैं व देर रात तक प्रोग्राम चलते रहते हैं। शुभम, क्या मेले में या आसपास होटल- रेस्टोरेन्ट बगैरह हैं ?

शुभम —- मेला स्थल से कुछ दूर गुड़गाँव या फ़रीदाबाद में ही होटलों में ठहरते हैं लोग। हम तो अपने घर में ही रहेंगे।

देविना —- कई लोगों की मेहमान नवाज़ी में मुश्किल होती है आज कल।

शुभम —- हममें कौन मेहमान है ? सभी घर जैसे ही तो हैं। स्टूडेंट्स के लिए होटल बगैरह माफ़िक़ नहीं रहते। हम मेला दर्शन कर घर आकर डिनर लेकर विश्राम करेंगे। अगले दिन सायंकाल तक कॉलेज लौट आएँगे।

देविना —— क्या स्टूडेंट्स के लिए टिकटों में कुछ छूट का प्रावधान है ?

शुभम -बिल्कुल, स्टूडेंट्स को आई कार्डस पर 50% तक की छूट मान्य है, वैसे भी टिकट का मूल्य कोई ज़्यादा नहीं है।क़रीब सौ रुपये एक के लिए चार्ज किया जाता है।

शिवि —- फिर तो हम अपने I- Cards साथ ही रख लेंगे।किसी होटल में ठहरना पड़ा तो वहाँ भी काम आएँगे।

शुभम —- शिवि, तुम्हारा I-Card तो मैं ही हूँ। अपने घर में विश्राम करेंगे व सब परेशानियों से बचे रहेंगे।

देविना — कल मार्निंग में नौ बजे हम दोनों बस स्टैंड पर पहुँच जाएँगी। शुभम, तुम भी उस समय तक पहुँच पाओगे ? कहीं खर्राटे ही न चलते रहें उस समय तक।

शुभम —मैं इससे पहले भी चलने को तैयार हूँ। समय की पाबंदी तो सबके लिए अहम है।

देविना —- ठीक है, अब हॉस्टल के लिए चलते हैं।

शुभम—- कोई फ़िल्म बगैरह देखने का विचार है क्या देविना जी ?

देविना —- लगता है दिमाग़ में कोई शरारत उभर आई हैं। अब तो हनीमून पर ही शिवि के साथ फ़िल्म देखना।

शुभम —- बिल्कुल ठीक कहा आपने, कहीं कुछ दिल भटक गया तो कॉलेज में रहना कठिन हो जाएगा।

शिवि ——छि, मंदिर में बैठकर ऐसी बातें।अब हॉस्टल चलते हैं, पाठ योजना भी तैयार करना है मुझे।

शुभम — ओ. के. हम सब निकलते हैं। कल सुबह बस स्टैंड पर मुलाक़ात होगी।

आज फिर विलंब से ? शुभम ने निराशा भरे स्वर में कहा - अभी नौ पंद्रह पर फ़रीदाबाद के लिए बस निकली है।

देविना —- मैंने सुना है कि मेले के लिए स्पेशल बसें चलाई गई हैं, हम उन्हीं से चलेंगे।

शुभम — मुझे खर्राटे भरने को कह रही थीं, शायद मेरी ड्यूटी खुद संभाल ली थी।

शिवि —- वही ऑटोरिक्शा वाली प्रॉब्लम रहीं।बस स्टैंड हॉस्टल से काफ़ी दूर है, अक्सर भीड़ के कारण जाम की स्थिति बनी रहती है।

शुभम — अब तो शायद हमें दस बजे ही बस मिलेगी। मेले की बसों में ज़्यादा भीड़ रहती है, हम सामान्य बस से ही चलेंगे।

देविना —— सामान्य बसें अक्सर ज़्यादा टाईम लेती हैं, मेले की स्पेशल बसें नॉन स्टॉप चलेंगी जो हमें जल्दी पहुँचा देंगी।

शिवि —- हाँ, देखो, वह सामने आ रही बस मेले के लिए ही है, सूरजकुण्ड मेला लिखा हुआ है।

देविना — शिवि तुम ठीक कह रहीं हो, आओ इसमें ही चलेंगे, अभी ख़ाली लग रही है, आराम से सीट मिल जाएगी।

शुभम—- मैं दौड़ कर जाता हूँ और तीन सीटें रोक लेता हूँ।

शिवि—-हो सकता है कि टिकट पहले लेना पड़े व सीट नंबर भी उसी पर लिखा हो ?

शुभम—- मेले की बसें बगैर सीट नंबर के ही चलतीं हैं। कई बार तो भीड़ इतनी बढ़ जाती है कि लोग बस की छत पर चढ़कर सफ़र करते हैं। भिवानी से मेले तक तीन घंटे का समय लेती हैं अमूमन बसें। हमें सीट नहीं मिली तो खड़े होकर जाना दूभर हो जाएगा।

देविना —- ठीक है, तुम जाओ और हिम्मत करके सीट हथिया लो, हम भी आ रहे हैं।

शुभम ने बड़ी तत्परता से तीनों के लिए एक पूरी लंबी सीट हासिल कर ली व उस पर बैठ गया। देविना व शिवि भी तुरंत पहुँच गई थीं। हंसते- बतियाते क़रीब दो बजे मेले में पहुँचे तो सभी का भूख से बेहाल हो रहा था। बस स्टैंड के रेस्टोरेन्ट से ही कुछ संक्षिप्त लंच लेकर मेले की ओर निकल पड़े।

शिवि —- यह मेला कब से व क्यों आयोजित किया जाता है ?

शुभम—- सूरजकुण्ड अर्थात् 'सूर्य का कुंड' (तालाब या झील) जिसका निर्माण दसवीं शताब्दी में तोमर वंश के एक राजा सूरजपाल ने करवाया था जो अरावली पर्वतमाला के साथ बना है। यह उगते सूर्य की तरह दिखाई पड़ता है व कुंड के बीचोंबीच एक भव्य सूर्य मंदिर भी बना है जहां सूर्य देवता की उपासना होती है। यह फ़रीदाबाद से लगभग आठ किलोमीटर दूर है।

देविना — इस मेले का प्रयोजन क्या है ?

शुभम —- सूरजकुण्ड मेले का आयोजन हस्तशिल्प व हथकरगा उद्योग को बढ़ावा देने के लिए तथा कारीगरों के काम को प्रदर्शित करने के मक़सद से किया जाता है। इसकी शुरुआत 1987 में तत्कालीन मुख्यमंत्री श्री बंसी लाल के कार्यकाल में हुई थी। शुरू में केवल राज्य ही इसमें भाग लेते थे मगर वर्ष 2009 से दूसरे देशों को भी आमंत्रित किया जाने लगा।

शिवि —- आपको तो मेले की पूरी जानकारी है। क्या पहले कभी यह मेला आपने देखा है ?

शुभम—- विद्यार्थी जीवन में तो हर वर्ष मेला देखते थे। कई बार तो स्कूल से टूर प्रोग्राम बनाया जाता था।

शिवि —- इसका मतलब यह हुआ कि आप मेले से पूर्ण रूप से परिचित हैं। अब हमें किसी चिंता की ज़रूरत नहीं होगी।

शुभम —- बिल्कुल, आगे तुम्हें भी यहीं रहना है, पूरा ज्ञान हो जाएगा।

देविना —- अब ज़्यादा देर मत करो, मेला देखने की उत्कंठा उत्पन्न हो गई है। हम रात दस बजे तक, अंत तक मेला दर्शन करेंगे।

***

27

लक्ष्मी बिटिया की सगाई के लिए दिल्ली पहुँचा तनेजा - परिवार

कारों का क़ाफ़िला अब दिल्ली की ओर निकल पड़ा था। राज तनेजा अपनी पत्नी लता, पुत्र- पुत्री (जो दीपावली के शुभ अवसर पर घर आए हुए थे) व बड़ी लड़की लक्ष्मी के साथ गाड़ी में सवार हैं। उनके साथ कुछ रिश्तेदार भी गाड़ी में सवार हैं। राकेश, कांति, देव व नेहा अलग गाड़ी में सवार हैं। डॉक्टर भगवत स्वरूप, राज तनेजा के साले व उसकी पत्नी राजसी रल्हन के साथ हैं। पास- पड़ौस के दो चार अभिन्न मित्र भी क़ाफ़िले में शामिल हैं।डॉ भगवत स्वरूप ने फ़ोन पर तरसेम लाल से बात करते हुए कहा कि हम सब लोग दिल्ली के लिए निकल चुके हैं और लगभग ग्यारह बजे आपके पास पहुँच जाएँगे। तरसेम लाल भी अपनी तैयारियों में जुटे थे। रश्मि व तान्या अब घर पहुँच गईं थीं। दोनों ने संक्षिप्त सा जलपान किया व प्रोग्राम स्थल पर सभी परिवार जनों के साथ कूच किया।

घर से सिर्फ़ 200 मीटर की दूरी पर ही था 'मूनलाईट होटल' जहां तरसेम लाल के कुछ रिश्तेदार व तरुण के कुछ दोस्त जुटना शुरू हो गए थे। बिलासपुर से कुछ पुराने पड़ौसी व मित्र भी समारोह में पहुँच गए थे। माँ तृप्ता ने सगाई के लिए सब आवश्यक सामग्री व आभूषण, रिंग आदि पहले से ही तैयार कर लिए थे। रश्मि व तान्या के पहुँचने पर दोनों को सब सामान दिखाया व कुछ कमी रही तो संकेत करने को कहा। दोनों ने माँ के उत्तरदायित्व पूर्ण रवैये की तारीफ़ की। रश्मि तो अपने आप को क़ाबू नहीं कर सकी और बोल पड़ीं।

रश्मि — आंटीजी, यह हरे रंग की साड़ी व मैचिंग ब्लाउज़ लक्ष्मी दीदी पर खूब जंचेगा। आपने क्या दीदी से सलाह मशविरा कर उसकी पसंद का ही ख़रीद किया है ?

तृप्ता—- यह साड़ी व रंग तरूण की ही पसंद का है। दोनों एक ही अस्पताल में हैं न, सोई एक दिन बाज़ार से ख़रीद लाए थे।

रश्मि—- यह तो और भी अच्छा है, अपनी पसंद से ही सब हो जाए तो शकुन रहता है।

तृप्ता—- आजकल एक-दो बच्चे ही रहते हैं घर में, वे अपनी पसंद से ही सब करते हैं। खाना- पीना, घूमना- फिरना सब बच्चों की मर्ज़ी के बिना नहीं होता।रश्मि बेटी ! तुम्हारे दादा जी बड़े नेक इंसान हैं।

रश्मि—- यस आंटीजी, दादा जी पूरे शहर में सम्मान के साथ देखे जाते हैं। सब लोग उनकी बात पर विश्वास कर वज़न देते हैं। दादा जी निःस्वार्थ भाव से व गुणों के आधार पर व्यवहार करते हैं। मैंने तान्या के कहने पर एक बार ही दादा जी को ज़िक्र किया था, बस कुछ ही दिनों में सब कुछ हो गया।

तृप्ता —- यमुनानगर में तुम्हारे मामा जी रहते हैं न डी डी शर्मा, वे तरूण के पापा के अच्छे मित्र हैं। तुम्हारे दादा जी ने उनसे सब जानकारी लेकर ही रिश्ता तय किया है।

रश्मि —- पर आंटीजी, मुझे तो इस बारे में कोई इल्म नहीं है। कल मामीजी से भी बातचीत हुई थी, उन्होंने भी कोई ज़िक्र नहीं किया।

तृप्ता—- बड़े एवं समझदार लोग ज़्यादा नहीं बोलते। काम होने पर ही सबको ख़बर हो जाती है।

रश्मि—- तो क्या मामा जी यहाँ आनेवाले हैं ?

तृप्ता —- हाँ रश्मि, उन्हें आना था मगर हाईकोर्ट में किसी केस के संबंध में जाना पड़ा।इसलिए शायद न आने पाएँ यहाँ वरना दोनों का प्रोग्राम था आने का।

रश्मि—- मामीजी का भी ?

तृप्ता —- हाँ, तरूण के पापा तो यही कह रहे थे कि अगर कोर्ट की तारीख़ न पड़ती तो दोनों अवश्य शादी में शिरकत करते।

तान्या —- मम्मी, मेरे मामा- मामी तो आए हैं न ? कहाँ है दिखाई नहीं पड़े ?

तृप्ता —- वे तो कल ही आ गए थे। इधर-उधर कहीं इंतज़ामों में लगे होंगे।

तान्या —- होटल में भी क्या हमें इंतज़ाम करने होंगे ? मैं देखती हूँ कहीं पापाजी के साथ तो नहीं ? आओ रश्मि, उस रूम में चलते हैं। पापाजी उधर ही होंगे। लो ! वे तो मामा- मामीजी के साथ इधर ही आ रहे हैं।

राज शाह —- तान्या बेटी ! तुम कब पहुँची यहाँ ? भाई की सगाई पर भी दिन के दिन ही आईं हो।

तान्या—- (दोनों को प्रणाम करते हुए) मुझे तो कल रात में ही सूचना मिली थी।

राज शाह — हाँ बेटी, सब जल्दी- जल्दी में हो गया। हमें भी कल सायं ही पता चला पर तुम्हारी मामीजी को इतना चाव लगा कि ख़बर सुनते ही बोली — चलो हम अभी चलते हैं, कुछ काम-वाम में मदद हो जाएगी।

तान्या —आपने बहुत अच्छा किया मामा जी, पिताजी का इतने बड़े शहर में आपके बिना कौन है?

राज शाह— हाँ बेटी, रिश्तेदार तो वही होता है जो सुख- दुख में साथ खड़ा रहे।

तान्या —- आपने पापाजी को बहुत सहारा दिया है मामा जी। छोटे से क़स्बे से निकल कर इतने बड़े शहर में पाँव ज़माना कोई खाला जी का घर नहीं था।

तरसेम लाल — तान्या बेटी, न केवल तुम्हारे मामा जी बल्कि मामीजी ने भी तुम्हारी मम्मी की बड़ी हेल्प की है। तान्या, ये तुम्हारे साथ कौन लड़की है, तुम्हारी क्लास मेट ही होगी ?

तान्या — पापाजी, यह रश्मि दीदी है डॉ. भगवत स्वरूप की पौत्री।

तरसेम लाल —- अच्छा ! तुम्हारे साथ ही कोर्स में हैं ?

तान्या —- हाँ, हम दोनों एक ही वर्ष में हैं। मेरी खूब मदद करती हैं।

तरसेम लाल —- बेटी, जब परिवार के बड़े- बूढ़े निःस्वार्थ भाव से सेवा में लगे रहते हों तो बच्चे भी संस्कारों से युक्त होंगे ही।रश्मि बेटी, तुमने कुछ जलपान किया या नहीं ?

रश्मि —- (प्रणाम करते हुए) अंकल, तान्या मेरी पक्की सहेली बन गई हैं, अब मैं इसे कहीं नहीं जाने दूंगी।

तरसेम लाल — दादा जी के नक़्शेक़दम पर है तुम्हारा स्वभाव। तरूण भी तुम्हारा हुआ और तान्या भी। हमें तुम्हारे परिवार पर पूर्ण विश्वास एवं भरोसा है जो होगा अच्छा ही होगा।

रश्मि — मैंने तान्या को अपनी भाभी बनाने का संकल्प लिया है।

तरसेम लाल —मैं धन्य हो जाऊँगा बेटी अगर तुम्हारे ख़ानदान से हमारे संबंध जुड़ जाएँ।

(फ़ोन की घंटी बजती है)

डॉ. भगवत स्वरूप — तरसेम लाल जी, हम सब रोहतक पहुँच गए हैं, यहाँ दस मिनट का विराम लेकर निकलेंगे। उम्मीद है कि आपके पास समय पर पहुँच जाएँगे।

तरसेम लाल — हम आपकी सेवा के लिए उतावले हुए जा रहे हैं। रश्मि बिटिया मेरे पास ही खड़ी है अपनी सहेली के साथ।

डॉ.भगवत स्वरूप — अच्छा, रश्मि व तान्या बिटिया भी पहुँच गई हैं ?

तरसेम लाल — हाँ डॉ.साहब, अभी आधा घंटा पहले ही पहुँचीं हैं। बड़ी शरीफ व होशियार लड़की है।हमारा सौभाग्य है कि आपकी कृपा के पात्र बन रहे हैं।

डॉ.भगवत स्वरूप — यमुनानगर आलोक के साले साहब आपकी बहुत प्रशंसा कर रहे थे।

तरसेम लाल —बड़े नेकदिल इंसान हैं डी. डी. शर्मा जी। तान्या को अपनी बेटी से भी ज़्यादा समझते हैं।हमारे परिवार पर उनकी बड़ी इनायत है।

डॉ. भगवत स्वरूप —- डी. डी. के दोनों लड़के बहुत होशियार व समझदार हैं। बड़े वाला लड़का तो रश्मि के कॉलेज में प्रोफ़ेसर रहा है व छोटा इंजीनियरिंग में डिग्री कर रहा है।

तरसेम लाल — पूरा परिवार ही गुणों की खान है अगर कोर्ट में पेशी नहीं होती तो ज़रूर तशरीफ़ लाते।

डॉ. भगवत स्वरूप — हम भी जल्द पहुँच रहे हैं आपके दर्शनों के लिए।

तरसेम लाल —- आपके दर्शन कर मैं कृतार्थ हो जाऊँगा, आपका इंतज़ार कर रहे हैं।

अब सभी लोग अपनी- अपनी गाड़ियों में सवार हो गए थे। नेहा गाड़ी में ख़ाली बैठे- बैठे बोरियत महसूस कर रही थी। राकेश उसे देख कर समझ गया था कि नेहा से कुछ बातचीत का सिलसिला शुरू किया जाए।

राकेश —- कांति भैया, नेहा की ऊब दूर करने के लिए कोई उपाय है क्या ?

कांति —- उपायों का नाम ही कांति है राकेश भैया। कहिए क्या आदेश है ?

राकेश —- नेहा को कोई कहानी सुनाओ।

कांति —- देव भैया, तुम बच्चों के टीचर हो, तुम्हीं बता दो कुछ ज्ञान की बातें।

देव —- ज्ञान की बातों से नेहा को और परेशानी होगी, तुम ही कोई प्रेरक- प्रसंग बयां करो।

कांति —- ठीक है, मैं नेहा बहन से पूछता हूँ कि वह किस तरह की कहानी सुनना पसंद करेगी।

नेहा —- कांति भैया, कोई रोचक व शिक्षाप्रद कहानी सुनाओ।

कांति —-तो सुनो सभी। राजा अकबर ने बीरबल को राजदरबार में बुलाकर कहा— बीरबल ! हम बुद्धिमान मंत्रियों में रहते - रहते उकता गए हैं,

तुम कुछ मूर्ख महारथियों से हमें मिलवाओ। मैं तुम्हें एक माह का समय आबंटित करता हूँ।

बीरबल — बादशाह सलामत ! मुझे इतने समय की ज़रूरत नहीं है। आपकी इच्छा तो एक दो दिन में ही पूरी करने का प्रयास करूँगा।मैं बादशाह सलामत से विनम्र निवेदन करूँगा कि मूर्खों की सूची में कितने लोगों के नाम शामिल हों?

बादशाह — बीरबल, कम से कम दो अंकों में तो अवश्य हों।

नेहा —- कांति भैया, दो अंकों का मतलब दस से ज़्यादा संख्या से है न ?

कांति —- वैरी गुड ! नेहा तुम कहानी ध्यान से सुन रही हो।

नेहा —- बीरबल ने फिर कौनसा तरीक़ा अपनाया मूर्खों को ढूँढने का, कांति भैया ?

कांति — बीरबल घोड़े पर सवार होकर निकल गया शहर की ओर जहां उसे कुछ ही दूरी पर सिर पर गठरी लादे गधे पर बैठे हुए एक व्यक्ति दिखाई दिया। बीरबल ने उस महानुभाव से प्रश्न किया, 'तुम यह गठरी गधे की पीठ पर क्यों नहीं रख देते ? तुम कौन हो ? अजनबी ने कहा- मैं रजक हूँ, मेरा गधा दिन भर काम से थक गया है, इसे और तकलीफ़ न हो इसलिए बोझ अपने सिर पर उठाए हुए हूँ। बीरबल ने उसे अपने साथ राजदरबार चलने को कहा ताकि राजा से उसको मदद दिलवा सके।

नेहा —- यह तो एक की संख्या में ही हुआ कांति भैया ?

कांति —बीरबल जब कुछ आगे बढ़ा तो उसे कुछ लोगों को आपस में लड़ते - झगड़ते देखा तो विवाद का कारण जानना चाहा। उन्होंने बताया कि एक दिन वे खूब अमीर हो जाएँगे और परिश्रम छोड़कर ऐश करेंगे जबकि कुछ ने कहा कि हम परिश्रम करना जारी रखेंगे क्योंकि परिश्रम का फल मीठा होता है। बीरबल ने कहा कि तुम सभी अभी निर्धन हो, भविष्य के लिए झगड़ा मत करो और उन्हें भी अपने साथ राजदरबार चलने को कहा।

राकेश — कांति भैया, लगता है तुक्के जमा रहे हो, कुछ ठोस बात बताओ।

कांति —- राकेश भैया, नेहा के सामने तुक्के नहीं चलते, सब कुछ सही बता रहा हूँ।

नेहा —- अभी और मूर्ख भी चाहिए क्या कांति भैया ?

कांति—— बीरबल अभी कुछ आगे बढ़े ही थे कि कुछ लोग ज़मीन पर कुछ ढूँढ रहे थे। बीरबल ने उनसे पूछा कि आप सब क्या ढूँढ रहे हैं तो उत्तर मिला- हमारे सेठ की अंगुली से अंगूठी गिर गई है, रात भर से इस पेड़ के नीचे ठहरे हुए थे। बीरबल ने उन्हें खेत की बजाय पेड़ के नीचे ढूँढने को कहा तो उन लोगों ने जवाब दिया कि वहाँ तो अंधकार फैला है इसलिए हम रोशनी में अंगूठी ढूँढ रहे हैं। बीरबल उन सभी को राजा से दूसरी अंगूठी दिलवाने का आश्वासन देकर राजदरबार ले गया।

नेहा —- कांति भैया, ये सब लोग तो वाक़ई मूर्ख जान पड़ रहे थे।

कांति — अगले दिन बीरबल ने सभी आठ लोगों को राजदरबार में पेश किया तो अकबर ने पूछा - ये सब मूर्ख कैसे माने जा सकते हैं ? बीरबल ने उन सभी की बातें राजा को बतलाई तो राजा ने कहा- शेष दो मूर्ख और कहाँ है ? बीरबल ने उत्तर दिया कि जहाँपनाह एक मैं हूँ जो मूर्खों को ढूँढ कर लाया हूँ। अकबर बादशाह समझ गया कि दसवाँ मूर्ख कौन है ? परंतु वह बीरबल के मुख से ही अपना नाम सुनना चाहता था।

नेहा —अब तो कथा समाप्त क्योंकि दो की संख्या में मूर्ख मिल गए थे। अब इस कहानी का संदेश भी बतलाओ कांति भैया ?

कांति — देव भैया बतलाएँगे।

देव —- कांति भैया तुमने बहुत सुंदर कथा सुनाई है। कहानी का मर्म है कि समझदारी से हर मुश्किल काम हल हो जाता है लेकिन ऐसे कामों में अपना समय बर्बाद नहीं करना चाहिए जिसका कोई अभिप्राय न हो।

नेहा —- कांति भैया, तुम नदी पर जाकर सभी को ऐसी ही कहानियाँ सुनाते हो?

कांति —— हाँ नेहा बहन, ये सब समझदार हैं इसलिए नदी पर ले ज़ाता हूँ वरना तो राजदरबार भी ले जा सकता था ?

नेहा —- (हंसते हुए) तुमने सही कहा कांति भैया, अब दिल्ली कितनी दूर रह गई है ?

राकेश — अब ज़्यादा दूर नहीं नहीं रह गई है। हम दस मिनट तक पहुँच जाएँगे।

नेहा — कांति भैया, वापिसी में भी ऐसी ही सुंदर कहानी सुनाना।

कांति — नेहा बहन, वापिसी में तो रश्मि भाभी भी हमारे साथ आएँगी, वह तुम्हें परियों की कहानी सुनाएँगी।

राकेश — ऐसा कोई प्रोग्राम है क्या ?

कांति —- देखा नेहा बहन ! रश्मि भाभी का नाम लेते ही राकेश भैया के कान खड़े हो गए।

नेहा —- भैया रश्मि भाभी को दिल से चाहते हैं। मैं भाभी से भैया को मिलवाऊँगी। भैया के 'रोके' के समय भी मैंने ही दोनों को मिलवाया था। सब बड़े नाचने लगे थे। कांति भैया, अगला नंबर तुम्हारा है भाभी लाने का।

कांति —- तो इन सबको कहानी कौन सुनाएगा नेहा बहन ? शादी के बाद तो अपना जीवन ही कहानी बन जाता है।

नेहा —- देव भैया सुनाएँगे। अभी ट्रेनिंग पर हैं न, शादी विलंब से करेंगे।

कांति —- नेहा बहन तुम्हें शायद इल्म नहीं है, देव भैया ने भी एक भाभी ढूँढ ली है तुम्हारे लिए।

नेहा — अच्छा कांति भैया। ! छुपे रुस्तम निकले देव भैया तो। राकेश भैया के साथ- साथ अपना भी जुगाड़ कर लिया।

राकेश —- (गाड़ी रुक जाने पर) चलो सब नीचे उतरो, हम मंज़िल पा गए हैं।

***

28

राजीव - दिव्या का बैंगलुरु दर्शन

सुबह - सवेरे नहा- धोकर व नाश्ते से निवृत्त होकर राजीव व दिव्या होटल के काउंटर पर पहुँच गए थे। मैनेजर से गाड़ी के लिए कहा तो जवाब मिला कि रात्रि में कह देते तो मनपसंद गाड़ी मिल जाती, अब तो जो बची है, वही लेनी होगी ? राजीव ने हाँ कह दिया था व कुछ ही पल में एक कार होटल पहुँच गई थी। ड्राइवर काउंटर पर पहुँच कर — सर, गाड़ी तैयार है, कहाँ जाने का लक्ष्य निर्धारित है ?

मैनेजर — लक्ष्य, बैंगलुरु दर्शन ! साहब हनीमून के लिए आए हैं।

ड्राइवर — ओ. के. सर, आइए साहब। आप पहले भी कभी बैंगलुरु आए होंगे?

राजीव — पहली दफ़ा ही मौका मिला है।

ड्राइवर — ठीक है सर, मैं आपको पूरे शहर की सैर करवाउँगा।

राजीव — चलिए ! हम सायंकाल तक पूरा शहर दर्शन कर लेंगे। क्या मैसूर भी जा पाएँगे ?

ड्राइवर —- सर ! इसके लिए तो अगला दिन खर्च करना होगा।

राजीव — ठीक है, हम सायं तक विचार कर तुम्हें जानकारी दे देंगे। फ़िलहाल बैंगलुरु दर्शन के लिए ही कमर कस लीजिए।

ड्राइवर — जी साहब, आइए।

राजीव- दिव्या की टैक्सी अब बैंगलुरु की सड़कों पर दौड़ रही थी। पंद्रह मिनट बीत गए लेकिन कोई बातचीत का सिलसिला शुरू नहीं हुआ। आख़िर राजीव ने ही चुप्पी तोड़ी- संजय नाम है तुम्हारा ? शायद होटल मैनेजर यही बता रहे थे।

संजय — जी सर, अब हम लाल बाग की ओर जा रहे हैं।

राजीव —- लगता है कि तुमने मेरे कहने का मतलब समझ लिया है।

संजय —- सर, हर सैलानी के यही भाव होते हैं कि हम कहाँ जा रहे हैं ? पहले क्या देखना है?

राजीव —- हम सबसे पहले लाल बाग चलेंगे।

संजय — चलेंगे नहीं सर, हम लाल बाग पहुँच गए हैं।आइए, मैं भी आपके साथ चलूँगा, आपको पूरी जानकारी देने के लिए।

राजीव — तुम गाइड भी हो क्या ?

संजय — सर, रोज़ आते - आते गाइड भी बन गए हैं।देखिए, इस बाग में हज़ारों प्रजातियाों के पौधे हैं। लंदन के क्रिस्टल पैलेस की तर्ज़ पर बना ग्लास हाउस सैलानियों को खूब आकर्षित करता है। यहाँ हर वर्ष फल- फूलों,पौधों व सब्ज़ियों की अनेक प्रदर्शनी लगाई जाती हैं।

दिव्या —- कितनी हरियाली व शुद्ध पवन है। पुष्प नयनों को प्यारे लग रहे हैं।

राजीव — हाँ दिव्या, बहुत शांत व मनमोहक वातावरण बना है, केवल पर्यटक ही यहाँ मौजूद हैं।

संजय — सर, वह सामने गुलाब का उद्यान है, उसीसे पूरा वातावरण सुवासित बना रहता है।

दिव्या —- राजीव, चलो थोड़ी देर गुलाब के उद्यान की ओर ही चलते हैं।

राजीव —- हाँ चलो, बड़ा चित्ताकर्षक एवं नयनाभिराम दृश्य नज़र आ रहा है।

संजय —- सर, आप सब घूम - फिर लीजिएगा, मैं यहीं पर आपका इंतज़ार करूँगा।

राजीव —- कितने बजे तक खुला रहता है यह बाग ?

संजय —- सर, प्रातः 6 बजे से शाम सात बजे तक खुला रहता है। अभी तो सुबह के ग्यारह ही बजे हैं, आप जी भरकर भ्रमण कीजिए।

राजीव —- ठीक है, तुम भी विश्राम करो, हम कुछ समय टहल लेते हैं। अंदर कोई पानी या चाय बगैरह की व्यवस्था है ?

संजय — यस सर, सब उपलब्ध है। सर, यह बाग बहुत विस्तृत भूभाग में फैला है, ज़्यादा घूमने से थकान होने लगती है।

राजीव — हम ज़्यादा समय नहीं घूमेंगे पर अपनी जिज्ञासा तो पूरी करना ही होगा।

एक बार फिर टैक्सी सड़क पर दौड़ने लगीं थीं बाग की सैर ने दोनों को तरोताज़ा कर दिया था। अब किसी दूसरे स्थल की ओर उनका अभियान जारी था।

संजय —- सर, अब हम मैजिस्टिक पैलेस चलेंगे जो वास्तु कला का बेजोड़ नमूना है ।वहाँ अक्सर फ़िल्मों की शूटिंग चलती रहती है।

राजीव —- इस महल को ज़रूर देखना होगा। चलो, ज़रा शीघ्र चलो।

संजय —- सर, आज भी इस महल में शाही परिवार निवास करता है।

राजीव —- हाँ संजय, यह बिल्कुल बड़ोदरा के लक्ष्मी विलास पैलेस की तरह होगा, वहाँ भी राज परिवार अभी भी अपना निवास स्थान बनाए हुए हैं।

संजय —-सर, यह महल सुबह दस बजे से शाम पाँच बजे तक सैलानियों के लिए खुला रहता है। हम महल के क़रीब पहुँच गए हैं। आप जाइए, मैं गाड़ी पार्क करके मुख्य द्वार पर आपकी इंतज़ार करूँगा। यहाँ टिकट कुछ महँगा है, आपने होटल से ले लिया होगा ?

राजीव —- यस, हमने टिकट ले लिया था। तुम हमारी यहीं इंतज़ार करना। अभी बारह बजे हैं, क़रीब एक घंटे का समय तो लगेगा ही।

(पैलेस की ओर जाते हुए)

दिव्या —- कितने सुंदर हरे- भरे घास के लॉन बने हैं, बहुत बड़ा महल लगता है।

राजीव —- हमें महल में जाकर पूरी जानकारी मिल जाएगी। (महल में प्रवेश करते हैं) प्रवेश कक्ष में ही सभी को आडियो क्लिप दी गई ताकि पैलेस का पूरा इतिहास बेहतर ढंग से समझा जा सके। (एक घंटा महल के दर्शन के बाद मुख्य द्वार पर पहुँचे तो संजय को वहीं पाया।)

राजीव — बहुत सुंदर व विस्तृत महल है, आनंद का अनुभव हुआ। संजय, अब हमारा क्या प्रोग्राम है ?

संजय —- सर, अब क़रीब सवा एक बज रहा है यदि लंच करने की इच्छा है तो हम एम. जी. रोड चलेंगे। लंच के बाद फिर किसी ओर स्थल के लिए यात्रा शुरू करेंगे।

राजीव —- क्यों दिव्या, क्या विचार है ?

दिव्या —- हम अपना लंच क़रीब दो बजे लेंगे। इतने तक किसी ओर पर्यटन स्थल की सैर कर सकते हैं।

संजय —- यस मैडम ! हम शिव मंदिर जा सकते हैं जहां भगवान शिव की सफ़ेद मार्बल से बनी 65 फुट ऊँची प्रतिमा है।

दिव्या —- और क्या ख़ास है मंदिर में ?

संजय —- मैडम, मंदिर तो पूजा- पाठ के लिए ही है। इस मंदिर में समय - समय पर उत्सवों का आयोजन होता है इसलिए यहाँ पर्यटकों का जमावड़ा बना रहता है। नंदी में भी हम जा सकते हैं।

राजीव —- वहाँ क्या विशेष है संजय ?

संजय —- सर, यह बैंगलुरु का सबसे प्राचीन व विश्व के भव्य मंदिरों में शुमार है। नंदी की मूर्ति सिर्फ़ एक ही ग्रेनाइट की चट्टान से बनी है। यहाँ भगवान गणेश की प्रतिमा जो मक्खन से हर चार वर्ष बाद बनाई जाती है।

राजीव —- संजय, चलो एम. जी. रोड ही चलो। वहाँ लंच लेकर ही किसी दूसरे स्थल की तरफ़ जाएँगे। इस समय तो अमूमन मंदिर के कपाट बंद ही मिलेंगे।

संजय —- सर, एम. जी. रोड यहाँ से पाँच किलोमीटर के लगभग है, भीड़भाड़ के कारण एक घंटा भी लग सकता है।

राजीव — तों हम यहीं किसी रेस्तराँ में में लंच कर सकते हैं।

लंच के बाद टैक्सी कब्बन पार्क की ओर दौड़ रही थी। संजय ने बताया कि सर, यह पार्क तीन सौ एकड़ में फैला है। यह लगभग छः हज़ार पेड़- पौधे लगे हैं तथा इसका नामकरण लॉर्ड कब्बन के सम्मान के तौर पर किया गया है। सर, पार्क में विश्व विख्यात एक्वेरियम बना है। यह सुबह छ बजे से सायं पाँच बजे तक सैलानियों के लिए खुला रहता है।

राजीव —- अभी तीन बजने वाले हैं, लंच में ज़्यादा समय निकल गया। क्या हम सब देख पाएँगे ?

संजय —- पार्क की सैर के बाद तो किसी स्थल पर नहीं जा पाएँगे। हाँ, एम. जी. रोड पर डिनर व ख़रीदारी के लिए जा सकते हैं।

दिव्या —- अभी पार्क चलो, शेष कल विज़िट कर सकते हैं।

संजय —- यस मैडम ! कल हम मैसूर भी जा सकते हैं। वहाँ हमें एक रात विश्राम लेना होगा।

राजीव — हम सायं विचार- विमर्श कर तुम्हें समय रहते सूचित कर देंगे।

संजय —- ओ. के. सर ! सर हम पार्क के पास पहुँच गए हैं।आप जी भरकर देख लीजिए, मैं यही रहूँगा।

दिव्या — (दोनों पार्क के द्वार की ओर जाते हुए) कुछ शांत सा वातावरण लगता है। चारों तरफ़ हरियाली का साम्राज्य है।आओ, कुछ पल के लिए पेड़ की छाँव में बैठते हैं।

राजीव —- हम पहले एक्वेरियम चलते हैं क्योंकि वह पाँच बजे तक ही खुला रहता है।

दिव्या —- हाँ, हमें यह अवश्य देखना चाहिए। लगता है हमारे बाई ओर यह तीन मंज़िला इमारत ही एक्वेरियम (Aquarium) होगा।

राजीव —- चलो देखते हैं, (पास पहुँच कर) तुम बिल्कुल सही कह रही थी। आओ हम अंदर चलते हैं।

(दोनों रंग - बिरंगी अनेक प्रकार की मछलियों को देख कर दंग रह जाते हैं। पानी में उछल- कूद करती हुई मछलियाँ आँखों को भा रही थी।)

दिव्या — अब हम टॉय- ट्रेन की सवारी करेंगे।

राजीव —- क्या यहाँ ऐसी कोई व्यवस्था है ?

दिव्या —- मछलियाँ देखते समय मेरे पास खड़े एक युगल इसकी चर्चा कर रहे थे।

राजीव — ठीक है, हम ज़रूर सवारी करेंगे। शायद टिकट यहीं मिलेगा। आओ बाहर निकल कर देखते हैं।

(दोनों टॉय ट्रेन के मज़े ग्रहण कर जब मुख्य द्वार पर पहुँचे तो संजय टैक्सी लिए उन्हें एम.जी. रोड पर डिनर व ख़रीददारी करने को ले जाने के लिए तैयार था।)

***

29

शुभम, शिवि व देविना का सूरजकुण्ड मेला दर्शन

शुभम ने स्टूडेंट रियायत पर तीन टिकट केवल एक सौ अस्सी रुपए में काउंटर से ख़रीद लिए थे ।तीनों कड़ी जाँच के बाद मेले में प्रवेश पा गए थे । पहले स्टॉल पर ही जम्मू कश्मीर राज्य की ओर से ऊनी कपड़ों की विभिन्न आइटम सजी हुई थी जिनमें मुख्य रूप से स्वेटर, जर्सी, जैकेट, मफ़लर, जुराब टोपी व महिलाओं के लिए पश्मीना शॉल, टॉपस व गर्म सूट शामिल थे ।उन्हें निहार कर तीनों आगे बढ़ गए थे जहां पंजाब राज्य की आकर्षक स्टॉल लगीं थीं । यहाँ पर मर्दाना व जनाना सूट, फलकारी चुन्नी व कढ़ाई किए गए सूट भी थे ।किसी ने कुछ नहीं ख़रीदा । आगे बढ़े तो राजस्थानी स्टॉल के पास ही नृत्य की धूम मची हुई थी । किशोर कुमार व आशा भोंसले द्वारा गाया गीत जो संजीव कुमार - जया भादुड़ी पर फ़िल्माया गया था "पल्लो लटके रे मारौ पल्लू लटके - - - - - - - " पर खूब ठुमके लग रहे थे । शुभम से रहा नहीं गया और जा कूदा पंडाल में जी भरकर ठुमके लगाने । देविना ने आव देखा न ताव, शिवि को भेज दिया शुभम की संगति के लिए । दोनों ने जो धमाल मचाया, देविना दंग रह गई, दर्शक झूम उठे । कुछ पलों के बाद देविना भी नृत्य के सागर में हिलौरें लेने लगीं । गाने की धुन व बोल सुनकर वहाँ भारी भीड़ एकत्रित हो गई थी । गाना बंद हुआ तो पब्लिक की ओर से 'Once more- Once more' की आवाज़ गूंजने लगी थी पर शुभम व शिवि थकान महसूस करने लगे थे । गाना चलता रहा पर वे तीनों मेले के अगले स्टॉलों की ओर बढ़ गए थे । अब वे मध्यप्रदेश के स्टॉल के सामने विराजमान थे । यहाँ पर हैंड बैग, लकड़ी की मूर्तियाँ, झूला व अन्य उपयोगी वस्तुएँ प्रदर्शित की गई थी । बंगाल के स्टॉल पर पटसन से बनी कलाकृतियाँ जिनमें बच्चों के खिलौने, बैग आदि लगे थे । अब तक काफ़ी समय भी निकल चुका था इसलिए कुछ विश्राम पाने के लिए बैठ गए थे ।

शिवि — देविना दीदी, कैसा रहा राजस्थानी गीत पर हमारा नृत्य ?

देविना —— क्या तुमने नृत्य की ट्रेनिंग ली है किसी कॉलेज या स्कूल में, जो इतना सुंदर व आकर्षक डांस कर रही थीं।

शिवि —- नहीं, कहीं नहीं सीखा। कई बार गिददा तो लोहड़ी के अवसर पर किया है पर आज तो शुभम के साथ अपने आप ही स्टैप चल रहे थे।

देविना —- ये हुई न बात ! औरत को अगर मर्द का साथ मिल जाए तो वह आसमान से तारे तोड़ कर ला सकती है ?

शिवि —- और अगर मर्द को औरत का साथ मिल जाए तो वह आसमान छू सकता है।

देविना —- दुरुस्त कहा ! चलो अब लंच के लिए समय हो गया है। यहाँ मेले में ही बहुत कुछ खाने को मिल जाएगा। क्यों शुभम ?

शुभम —- हाँ देविना जी, यहाँ से तीसरा स्टॉल तमिलनाडु का है, वहाँ हम साउथ इंडियन भोजन का आनंद ले सकते हैं ?

देविना —- ज़्यादा दूर तो नहीं, अब चलने की हिम्मत नहीं रही है।

शुभम —— अभी तो हमने बीस प्रतिशत मेला भी नहीं देखा है और तुम्हें थकावट शायद अस्सी प्रतिशत हो गई है।

देविना —- अगर शिवि नहीं होती तो तुम भी इतना ही थक गए होते ?

शुभम —- अच्छा, अब समझा, देव भैया की याद सता रही है।

देविना —- हाँ शुभम, अब तो एक दिन के लिए भी न दिखें तो जग सूना - सूना लगता है। कुछ करने को दिल नहीं करता है।

शिवि —- देविना दीदी, मैं तुम्हारी अवस्था को भली-भाँति समझ सकती हूँ, मैं भुक्तभोगी हूँ दीदी !

देविना —- कई बार तो लगता है कि हमें ट्रेनिंग के लिए यह संस्थान इसी मक़सद से मिला है। हम दो से चार होकर निकलेंगे कॉलेज से।

शुभम —- और चार से छः बनने में भी क्या समय लगेगा ?

शिवि —मैं इतनी जल्दी नहीं करूँगी सब कुछ, शादी के पाँच साल तक कोई इश्यू नहीं।

देविना ——लोग ऐसे ताने कसते हैं शिवि, इंसान विवश हो जाता है, पहला इश्यू तीन साल में लेना ही पड़ता है।

शुभम —— अब चले लंच के लिए ? कहाँ बच्चों में उलझ गई दोनों। (खाने के स्टॉल पर पहुँच कर) तुम क्या लोगी शिवि ?

शिवि —- मुझे मसाला डोसा पसंद है। थोड़े से टोमेटो राइस भी ले सकती हूँ।

देविना —- मुझे भी दोनों चीजें पसंद हैं।

शुभम —- इडली या वड़ा भी किसी को चाहिए ?

दोनों —- नहीं।

देविना —- मेले में ज़्यादा खाना- पीना अच्छा नहीं रहता, अगर तुम चाहो तो इडली - सांभर ले सकते हो ?

शुभम — मैं शाकाहारी बिरयानी भी ले सकता हूँ।

देविना —- शुभम, ज़्यादा चक्कर में मत पड़ो, हम एक - एक मसाला डोसा व एक प्लेट राइस ही लेंगे।जी भरकर तो घर में ही लेंगे।

शुभम — हाँ मैंने घर पापा- मम्मी को हमारे आने की सूचना भेज दी है।

देविना —बहुत अच्छा किया शुभम, शिवि तो शादी से पहले ही ससुराल पहुँच जाएगी।

शुभम —- हाँ देविना जी, आजकल लड़के- लड़कियाँ शादी से पहले ज़्यादा व शादी के बाद कम दफ़ा ससुराल में फेरे लगाते हैं। मम्मी पापा शिवि का बेसब्री से इंतज़ार कर रहे हैं।

तीनों लंच लेकर मेले के लिए फिर से निकल पड़ते हैं।अनेक देशों व प्रदेशों की स्टॉल्स को पार करते हुए हरियाणा राज्य की स्टॉल पर जैसे उनके कदम रुक से गए हों।

देविना —- देखो शुभम - शिवि, हरियाणा का मशहूर गीत ‘तेरी आंख्यां का यू काजल ………॥’ पर धमाल मचा हुआ है। सपना चौधरी लग रही है शायद।

शुभम —- अगर सपना है तो कोई वी. आई. पी. मौजूद होंगे। आज मेले का उद्घाटन दिवस है न।

देविना —- हाँ अवश्य, कोई मंत्री बगैरह होंगे।सपना तो हरियाणा की प्रथम श्रेणी की कलाकार जो ठहरी। तुम भी कुछ दिखा सकते हो अपनी कलाकारी?

शुभम —- अब तो हम दर्शक बन कर ही मेला दर्शन करेंगे। शाम नज़दीक लग रही है, हमें अंधेरा होने से पहले घर पहुँच जाना चाहिए।

देविना —- सहीं कहा, हम यह नृत्य पूरा देख कर निकलेंगे। क्या हमें किसी टैक्सी बगैरह से जाना होगा ?

शुभम —- फ़रीदाबाद से मेले के लिए विशेष बसें चलाई गई हैं, हम उनसे ही जाएँगे। अगर कल भी मेला दर्शन का फ़ैसला लिया तो इन्हीं बसों से आया जा सकता है।

देविना —- कल नाश्ते के बाद ही भिवानी के लिए कूच करेंगे, लंच तक तो पहुँच जाएँगे न शुभम ?

शुभम —कल का कल ही प्रोग्राम फ्रेम करेंगे। वह सब मम्मी पापा पर भी निर्भर करेगा।

देविना —- चलो अब नृत्य ख़त्म हुआ, हमें मेले के बस स्टॉप पर चलना चाहिए।

शिवि —- हाँ दीदी, अब ज़्यादा देर मत करो, रात्रि का आगमन होना आरंभ हो गया है।

***

30

तरुण व लक्ष्मी की सगाई व शादी

'मूनलाईट' होटल सर्दी की नरम धूप से धीरे-धीरे जवान हो रहा था। खिड़कियों, रोशनदानों व दरवाज़ों पर लगे कांच बहुरंगी आभा बिखेर रहे थे जिसमें नहाते हुए से मेहमान ख़ुशी - ख़ुशी आ- जा रहे थे। तनेजा फ़ैमिली अपने इष्ट मित्रों व रिश्तेदारों के साथ जैसे सूरज की इन मखमली किरणों का अभिनंदन करने को होटल पहुँच गए थे। फूलों की सुगंध वातावरण को सुगंधित बना कर सभी को मस्त कर रही थी। तरसेम लाल का परिवार व बंधुगण तनेजा परिवार की आवाभगत में जुटे हुए थे। तृप्ता ने तो लक्ष्मी बिटिया को प्यार से गले लगा लिया था। बार- बार मस्तक चूम रही थी। बेटी लक्ष्मी, तुम्हें वह दिन याद है जब मैं तान्या के साथ तुम्हारे अस्पताल आईं थीं दिवाली के दिनों में ?

लक्ष्मी —- (माँ तृप्ता के चरणों को स्पर्श करते हुए) यस मम्मी जी ! बड़ों की कही बात व्यर्थ नहीं जातीं, देर - सवेर फलीभूत होती ही है।

(पास खड़े पापा तरसेम लाल के चरण स्पर्श करती है।)

तरसेम लाल—लक्ष्मी बेटी, तरूण तो उसी दिन से माँ का गुणगान कर रहा है और तान्या बहन को आशीर्वाद दे रहा है कि उसे भी कोई सुंदर - स्वस्थ डॉक्टर लड़का मिले।

लक्ष्मी —- हाँ पिताजी, तान्या दीदी बड़े अच्छे स्वभाव की हैं।रश्मि दीदी ने अगर डॉ. दादा को कुछ संकेत कर दिया तो कहीं न कहीं गाँठ जोड़ ही देंगे।

(रश्मि व तान्या दोनों लक्ष्मी के पास आकर कुछ मुस्कुराते हुए)

रश्मि —लक्ष्मी दीदी, अभी तो घर में कदम भी नहीं रखा, सारे घर की चिंता सताने लगी है शायद।अब चलो हमारे साथ अंदर चलते है। (तीनों के चले जाने के बाद)

रविता —- तृप्ता दीदी, भाग्य उदय हो गए हैं तुम्हारे जो फूल सी बहू मिली है। तरूण बेटा की पसंद की दाद देती हूँ।

तृप्ता — भाभीजी, सब आप लोगों का आशीर्वाद है। जब से दिल्ली में कदम रखा है, क़दम - कदम पर आपकी मदद मिली है।अनिता व अखिल बेटे भी यहाँ आते तो मौज मस्ती करते।

मामी रविता — दीदी, अनिता तो अब क़ानून की किताबों में ही उलझीं रहती है। छुट्टी के दिन तो खाने- पीने की भी फ़ुरसत नहीं मिलती।

तृप्ता —- इसी साल से प्रैक्टिस शुरू की है न भाभीजी ?

रविता —- दूसरा साल है, अब कुछ तजुर्बा होने लगा है। अखिल को तो तुम्हारे भाई साहब बिज़नेस में ही पसंद कर रहे हैं।

तृप्ता — भाई साहब बहुत समझदार है, जो करेंगे, सोच समझ कर ही करेंगे।

तरसेम लाल —(ज़रा उतावलेपन में) तृप्ता, तुम बातों के छिलके ही उतारतीं रहोगी क्या ? सब मेहमानों ने जलपान कर लिया है, अब हॉल में ही सब सगाई का प्रोग्राम होगा।

रविता — जीजा जी, मैंने कुछ और ही सुना है।

तरसेम लाल —- ठीक ही सुना होगा आपने, जो होगा ठीक ही होगा।

रविता —- लड़की वालों की ओर से वे बुजुर्ग हैं न जो, तुम्हारे साले साहब को कह रहे थे कि तरसेम लाल जी से बात कर लेना।

तरसेम लाल —- इसीलिए मैं तृप्ता से सलाह मशविरा करने आया हूँ।

रविता —- हमारी दीदी तो भोली- भाली है, इन्हें तो सब स्वीकार है। आप बच्चों के विचार जान लो तो उचित रहेगा।

तरसेम लाल —- भोली माँ के बच्चे भी भोलेनाथ हैं। मैं तान्या बिटिया से पूछताछ करता हूँ, वह कहीं दिखाई नहीं पड़ रही ?

तृप्ता —- अपनी होने वाली भाभी को तैयार करने में लगी हैं दोनों।

तरसेम लाल —- और वह जो छोटी गुड़िया उनके साथ है, वह कौन है ?

तृप्ता —-तान्या बता रहीं थीं कि मेरी सहेली रश्मि की प्यारी सी ननद है।

तरसेम लाल —- फिर तो रश्मि के मंगेतर डॉक्टर राकेश भी आए होंगे, और उनके साथ उनके साहित्यिक मित्र देव भी अवश्य होंगे।

तृप्ता —- मुझे सब इतनी जानकारी नहीं है। तान्या व रश्मि इधर ही आ रहीं हैं, उन्हीं से पूछ लो।

तान्या —- (क़रीब आते हुए) क्या बताना है मम्मी जी ?

तृप्ता —- तुम्हारे पापा रश्मि की ननद व राकेश के बारे में जानना चाह रहे हैं।

तान्या —— पिताजी, तनेजा अंकल के साथ वे दोनों साथी राकेश व देव ही है और उनका तीसरा साथी कांति, जो कोर्ट में नौकरी करते हैं, ऐसा रश्मि दीदी के साथ बातचीत में कई बार प्रसंग आया है।

तरसेम लाल —- तनेजा ने भी अच्छे परिवारों से संबंध बना रखे हैं।

तान्या —- हाँ पापा जी, तनेजा अंकल बड़े मिलनसार स्वभाव के हैं। रेस्तराँ में आने- जाने वालों से जान- पहचान बना कर रखते हैं।

(राज शाह आते हुए)

राज शाह —- जीजा जी, ज़रा इधर सुनना (मुँह को कान के पास लाकर) मैं कह रहा था कि डॉक्टर दादा ने जो कुछ कहा है, उस पर तरूण की सलाह ले लेते।

तरसेम लाल —-हाँ राज बाबू, आजकल बच्चों की सलाह - सहमति ज़रूरी हो गईं हैं। तान्या बेटी, तरूण कहाँ है ? तुम उसे बुला कर, दोनों मेरे पास रूम 414 में आओ।

तान्या — ओ. के. पापाजी, शायद तरूण राकेश के साथ गुफ़्तगू में लगे हैं, मैं आपके पास भेज रहीं हूँ।

तरूण — (रूम 414 में आकर) पापाजी, आप कुछ कह रहे हैं ?

तरसेम लाल —- बेटा तरूण, डॉक्टर दादा ने जो कुछ सुझाव दिया है, वह तुम्हारे मामा जी तुम्हें बताएँगे। ध्यान से सुनकर अपनी प्रतिक्रिया व्यक्त करना।

तरूण —- पापाजी, मैं अभी इतना बड़ा नहीं हुआ कि आपकी व मामा जी की बात पर प्रतिक्रिया दे सकूँ। आप व मामा जी जो भी निर्णय करेंगे, मुझे हर्ष पूर्वक स्वीकार होगा।

राज शाह — हमें अपने बच्चों पर गर्व है पर फिर भी सलाह - मशविरा अच्छा रहता है बेटा।

तरूण —— मामा जी, जो मशविरा आप करना चाहते हैं वह तान्या ने पहले ही मेरे कान में डाल दिया है।

तरसेम लाल —- राज बाबू, हम ही पीछे रह गए, अब बताओ क्या करना है ?

राज शाह—- करना क्या है जीजा जी, दोनों को रिंग पहनवाओ और बैंड बजवाओ। शुभ काम में देरी का क्या मतलब ?

***

31

मेला देखने के बाद शुभम के साथ घर आई शिवि व देविना

पंद्रह बीस मिनट में ही मेले की स्पेशल बस फ़रीदाबाद बस स्टैंड पर जा लगीं थीं। अंधेरे से निजात पाने की चाहत में शहर रोशनी से जगमगा गया था। बस स्टैंड से बाहर निकल कर तीनों पर्यटक एक ऑटोरिक्शा में सवार हो गए थे।सेक्टर ग्यारह, जहां शुभम का घर है, बस स्टैंड से मात्र दो किलोमीटर की दूरी पर था जिसे पाने में भीड़भाड़ की मेहरबानी से क़रीब आधा घंटा समय का खपत हो गया था।

शिवि —- अभी कितनी दूर है शुभम तुम्हारा घर ?

शुभम —- मेरा नहीं, तुम्हारा घर शिवि। अब तुम अपने घर में जा रहीं हो।

देविना —- शुभम, बड़ी समझदारी की बात करने लगे हो। किसने सिखाया है तुम्हें यह सब ?

शुभम —ज़िम्मेदारी, उत्तरदायित्व, कर्तव्यपरायणता, नेकनीयती और सबसे बढ़कर प्रेम। लो अपना घर आ गया।देखो, माँ सामने खड़ी हम सबकी राह देख रही है।

शुभम के साथ दोनों सहेलियाँ माँ रंजना के पास आकर - नमस्ते मम्मी जी, नमस्ते आंटीजी !

रंजना —- शुभम बेटा, दोनों में शिवि कौनसी व देविना कौन-सी है ?

शुभम—- अरे मेरी भोली माँ, जिसने मम्मी कहा, वह शिवि, जिसने आंटीजी कहा, वह देविना। मैंने तुम्हें दीवाली पर रिंग ख़रीदते समय शिवि का फ़ोटो दिखाया तो था।

रंजना —- बेटा, फ़ोटो तो नई - पुरानी चलती रहती है।

शिवि —- हाँ मम्मी जी, कॉलेज में दाख़िला के लिए जो फ़ोटो बनवाए थे, शुभम के पास वही था।

रंजना — बेटी, अब तुम साक्षात् आ ही गई हो तो छोड़ो फ़ोटो का ज़िक्र।

शुभम —- अभी पापाजी नहीं आए क्या ?

रंजना —— मेले के कारण कुछ काम ज़्यादा ही बढ़ गया है। नौ- दस तो अमूमन बज ही जाते हैं। तुम दोनों को लिविंग रूम में ले चलो, मैं सबके लिए जलपान की व्यवस्था करवाती हूँ।

देविना —- आंटीजी, हम मेले में कई बार चाय पी चुके हैं, अब चाय के लिए बिल्कुल मन नहीं है।

रंजना —- ठीक है, मैं डिनर का इंतज़ाम करती हूँ, उससे पहले पानी तो सब लोगे न ?

शुभम - मैं सबके लिए पानी लाता हूँ। सपना व अल्पना भी नहीं दिखाई दे रही?

रंजना —— दोनों बहुत ट्यूशन लेती हैं, अभी आने वाली ही होंगी।

देविना —— आंटीजी, आप हमारे साथ ही बैठो। डिनर तैयार करने में कितना समय लगता है, हम इतनी तो बारात का भी खाना बना सकती हैं ?

रंजना —— (सोफे पर बैठते हुए) दोनों घर से पाँच बजे निकलती हैं व नौ बजे लौटती हैं। कहती हैं कि डॉक्टर बनकर देश की सेवा करेंगी।

देविना —— यह तो बहुत अच्छे विचार हैं आंटीजी ! आजकल बच्चे अपना लक्ष्य अपने आप निर्धारित करने लगे हैं।

रंजना —— विचार तो नेक हैं पर इन्हें अमलीजामा पहनाने के लिए कोल्हू के बैल की तरह अथक परिश्रम करना पड़ता है। दिन- रात लगी रहती हैं पढ़ाई में जबकि छोटी तो अभी दसवीं स्तर पर ही है।

देविना —- आंटी आजकल तो नौवीं कक्षा से ही तैयारी शुरू हो जाती है। इंजीनियरिंग हो या डॉक्टरी, सिविल सर्विस हो या मैनेजमेंट, सब में कंपीटिशन बहुत उच्च स्तर का हो गया है।

रंजना —- देविना बेटी, तुम भी शिवि के शहर से ही हो ?

देविना —— यस आंटीजी, हम दोनों अंबाला कैंट से हैं।दोनों के रहने से बहुत दिल लगा रहता है। शिवि के व मेरे पापा एक ही ऑफिस में काम करते हैं। इसी साल जुलाई में शिवि के पापा जे. ई. से एस. डी. ओ. व मेरे पापा एस. डी. ओ. से डी. टी. ई. के पद पर तरक़्क़ी पाए हैं।

रंजना —- हाँ शिवि के पापा - मम्मी तो दीवाली पर जींद आए थे। शुभम ने सब हमें बताया था।

देविना —-आंटीजी, आप लोगों ने बहुत अच्छा फ़ैसला लेकर शिवि का जीवन बर्बाद होने से बचा लिया।जब से माँ ने साथ छोड़ा है और मौसी का घर प्रवेश हुआ है,शिवि को विषम परिस्थितियों से गुजरना पड़ा है।

रंजना —- मौसी माँ का स्थान तो नहीं ले सकती।माँ के बिना बच्चा अपने घर में ही पराया हो जाता है। घर से मोह टूटना शुरू हो जाता है।

शिवि —- हाँ मम्मी जी, शुभम ने मुझे नरक के गर्त में जाने से बचा लिया।

रोने लगतीं हैं, रंजना प्यार से शिवि को गले से लगा लेती है।

शुभम —- मम्मी जी, शिवि को जब माँ की याद ज़हन में जाग उठती है तो वह स्वयं को रोक नहीं पाती है।

रंजना —- शिवि बेटी, अब तुम हमारी बहू हो, यह घर अब तुम्हारा हो गया है। तुम तनिक भी परवाह न करो, कॉलेज से जब भी छुट्टियाँ मिलें, तुम शुभम के साथ यहीं आ जाया करो।अब रोना बंद करो और मुस्कुराओ।

देविना —- हाँ शिवि, अब आंटीजी ही तुम्हारी माँ हैं और.....(रंजन गुप्ता लिविंग रूम में प्रवेश करते हुए) और हम शिवि बेटी के प्यारे पापाजी।

रंजना — आप कैसे चुपके से आ गए ?

रंजन गुप्ता —- ढोल बजाकर तो तुम्हें ही लाए थे, अब शिवि बिटिया को लाएँगे ?

सभी ख़ुशी के मारे हँसते हैं। शिवि पापाजी के चरण स्पर्श करती है। देविना प्रणाम करती है। बच्चों को कुछ जलपान बगैरह करवाया या बातों का आनंद लिया जा रहा है।

रंजना —- आज बड़े ख़ुश लग रहे हो, क्या मिल गया ऐसा ?

रंजन गुप्ता —- तोते जैसी बहू पाकर भी किसी का मन - मयूर नृत्य नहीं करेगा तो उसे निष्प्राण ही समझो। आज मुझे इल्म हुआ कि मेरा बेटा मुझसे भी होशियार है। लाओ अब कुछ पेट -पूजा करवाओ। बच्चों को भी मेले में घूम-घूमकर भूख लग रही होगी ?

रंजना — मैं किचन में जाकर सबके लिए डिनर का प्रबंध करतीं हूँ। अभी ट्यूशन से दोनों बच्चे नहीं लौटे हैं। (किचन में दोनों लड़कियों को देख कर) अरे, सपना बेटी तुम कब आ गईं ?

सपना —— हमें आधा घंटा हो गया। आप सब बातों में मशगूल थे, हमने सोचा कि क्यूं न डिनर तैयार कर लें अपनी प्यारी सी भाभी के लिए।

रंजन गुप्ता —- देखा, मेरे बच्चों का कमाल, एक घर में बहू ले आया, दोनों दूसरे उसकी सेवा में लग गए।और तुम हो कि बातों के चटखारे ले रहीं हो।

रंजना —बच्चे क्या केवल तुम्हारे हैं, बाप के रहते हुए भी माँ के बिना अनाथ ही होते हैं।

रंजन गुप्ता —मानता हूँ ! मानता हूँ !! पर हम अपनी शिवि को माँ बाप की कमी नहीं होने देंगे।आओ बच्चों डिनर तैयार है।

देविना —- अंकल, मैं देविना हूँ, शुभम व शिवि के साथ ही कोर्स कर रही हूँ।

रंजन गुप्ता —- आओ बेटी, डिनर ले लो, न जाने कब शिवि की तरह कोई शुभम बेटा तुम्हें भी लेने आ जाए। हमें भी अपनी शादी में बुलाओगी न बेटी?

देविना —- आप जैसे अच्छे अंकल को कौन भुला पाएगा ?

रंजन गुप्ता —- ख़ुश रहो बेटी, हम तो आप सबको प्रसन्न चित् देख कर ही आनंदित हो जाते हैं। माँ- बाप को शीतल हवा के झोंके बच्चों के बीच से ही मिलते हैं।

सपना- अल्पना—- (शिवि के पास आकर प्रणाम कर) भाभी हमने आपके लिए डिनर बनाया है। चलिए, हम आपको लेने आए हैं।

शिवि —- (दोनों को दोनों तरफ़ से गले लगाकर) चलिए, आज बहुत दिनों बाद घर का माहौल मिला है। हम सब इकट्ठे बैठकर डिनर लेंगे। देविना दीदी, चलिए आप भी।

देविना —- हाँ शिवि, आज मैं तुम्हारी मेहमान हूँ। मेरी प्यारी शिवि को एक सुंदर व प्यारा हँसता हुआ परिवार मिल गया है ।तुम्हें बहुत मुबारक हो शिवि !

शिवि —— देविना दीदी, यह सब तुम्हारे आशीर्वाद का परिणाम है।

देविना —— शिवि, मानव मात्र का भाग्य कब करवट लेगा, कौन जानता है ?

***

32

राजीव- दिव्या हनीमून, मैसूर रवाना

ठीक नौ बजे अपनी गाड़ी लेकर संजय होटल पहुँच गया था पर अभी राजीव व दिव्या निर्णय नहीं कर पाए थे कि आज कहाँ व क्या देखना है। कल के भ्रमण की थकान से सुबह कुछ विलंब से जागे व तैयार होकर स्वागत काउंटर पर पहुँचे तो संजय को हाज़िर पाया।

संजय — सर, गुड मार्निंग !

राजीव —- गुड मार्निंग संजय, आज कहाँ का प्रोग्राम बनाया है ?

संजय —- सर जैसा निर्देश देंगे, वैसा ही होगा।

राजीव —- बैंगलुरु में अब हमें क्या देखना शेष है ?

संजय —- सर, काफ़ी स्थल तो हमने कल पर्यटन कर लिए, केवल दो-तीन स्थल और बचे हैं जो महत्वपूर्ण एवं दर्शनीय हैं।

राजीव —— (काउंटर पर रखे अख़बार पर नज़र डालते हुए) संजय, आज देश के प्रधानमंत्री एयरपोर्ट की एक विंग का उद्घाटन करने को आ रहे हैं। वे एक बड़ी जनसभा को भी संबोधित करेंगे व कई अन्य कार्यक्रमों में भी शिरकत करेंगे।

संजय —- सर, फिर तो शहर में व आस-पास भीड़ वाला माहौल रहेगा। यदि हम आज मैसूर के लिए निकल जाएँ तो कैसा रहेगा ?

राजीव —- मैं भी कुछ ऐसा ही विचार कर रहा हूँ। क्यों दिव्या, क्या सलाह रहेगी तुम्हारी ?

दिव्या —- हम तो राजनैतिक परिवार से जुड़े हैं। उद्घाटन- शिलान्यास, जुलूस- धरना- प्रदर्शन, रैली आयोजन तो हमारे उत्साह के अवसर होते हैं। फिर भी आप जैसा निर्णय लें, मुझे कुछ परेशानी नहीं। मैसूर जाना है तो ब्रीफ़केस तैयार करना होगा क्योंकि रात्रि- विश्राम शायद वहीं करना पड़े।

राजीव —- यह तुमने सही कहा। क्यों संजय, हम सायं तक नहीं लौट सकते ?

संजय —- सर, मैसूर के लिए यहाँ से लगभग तीन घंटे की कार दूरी है। वायुमार्ग से भी जा सकते हैं लेकिन उसके लिए अब वक़्त नहीं बचा है।

राजीव —- दिव्या, तुम ब्रीफ़केस तैयार करो, हम आज मैसूर ही चलेंगे व कल वापिसी कर लेंगे।

संजय — सर, यदि आप मैसूर जा रहे हैं तो कुरग भी अवश्य विज़िट करें।

राजीव —- वहाँ क्या ख़ासियत है संजय ?

संजय —- सर, मैसूर से क़रीब दो घंटे की रन है टैक्सी से। सदाबहार लकड़ी के वन, प्रातकाल की धुंध - आच्छादित पहाड़ियाँ व आकर्षक चोटियाँ, हरी- भरी वादियाँ और संपूर्ण शांति कुरंग की ख़ासियत है। हनीमून पर आने वाला हर जोड़ा मैसूर अगर आता है तो कुरग भी जाता है।

राजीव —- संजय, यूं तो देश भर में अनेकों आकर्षक पर्यटन स्थल है, जिनकी श्रृंखला असीम है। अभी मैसूर के लिए निकलते हैं। तुम गाड़ी स्टार्ट करो, हम पहुँच रहे हैं।

दिव्या —— मुझे लगता है कि संजय की सलाह उचित है ।हम मैसूर भ्रमण करके सायंकाल में कुरग के लिए निकल चलेंगे व रात्रि- विश्राम कर सुबह फिर मैसूर आएँगे व शेष स्थलों की विज़िट करेंगे ।सायं में हम बैंगलुरु लौट जाएँगे।

संजय —- सर, मैडम ने बहुत बढ़िया प्लान तैयार कर दिया है ।अब हमें बातों में ही समय नहीं गँवाना चाहिए।

राजीव —- ठीक है संजय, हमने आलस में काफ़ी समय व्यर्थ गँवा दिया। हमें पहले दिन ही योजना बनानी थी। अब ज़्यादा देर मत करो।

बैंगलुरु से मैसूर की चमचमाती सड़कों पर अब संजय की कार दौड़ रही थी। सड़क किनारे के पेड़ मानो दौड़- दौड़ कर स्वागत कर रहे थे राजीव-दिव्या

का मैसूर आगमन के लिए। कभी घाटियाँ, कभी चोटियाँ, कभी हरे- भरे घास के मैदान और कभी हरे रंग से पुती कर्नाटक टूरिज़्म की बसें आँखों को शकुन पहुँचा रहीं थीं। रात भर अलसाई प्रकृति अब चंचला हो गई थी, ज्यों काफ़ी अंतराल के बाद कोई नायिका अपने नायक को पाकर हो जातीं हैं। समशीतोष्ण मौसम तन- मन को सुहावना लग रहा था ।राजीव व दिव्या अब बातों में मस्त हो रहे थे।

राजीव —- हमारी शादी में राकेश और भिवानी वाले मित्रों ने डांस का धमाल मचा कर रखा था।

दिव्या — हाँ, रश्मि दीदी व दोनों बी. एड. की छात्राओं ने भी बड़े उत्साह एवं जोश से ठुमके लगाए।

राजीव —- ये दोनों छात्राएँ देविना व शिवि हैं। शिवि ने तो कुछ दिन पहले ही घर छोड़कर अपने कॉलेज मेट के साथ शादी करने का निश्चय किया है ।देविना भी देव भैया की दीवानी है।

दिव्या —- राकेश ने ही बताई होंगी आप को ये सब बातें।

राजीव —- राकेश का बचपन का मित्र है देव । एकदम विशुद्ध साहित्यकार, अच्छे सामाजिक उपन्यास लिखता है। जब भी कॉलेज से छुट्टियों में जींद आता है, सारी खबरे साझा होती हैं। हम सभी दोस्त नदी किनारे बैठकर गपशप करते हैं।

संजय —- सर जी, हमने पचास किलोमीटर का सफ़र तय कर लिया है। अब हम ऐसे स्थान से गुजर रहे हैं जो इतिहास के पन्नों में दर्ज हो चुका है।

राजीव —- ऐसी क्या विशेषता है यहाँ की ?

संजय —— सर, यहाँ पर शोले फ़िल्म की शूटिंग हुई थी। इन वादियों में आज भी गब्बर सिंह की आवाज़ गूंज रही है।

राजीव —— क्या रामनगर है ?

संजय —— सर आपने सही बताया। शोले फ़िल्म अपने जमाने की सुपरहिट फ़िल्म रही है।

राजीव —- ठीक है, संजय ग्यारह बजने को आए हैं, गाड़ी ज़रा स्पीड में दौड़ाओ।

संजय —सर हम लगभग एक बजे मैसूर के मशहूर पैलेस में होंगे ।अगर आप लंच करना चाहें तो पैलेस के आसपास बहुत सारे रेस्तराँ हैं, जहां हर तरह का फ़ूड उपलब्ध है।

दिव्या —- राजीव से, सुबह नाश्ता जल्दी- जल्दी में ही हुआ। वैसे भी होटल में नाश्ते का पुख़्ता प्रबंध नहीं था।

राजीव —- हाँ हम पहले लंच लेंगे फिर किसी पर्यटन स्थल पर जाएँगे। मुझे लगता है कि अब हमें अपनी बोझिल आँखों को कुछ आराम देना चाहिए।

दिव्या —- हाँ मुझे भी कुछ आलस अनुभव हो रहा है।

संजय —— हाँ सर, मैं मैसूर तक अब कोई ख़ास स्थान देखने को नहीं है। आप निश्चिंत होकर आराम कर सकते हैं। बस मुझे इतना अवश्य बता दें कि हम मैसूर शहर के अंदर जाएँगे या बाहर से ही कुरग के लिए निकल जाएँगे।

राजीव —— हम कुछ समय मैसूर में भी बिताएँगे। फिर सायंकाल में डिनर कुरग में ही होगा।

संजय —- सर ! अब आप आराम करें।

***

33

तरुण- लक्ष्मी की शादी संपन्न

तरसेम लाल से आर्डर पाकर होटल प्रबंधन ने सभी इंतज़ाम पूरे कर लिए थे। रंग- बिरंगे पुष्पों से होटल सज गया था। हवन वेदी पर पंडित जी सुशोभित हो गए थे। तरसेम लाल ने अपने कुछ पड़ोसियों व मित्रों को निमंत्रण देकर बुला लिया था। डॉ. भगवत स्वरूप जी ने तनेजा के साथ बाज़ार से आवश्यक वस्त्र- आभूषण ख़रीद का काम निपटा लिया था। सब ओर ख़ुशी का माहौल बना था, बैंड- बाजे की धुन शुरू हो चुकी थी। शहनाई की धुन कानों में रस घोल रही थी। नेहा यह सब देख कर हैरान हुए जा रहीं थीं।

नेहा —— देव भैया, यह सब क्या चल रहा है, सगाई की तैयारियाँ हो रहीं हैं क्या ?

देव —— हाँ नेहा बहन, सगाई व शादी दोनों एक साथ ही हो जाएँगी।

नेहा —- राकेश भैया की तो केवल सगाई ही हुईं थीं।

देव —- सगाई नहीं केवल 'रोका' हुआ था।अभी रश्मि भाभी की ट्रेनिंग चल रही है न ? इसके बाद ही सगाई व शादी का प्रोग्राम तय होगा ?

नेहा —— देव भैया, कांति का अब तक कुछ क्यों नहीं हुआ ? उसने तो नौकरी भी ले ली है।

देव —- हाँ, कोई सुंदर सी कन्या मिलेगी तो कांति भैया की सगाई भी कर देंगे।

नेहा —- मैं बड़े अंकल से सिफ़ारिश करूँ ? आप कांति भैया से पूछो कि वे मुझे बारात में ले चलेंगे ?

देव —— तुम्हारे बिना कांति भैया कैसे शादी कर सकते हैं ?

नेहा —- जैसे राजीव भैया ने कर ली है। मुझे भनक तक नहीं लगने दी और अब हनीमून पर भी चुपके निकल गए।

देव —- वह सब चुनाव की वजह से हुआ। दिव्या भाभी के पापा राजनीति करते हैं न, वे शायद चुनाव लड़ें इसलिए बहुत से मित्र - रिश्तेदार शादी में शामिल नहीं हो पाए।कांति की शादी में तुम्हें अवश्य शामिल करेंगे।

नेहा —और तुम्हारी शादी में देव भैया ? तुम तो राकेश भैया से पहले ही शादी कर लोगे। बड़े अंकल तो कह रहे थे कि शादियाँ स्वर्ग से ही तय होती हैं।

देव —- हाँ नेहा बहन, जैसे आज हम सब केवल सगाई के लिए आए थे और प्रोग्राम तय हो गया शादी का। यह सब विधि का विधान है। तुम भी जब डॉक्टर बन जाओगी तो तुम्हारी शादी भी धूम - धड़ाके से करेंगे।

नेहा —— मुझे डॉक्टर बनना इतना अच्छा नहीं लगता। मैं क़ानून की पढ़ाई के साथ सी. ए. भी करना चाहतीं हूँ।

देव —— वैरी गुड नेहा ! तुमने अच्छी स्ट्रीम चुन ली है। इस साल तुम्हारा एस. एस. सी. हो जाएगा और फिर अकांउटस की तैयारी।

नेहा —— देव भैया, अब तुम शादी के प्रोग्राम की ओर ध्यान दो। सभी लोग ख़ुशी - ख़ुशी तैयारियों में जुटे हैं।

राकेश —— (देव के पास आते हुए) देव भैया, तुम्हें पता चल गया कि नहीं, सगाई व शादी दोनों आज ही होंगे।

देव —- हाँ, यहाँ उपस्थित सभी लोगों को पता है।

राकेश —- पर मुझे लगा कि हमारे साहित्यकार बंधु कहीं किसी मनोहर सपने में न खोए हुए हों ?

देव —— जीवन सपना ही तो है राकेश भैया, आँख - मिचौली में ही बीत जाता है।

राकेश —- जीवन एक वास्तविकता है भाई साहब। जी भरकर जीने व अपने कर्तव्यों को निभाने, कुछ कर गुजरने का नाम जीवन है। हमें जीवन से भागना नहीं है।

देव —— अपना -अपना नज़रिया है डॉक्टर साहब ! एक सुंदरी के आँखों की बूँद तुम्हारे लिए सिर्फ़ जल की बूँद मात्र है और हमारे लिए मोती, जिन्हें हम भावनाओं के धागे में पिरोकर साहित्य की माला गूँथते है।

राकेश —- वाह देव भैया ! लगता है मूड में स्थापित हो गए हो।आओ बाहर देखते हैं क्या चल रहा है ? अब सपनों से संसार में लौट आओ। सगाई के लिए लड़का - लड़की ने आसन ग्रहण कर लिया है।

(दोनों बाहर आकर कुर्सियों पर बैठते हैं)

स्टेज पर दोनों परिवारों के मित्रों व रिश्तेदारों का मेला लगा है। तरूण व लक्ष्मी कुर्सियों पर सुशोभित हैं।कहीं पास कोने से शहनाई की धुन जारी है। होटल का हर कोना फूलों की महक बिखेर रहा है।सफ़ेद पन्नों की लड़ियाँ सूरज की रोशनी में नहा कर मोती की तरह चमक रहीं हैं।तालियों की गूंज के बीच दोनों एक दूसरे को वरमाला पहनाते हैं। तनेजा अपने समधी साहब से गले मिलते हैं और बधाई देते हैं।

डॉ. भगवत स्वरूप दोनों बच्चों को आशीर्वाद देते हैं। ऊँची आवाज़ में पंडित के मंत्र दोनों को विवाह मंडप पर आने का निमंत्रण दे रहे थे।लक्ष्मी अपनी सहेलियों व तरूण अपने मित्रों के संग मंडप पर पहुँचे। राज व लता तनेजा लक्ष्मी के पास तथा तरसेम लाल व तृप्ता अपने लाड़ले तरूण के पास विराजमान हुए।

होटल व मैरिज पैलेस में पंडित जन भी प्रोफेशनल हो जाते हैं और जितना जल्दी संभव हो समारोह संपन्न करने में विश्वास रखते हैं। अग्नि के सात फेरे लेकर दोनों वर - वधू जन्म - जन्म के लिए एक दूसरे के हो गए थे। तरसेम लाल व तृप्ता एवं तान्या, लक्ष्मी जैसी बहू व भाभी पाकर हर्षित हो रहे थे और तरूण जैसे सुंदर - सुघड़ डॉक्टर ब्वॉय को पाकर तनेजा परिवार संतुष्ट एवं उत्साहित था। दोनों परिवारों ने डॉक्टर भगवत स्वरूप का हृदय से धन्यवाद व

आभार व्यक्त किया। डॉ. भगवत स्वरूप की पौत्री रश्मि ने अपनी सहेली तान्या को बधाई दी। तरसेम लाल ने सभी मेहमानों को लंच के लिए आमंत्रित किया व पंडाल में पहुँचने के लिए निवेदन किया।

पंडाल में सब अपने- अपने तरीक़े से लंच का लुत्फ़ उठा रहे थे। डॉ. भगवत स्वरूप ने राकेश व रश्मि को अपने पास बुलाकर, बैठ कर खाना खाने को कहा ताकि दोनों से मन की बात कह - सुन सकें।

डॉ. भगवत स्वरूप —- बेटा राकेश, तुम्हें यह सब प्रोग्राम कैसा लगा ?

राकेश —आपने बड़ी कुशलता से यह सब पूरा किया। ज़िम्मेदारी निभाना तो कोई आपसे सीखे।

डॉ. भगवत स्वरूप —- इंसान को अपने कर्तव्य एवं ज़िम्मेदारी के प्रति सदैव सतर्क रहना चाहिए।केवल खाना - पीना, सजना - संवरना ही जीवन नहीं है। ये जीवन के आवश्यक तत्व हो सकते हैं, निर्णायक अंग नहीं। जीवन कुछ महान लक्ष्यों के लिए मिला हुआ है।

राकेश —- आपके महान कार्यों से समाज में नवचेतना का संचार हो रहा है।तनेजा परिवार आपकी मुक्तकंठ से प्रशंसा कर रहा है।

रश्मि —- हाँ दादा जी, तान्या कह रही थी कि उसके मम्मी पापा आपके निःस्वार्थ प्रेम भाव से बड़े प्रभावित हैं।

डॉ. भगवत स्वरूप —- लगता है कि उनके प्रति मेरी कुछ ज़िम्मेदारी शेष रह गई है।

रश्मि —- हाँ दादा जी, वह जो वर - वधू के पास लड़की दिखाई पड़ रही है, वह मेरी प्यारी सहेली व कलासमेट तान्या है, डॉ तरूण की बहन।

डॉ भगवत स्वरूप —- तुम क्या बताना चाहतीं हो बेटी, मैं समझ गया। तुम भी अपने दादा के कदमों को फोलो कर रही हो।

रश्मि —दादा जी, तान्या बड़े अच्छे स्वभाव की लड़की है। समीर को दिल से चाहती है।

डॉ भगवत —- क्या समीर भी उसे उतना ही चाहता है ?

रश्मि —- गहरे दिल से दोनों एक दूसरे पर जान लुटाते हैं। मेरी मामीजी को भी तान्या बहुत पसंद हैं।

(तरसेम लाल व तृप्ता डॉक्टर भगवत स्वरूप के पास आकर)

तरसेम लाल — डॉक्टर साहब, आप कुछ लंच नहीं ले रहे ?

डॉ. भगवत स्वरूप—-तरसेम जी, आपने बहुत अच्छा सब इंतज़ाम किया, मुझे बड़ी ख़ुशी मिली है।

तरसेम लाल —आपकी कृपा का प्रभाव है। एक प्रार्थना लेकर आए हैं दोनों आपके पास।

डॉ. भगवत स्वरूप —- रश्मि बिटिया ने सब कुछ बता दिया है और मैंने तुम्हारी लाड़ली तान्या के लिए सुंदर लड़का भी खोज लिया है।

तरसेम लाल —- (हैरान होते हुए) आप अंतर्यामी हैं डॉ साहब ! आपने मेरी राह आसान कर दी।

डॉ. भगवत स्वरूप —- मैंने तान्या बिटिया को वापिस हरियाणा भेजने का प्रबंध कर लिया है। उसे उसका मन पसंद लड़का मिलेगा जो सुंदर, सुघड़ एवं ख़ानदानी परिवार से होगा। आप लोग जब भी कहेंगे, शहनाई बजवा देंगे।

रश्मि —- यस अंकल, मेरे मामा का लड़का है, तान्या को खूब पसंद हैं। हम दो एक बार कॉलेज से मामा जी के घर गए थे, उसी दिन मामीजी ने तान्या को अपनी बहू स्वीकार कर लिया था।

तरसेम लाल —- तान्या ने तो कभी ऐसा ज़िक्र कभी किया नहीं और न ही तृप्ता ने कोई संकेत किया। क्यों तृप्ता ?

तृप्ता —-हमें अपनी बेटी पर विश्वास है, मर्यादा से हटकर कोई कदम नहीं बढ़ाएगी। उसे परिवार की मान- मर्यादा का पूरा ख़्याल है।

रश्मि—- यस आंटीजी, दीवाली पर पापा मुझे लेने व मामा- मामी को मिलने जब यमुनानगर आए थे तो समीर भैया हमें बस स्टैंड तक छोड़ने आए थे, उस समय पापाजी भी तान्या के व्यवहार की तारीफ़ कर रहे थे।

(तरूण- लक्ष्मी व तान्या लंच समाप्त कर मम्मी पापा के पास आकर चरण स्पर्श कर आशीर्वाद लेते हुए व तान्या डॉ भगवत को प्रणाम करते हुए।)

डॉ. भगवत स्वरूप —- बेटी तान्या, रश्मि जो कह रही है, क्या वह सब तुम्हें मंजूर है। कोर्स ख़त्म होते ही रश्मि से पहले तुम्हारे हाथ पीले कर देंगे।

तान्या —(ज़रा संकुचित सी होकर) आख़िर रश्मि दीदी ने आप सबको मना ही लिया। मम्मी पापा जैसा उचित समझेंगे, मुझे हर प्रकार से स्वीकार होगा।

डॉ. भगवत स्वरूप —- बड़ी समझदार बिटिया हो, हम तुम्हें अपने ही परिवार का हिस्सा बनाना चाहेंगे। तुम्हें कोई शंका - एतराज़ तो नहीं ? रश्मि ने मुझे कुछ संकेत कर दिया है।

(तान्या कुछ लजा कर रश्मि के क़रीब आकर गले से मिलते हुए)

तरसेम लाल —- यह हमारी ख़ुशक़िस्मती होगी डॉक्टर साहब ! आपने हमें अपने लायक़ समझा, इससे बढ़कर हमारे लिए और क्या होगा ?

राकेश —- (जो काफ़ी देर से मौन पर था) बड़े अंकल, आपने लंच तो लिया ही नहीं ? बातों में ही लगे रहे हो।

डॉ. भगवत — इस उम्र में लंच से ज़्यादा आनंद बातों में मिलता है, फिर भी, अब हम डिनर तान्या बिटिया की शादी में ही करेंगे। क्यों तरसेम लाल जी ?

तरसेम लाल —- आपका आशीर्वाद हमेशा हमारे साथ है। आप बच्चों को अपना शुभ आशीर्वाद दें। (तरूण व लक्ष्मी दोनों डॉ दादा के चरण स्पर्श कर आशीर्वाद पाते हैं)

डॉ. भगवत स्वरूप —- सुना है, हनीमून के लिए अमेरिका जा रहे हो ?

तरूण —- यस बड़े अंकल, मेरे कुछ मित्र डॉक्टर वहाँ प्रैक्टिस कर रहे हैं, उन्होंने कई बार वहाँ आने का आग्रह किया था। अब मौका आ निकला तो चले ही जाएँगे।

डॉ. भगवत स्वरूप ——बिल्कुल ठीक किया बेटा, जैसे पेड़ - पौधे पानी के साथ से हरे- भरे रहते हैं वैसे ही मित्रता मिलने- जुलने से बरकरार रहती है। मित्रता रूपी पौधे को हरा - भरा रखने के लिए मिलने - जुलने का खाद - पानी जरूरी है। बेटा राकेश, अब चलो, सब मेहमान विदा हो गए और हाँ, वह तुम्हारा लेखक साथी 'देव' नहीं दिखाई दिया और न ही वह छोटी सी चंचल नेहा बिटिया।

राकेश —- दोनों कांति भैया से कहानी सुन रहे होंगे। नेहा कह रही थी कि मैं बड़े अंकल से कांति भैया की शादी के लिए सिफ़ारिश करूँगी, पर शर्त लगा दी कि उसे भी बारात में ले जाना होगा।राजीव भैया की तरह चोरी - चोरी शादी नहीं करना है।

डॉ. भगवत स्वरूप —- नेहा बिटिया की सिफ़ारिश को हम नज़रअंदाज़ नहीं कर सकते बेटा। अब एक नहीं बल्कि दो शादियाँ जल्द संपन्न होंगी।तरसेम लाल जी, बिटिया तान्या की शादी की तैयारी करो, हम जल्द ही फिर मिलेंगे। अब सभी को आशीर्वाद व शुभ कामनाएँ और हाँ तनेजा जी, आप दोनों संतुष्ट हैं, कैसा लगा घर व वर ?

राज तनेजा —- डॉ साहब, नेक- नीयती से किए गए कार्य कल्याणकारी होते हैं। आपके आशीर्वाद से सब निर्विघ्न संपन्न हो गया। तरसेम लाल जी, अब हमें आज्ञा दीजिए, लक्ष्मी अब हमारी नहीं आपकी भी बेटी हो गई।

तरसेम लाल —राज तनेजा को गले लगाते हुए, बेटियाँ परिवारों की कड़ियाँ जोड़ती हैं। लक्ष्मी अब हमारी बहू बन गई हैं, हम उसे बेटी का प्यार भी देंगे।

लता तनेजा — (तृप्ता समधिन से) अपने कलेजे के टुकड़े को आपको सौंप दिया है समधिन जी, बड़े नाज़ों से पाला -पोषा व पढ़ाया- लिखाया है हमने लक्ष्मी बिटिया को।

तृप्ता — आप निश्चिंत रहें, लक्ष्मी बेटी अब इस घर की लक्ष्मी बन कर रहेगी।

(नेहा, कांति व देव रूम से बाहर आते हुए)

नेहा —- बड़े अंकल, आपका मिशन कंपलीट हुआ, अब लौट चलें ?

डॉ. भगवत स्वरूप —- अभी तो मिशन आरंभ हुआ है बेटी, तुम्हारी सिफ़ारिश मुझ तक पहुँच गईं है, अगर कांति ने चोरी - चुपाके शादी की तो हम कांति पर मुक़दमा ठोक कर जेल में बंद कर देंगे।

नेहा —- बड़े अंकल, मुझे लगता है कि कांति भैया ज़िम्मेदार नागरिक हैं, राजीव की भूल नहीं दोहराएँगे।

डॉ. भगवत स्वरूप —- अब सब चलें, अभी कई मिशन बाक़ी है। शादियों की फ़ेहरिस्त लंबी है और जीवन के पल संक्षिप्त।

***

34

राजीव - दिव्या हनीमून यात्रा पर पहुँचे कुरग

एक बजने को आया था पर संजय की टैक्सी अभी भी सड़क पर चौकड़ी मार रहीं थीं। अचानक गाड़ी का तापमान बढ़ने लगा तो संजय चिंतित हुआ व गाड़ी सड़क किनारे रोककर बोनट उठा कर देखा तो रेडियेटर से पानी ग़ायब। इतने तक राजीव भी बाहर आ गया था।

राजीव —- क्या हुआ संजय ?

संजय — सर, लगता है कि गाड़ी का फैन (पंखा) बंद हो गया है जिस कारण गाड़ी गर्म हो गई है व पानी सब भाप बनकर उड़ गया है।आगे चलने के लिए हमें गाड़ी में पानी डालने की ज़रूरत होगी।

राजीव —- तुम्हारे पास पानी नहीं है क्या ?

संजय —मैं एक बोतल पानी लेकर ही निकला था। जब होटल से निकले तो सब डाल दिया था। न जाने फैन कैसे बंद हो गया ?

राजीव —- हमारे पास पीने के लिए रखा एक बॉटल पानी है।

संजय —सर, फिर तो हम मैसूर तक पहुँच जाएँगे, वहाँ कोई मैकेनिक से गाड़ी चैक करवा लेंगे।

राजीव —- (दिव्या को पुकारते हुए) ज़रा पानी की बॉटल तो लाना, टैक्सी को प्यास लगी है।

दिव्या —- (पानी की बॉटल लेकर बाहर आते हुए) क्या पंखा चलना बंद हो गया है ?

संजय —- मैडम, लगता है कि आपको गाड़ी के मैकेनिज्म की पूरी जानकारी है।

दिव्या —- हाँ संजय, पानी के अभाव में गाड़ी का इंजन सीज (बंद) हो सकता है। यह पानी की बॉटल लो और रेडिएटर में डालो। अभी मैसूर कितना दूर है?

संजय — मेम साहिब, सिर्फ़ पाँच किलोमीटर रहा होगा ?

दिव्या — फिर तो इतने पानी से काम चल जाएगा।

संजय --(गाड़ी में पानी डालकर स्टार्ट करते हुए) आइए सर, अब गाड़ी तैयार है।

राजीव — चलो संजय पर ये बताओ कि फैन बंद क्यों हुआ ?

दिव्या —- दो स्थितियों हो सकती हैं। या तो चूहों ने तार काट दिया हो या फैन जाम हो गया हो सकता है ?

संजय — मैडम ठीक कह रही है सर। कहीं तार कटिंग की प्रॉब्लम भी हो सकती है (थोड़ा दूर चलने के बाद) सर, गाड़ी फिर गर्म हो रहीं हैं। मीटर में सूई ऊपर चढ़ने लगी है। पर शुक्र है कि हम शहर में पहुँच गए हैं। यहाँ से पैलेस दो किलोमीटर दूर है, आप रिक्शा से पहुँच जाएँ, मैं गाड़ी ठीक करवा कर आपके पास आ जाऊँगा।

राजीव —- हाँ, तुम गाड़ी ओ. के. करवाओ क्योंकि हमें फिर कुरग के लिए भी निकलना है।

संजय — जी सर, आप बेफ़िक्र रहें। मैं लगभग एक घंटे बाद आपको वहाँ ढूँढ लूँगा।

राजीव—- ओ. के. संजय, इतने तक हम लंच लेकर पैलेस भ्रमण कर लेंगे। तुम्हारे पास अपना लंच है या नहीं ?

संजय —- यस सर, लंच तो हर ड्राइवर अमूमन लेकर चलता ही है।

राजीव व दिव्या ऑटोरिक्शा में सवार हो कर पैलेस पहुँच गए थे। क़रीब दो बजने को आए थे, लंच का पीक टाइम था।

राजीव —— (रिक्शा से बाहर कदम रखते हुए) यहाँ पैलेस के पास बहुत से रेस्टोरेन्ट हैं, पहले हम लंच लेंगे।

दिव्या — हाँ,यह ज़रूरी है,कोई शाकाहारी भोजन परोसने वाला रेस्टोरेन्ट नज़र कर लो।

राजीव —- हाँ, हम यहाँ किसी उत्तर भारतीय रेस्टोरेन्ट में शाकाहारी भोजन ही लेंगे। मैं सर्च करता हूँ। दिव्या, देखो, हमारे पीछे की ओर 'हिमालय' रेस्टोरेन्ट है, वहाँ चलेंगे।

दिव्या —- शुद्ध शाकाहारी है न ?

राजीव —चाहे कोई भी 'हारी' हो, वहाँ हमें सरसों का साग व मक्के की रोटी मिलेगी। जी भरकर खाएँगे।

दिव्या —— सर्दी के मौसम में यही भोजन सही रहेगा।

लंच लेने के बाद पैलेस आकर काउंटर से टिकट ख़रीद कर प्रवेश के लिए कुछ आगे बढ़े ही थे कि संजय की आवाज़ सुनाई दी।

संजय —- सर गाड़ी अब बिल्कुल दुरुस्त हो गई है। इंजन गर्म होने के कारण रेडिएटर से पानी तो उड़ा ही, कूलैंट भी ख़त्म हो गया था।अगर जल्द न सँभालते तो ज़्यादा नुक़सानदायक स्थिति हो सकती थी। आपने लंच ले लिया होगा सर?

राजीव —-हाँ संजय, हमने लंच ले लिया व अब पैलेस दर्शन करेंगे।

संजय—- सर, इतने तक मैं लंच कर लेता हूँ। जब तक आप लोग लौटेंगे, मैं तैयार मिलूँगा।

राजीव —- ओ. के. जाइए।

राजीव व दिव्या दोनों महल की ओर बढ़ गए थे। पहले रूम में ही घुसे थे कि भीड़ देख कर चकित रह गए थे। सभी लोग आडियो किट प्राप्त कर रहे थे जिन्हें कान में लगाने से महल की पूरी जानकारी मिलनी शुरू हो जाती। दोनों ने किट लिया व कान से चिपका कर प्रसारण रिसीव करना आरंभ किया। कुछ अन्य पर्यटक जो गाइड के साथ आए थे, उन्होंने किट नहीं लिए थे। राजीव ने भी कानों से किट्स हटाए और गाइड से ही सुनने लगे।

गाइड अपने ग्रुप से —-'मैसूर पैलेस जिसे अंबा पैलेस के नाम से भी जाना जाता है, भारत के ऐतिहासिक व सबसे बड़े महलों में एक है ।प्रसिद्ध त्यौहार दशहरा यहाँ पर हर वर्ष अक्टूबर मास में धूमधाम व अनुष्ठान पूर्वक मनाया जाता है ।मैसूर पैलेस के चार प्रवेश द्वार हैं पर एंट्री बराह द्वार से ही की जाती है। (हॉल में प्रवेश करते हुए) सामने लगे चित्र, शाही फ़ोटोज़, साज-सज्जा महल के आकर्षण हैं। महल में कुछ मंदिर बने हैं जो दोपहर से पूर्व ही खुलते हैं।' दिव्या को कुछ जिज्ञासा हुई और उसने गाइड से जानना चाहा - सर, यह महल किस राजवंश से संबंधित है ?

गाइड —-ओडियर राजवंश, जो लगभग 1399. से 1761. और पुनः 1799. से 1947 तक मैसूर राज्य के शासक थे। आज़ादी के बाद इस राज्य को भारत में मिला लिया गया ।आज भी इस राजवंश के लोग महल के ऊपरी भाग में निवास करते हैं। ताजमहल के बाद सबसे ज़्यादा पर्यटक यहाँ आते हैं।

राजीव —- गाइड सर, यहाँ कोई लाइट एंड साउंड शो भी आयोजित किया जाता है ?

गाइड —- यस, सायंकाल में 7 बजे से 7:45 तक सोमवार से शनिवार। महल रात्रि में येलो रोशनी से चमकता हुआ सुंदर दृश्य उपस्थित करता है।

दिव्या — (राजीव से) जैसा गाइड बता रहे हैं, उस हिसाब से हम लाइट एंड साउंड शो नहीं देख पाएँगे। हमें कुरग के लिए भी निकलना है ?

राजीव —- बिल्कुल, हमने महल के काफ़ी हिस्से को देख लिया है व ज़रूरी जानकारी भी अर्जित कर ली है। अब हम चलेंगे।

दिव्या —- हाँ, मुझे कुछ थकान भी होने लगी है।

दोनों पहले रूम में आकर आडियो किट लौटाते हुए व बाहर आकर संजय को सामने ही पाकर विश्वस्त हुए।

संजय —- सर आप लोग अब शायद चाय बगैरह लेंगे।

राजीव —- हाँ संजय, प्यास भी लगी है, हम पानी साथ नहीं ले पाए। चलो, किसी रेस्टोरेन्ट पर चायपान करेंगे।

संजय — हाँ सर, चायपान कर तुरंत निकलेंगे क्योंकि पहाड़ी रास्तों पर सूरज अस्त होने से पहले ही मंज़िल पा लें तो सुरक्षित रहता है। सर, आपने कुरग के लिए होटल तो बुक कर लिया है न ?

राजीव —- अभी तक नहीं किया है। चाय के बाद तरोताज़ा हो कर गाड़ी में बैठकर तय करेंगे। तुम्हारी सलाह की भी हमें दरकार रहेगी।

संजय —-आइए सर, बैठिए। गाड़ी तैयार है। मैसूर के शेष पर्यटन स्थल वापसी में दर्शन कर लेंगे।

जलपान के बाद संजय की गाड़ी अपने गंतव्य कुरग की ओर बढ़ चली थी। सूरज अपनी तेज किरणों को समेटकर कंदराओं में छिपने के प्रयास में लगा था। उसकी चमकती किरणें अब स्वर्णिम रूप धारण करने में लगीं थीं। सड़क मार्ग पर कभी चरवाहों के साथ भेड़- बकरियों के झुंड, कभी ग्वालों के साथ गायों से भेंट होती। निजी व शासकीय बसें दनदनाती हुई टैक्सी के पास से गुजर जाती और कहते हुए प्रतीत होती कि हम देश - विदेश से आए पर्यटकों को कुरग जैसे आकर्षक, मनोहर, हरे- भरे पहाड़ी स्थल की सैर करवाती हैं। हमारा जीवन परोपकार में बीत रहा है जो हमें संतुष्टि प्रदान करता है। राजीव ने अपना मोबाइल ऑन किया व कुरग का मानचित्र निकाल रात्रि विश्राम के लिए होटल सर्च करना शुरू किया।

राजीव —- (संजय से) तुम्हें तो सब होटलों की स्थिति, व्यू आदि के विषय में जानकारी होगी ?

संजय —- सर, यहाँ सस्ते व महंगे दोनों तरह के होटल हैं जो संख्या में बहुतायत में हैं। लगभग दो हज़ार से पचास हज़ार रुपये प्रति रात्रि विश्राम के लिए यहाँ होटल हैं।

राजीव —- हमें लगभग पाँच हज़ार के आस-पास किराए में होटल रूम चाहिए।

संजय —- सर 'रेड स्टोन विला' व 'हेरिटेज इन' लगभग साढ़े तीन हज़ार के किराए पर हैं। इससे सस्ता लगभग अढ़ाई हज़ार रैंट पर 'कुरग हिल्स रिसॉर्ट्स' व 'ड्रीम हाउस' हैं।

राजीव —- हाँ, इन्हीं में से एक बुक करना होगा।

संजय —- सर, मेरे विचार में 'ड्रीम हाउस ' ठीक रहेगा। व्यू व रिव्यू दोनों अच्छे हैं। अगर पसंद न रहे तो बिना किसी चार्ज के बुकिंग रद्द भी की जा सकती है।

राजीव —- क्यों दिव्या ? ड्रीम हाउस ही उचित रहेगा।

दिव्या —- सब सुविधाओं का होना ज़रूरी है, यह देखना होगा।

संजय — मैडम ! यहाँ होटलों में कोई परेशानी नहीं होती। सब सुविधाएँ पर्यटकों को उपलब्ध रहती हैं।

राजीव —- ओ. के. मैंने यही बुक कर दिया है। अब गाड़ी का पहिया उधर ही घुमाओ।

संजय —- सर, हमें एक घंटा बीत गया, अभी सूरज छिपने वाला है, उससे पहले हम होटल पहुँच जाएँगे।

राजीव —- यहाँ कुरग में देखने के लिए क्या, कुछ,किस तरह से है, मौसम कैसा रहेगा ?

संजय —— सर, यहाँ आमतौर पर अक्तूबर से मार्च का समय घूमने के लिए बेहतर माना जाता है। मानसून में तो दृश्य और खूबसूरत बन जाते हैं। भारत का स्काटलैंड व कर्नाटक का कश्मीर है कुरग। यहाँ के कुडवा जाति के लोग बिना लाइसेंस के बंदूक़ जैसे हथियार रख सकते हैं। सर, कल चैक आउट के बाद मैं आपको भ्रमण के लिए ले जाऊँगा।

राजीव —- लगता है हम कुछ नज़दीक पहुँच गए हैं।

संजय —- सर यह पहाड़ी क्षेत्र है, दूर होते हुए भी इमारतें पास लगती हैं। सड़कें घुमावदार होती हैं, इसलिए। यहाँ लंच व डिनर बगैरह होटल में ही अरेंज हो जाता है। अगर गर्मागर्म लेकर स्वाद व चटखारे से खाना है तो रेस्टोरेन्टस की कमी नहीं।

राजीव —संजय, तुम बातों के कारण गाड़ी धीरे ड्राइव कर रहे हो। सूरज डूब गया है। अब कितना समय और लगेगा ?

संजय —- सर, हम होटल के सामने खड़े हैं। आप इन्क्वायरी काउंटर पर चलिए, मैं ब्रीफ़केस लेकर आ रहा हूँ।

राजीव व दिव्या काउंटर पर रूम के लिए पहुँचे तो मैनेजर ने पहचान पत्र की डिमांड की ।दोनों ने अपने पहचान पत्र सुपुर्द किए व सहायक के साथ रूम 404 में पहुँच गए।

राजीव —- संजय, अब तुम जाओ, तुम्हारा नाइट स्टे होटल में ही रहेगा ?

संजय —— यस सर, आप विश्राम कीजिए, मैं सुबह आठ बजे आपको काउंटर पर मिलूँगा।

राजीव —- क़रीब नौ बजे आना, सर्दी का मौसम है, सूरज महाराज भी देर से जागेंगे।

संजय —- ओ. के. सर ! आप देर से या जल्दी में जगें, मुझे फ़ोन से बुला सकते हैं।

राजीव —-अब तुम भी विश्राम करो। कुछ रुपए- पैसे की ज़रूरत तो नहीं है ?

संजय —- नहीं सर, हम अपना पूरा इंतज़ाम करके निकलते हैं।

राजीव —ओ. के. वैरी गुड !

(कुछ समय के लिए दोनों विश्राम पाने के लिए लेट कर बतियाते हुए)

दिव्या —- कितना आकर्षक सा लगता है सब कुछ, ठंडक सी लिए वातावरण, शुद्ध व सुगंधित पवन, जगमगाती रोशनी, मौन सा साधे लंबे व घने पेड़।

राजीव —- अंधेरे में तुम्हें पेड़ कहाँ से नज़र आ रहे हैं ?

दिव्या —- सामने दीवाल पर विज़ुअल देखकर बोल रही हूँ।

राजीव —- ओ. के., हम तुम्हें कल सब असल रूप में दिखाएँगे ।अब फ़्रेश होकर घूमने निकलेंगे व डिनर भी किसी रेस्तराँ में ले लेंगे।

दिव्या —- मुझे अभी स्नान करना है, बाथरूम में गर्म पानी तो होगा ?

राजीव — पहाड़ों पर तो गर्म पानी ही रहता है होटलों में। तुम स्नान के लिए जाओ, मैं ब्रीफ़केस से सामान ख़ाली करता हूँ।

दोनों अब पैदल ही सड़क नाप रहे थे। हालाँकि काउंटर पर मैनेजर ने रूम पर ही मन पसंद डिनर की व्यवस्था करने की बात कहीं थी फिर भी कुछ ताज़ा हवा के सेवन के लिए दोनों ने रेस्टोरेन्ट पर जाने का मन बना लिया था। शांत प्रकृति, शुद्ध वायु भूख में और वृद्धि कर रहे थे इसलिए नज़दीक के रेस्तराँ में ही शरण ले ली थी। वेटर ने पास आकर भोजन की क़िस्में बताना शुरू किया तो दोनों ने अपनी - अपनी पसंद का खुलासा किया।

राजीव —- दिव्या, तुम्हें कौनसा भोजन पसंद है ?

दिव्या —- मैं सायंकाल में कुछ हल्का ही लूँगी, साउथ इंडियन चलेगा।

राजीव —— ओ. के. मैं नॉर्थ इंडियन लूँगा जिसमें चावल, दाल, एक सब्ज़ी व चपाती रहेगी। थोड़ा दही भी ले सकता हूँ।

दिव्या —- चावल साउथ इंडियन में भी रहता है, हम शेयर कर सकते हैं।

राजीव- सलाद में क्या लोगी ?

दिव्या — सलाद में मुझे खीरा- ककड़ी माफ़िक़ नहीं है, कुछ चुकंदर बगैरह अगर उपलब्ध है तो बेहतर होगा।

राजीव —- हाँ रात्रि भोजन में मुझे भी खीरा अच्छा नहीं लगता। प्याज़ भी बग़ैर सिरका ही लूँगा।

दिव्या —- हम दोनों की पसंद लगभग एक जैसी ही लगतीं हैं।

दोनों ने दिल से शांति पूर्वक डिनर का आनंद लिया व चहलक़दमी करते हुए रूम पर लौट आए। अब थकान का नामोनिशान मिट चुका था।अभी दस बजने को आए थे, हालाँकि सारा दिन सफ़र में ही बीता फिर भी नहाने- धोने व

भोजन करने से सब सुस्ती काफ़ूर हो गई थी। कुछ बातचीत का सिलसिला शुरू करते हुए-

राजीव — आज मुझे तनेजा रेस्टोरेन्ट की याद ताज़ा हो रही है, कितने प्रेम व शांति से भोजन करवाते हैं, जी नहीं भरता खाते - खाते।

दिव्या —- आज उनके यहाँ लड़की की शादी है न ? शायद लड़की डॉक्टर है।

राजीव —- हाँ, अब तक तो बारात लौट आई होगी। डॉ. भगवत स्वरूप जी ने ही रिश्ता करवाया था।

दिव्या —- हाँ, बड़े अंकल, सामाजिक कामों में बढ़ चढ़कर भाग लेते हैं। रश्मि के लिए भी उन्होंने ही डॉ राकेश को पसंद किया था।

राजीव —- मैं तो एक दो बार राकेश के साथ ही क्लीनिक पर गया हूँ देव भैया को ट्रेनिंग के लिए छुट्टी दिलवाने के मामले में।

दिव्या —- हाँ, अपनी शादी में शामिल हुए थे देव भाई साहब। उनके साथ और भी लड़के - लड़कियाँ कॉलेज से आए थे।

राजीव —- शुभम व शिवि, जिनका हमने मंदिर में जाकर शादी का फ़ैसला लिया था परंतु शिवि की मौसी व पापा के आने से शादी का विचार बदलना पड़ा।दूसरी लड़की देविना थी जो देव भैया के प्रेम में हैं।

दिव्या —- सभी एक दूसरे के प्रेम में हैं, शायद हम ही बिना प्रेम के शादी किए हैं।

राजीव —- हमारा प्रेम शादी के बाद भी रहेगा। राकेश, रश्मि को जी - जान से चाहता है।

दिव्या —हाँ, एक बार हम तनेजा रेस्टोरेन्ट नाश्ता करने गए थे, वहीं राकेश से मुलाक़ात हुई थी। रश्मि दीदी भी प्यार में पागल सी हुई रहती है। अभी तक तो हमारी भी भ्रमण व यात्राएँ ही हो रहीं हैं। लगता है हनीमून पर नहीं, रेसमून पर आए हैं। मुझे ठंडी महसूस हो रही है।

राजीव —— हाँ, रात बढ़ने के साथ ही ठंड भी बढ़ गई है, रज़ाई के अंदर आ जाओ।

दिव्या —- दाईं ओर इस खिड़की पर कर्टेन लगा दो, शायद इसी से ठंडक आ रही है।

राजीव —- इस पर तो काँच पहले ही लगा है, हवा नहीं, ठंड ही हो गई है।

(रज़ाई से निकलकर कर्टेन फैलाता है व प्रकाश बंद कर बेड पर आकर दिव्या को अपने आग़ोश में समा लेता है।)

दिव्या —- अभी मैं पूरी तरह से स्वस्थ नहीं हूँ, शादी से कुछ रोज़ पहले ही माहवारी से निवृत्त हुई थीं।

राजीव — हमारी आज की रात ही सुहागरात होगी। मेरा एक मित्र पिछले साल हनीमून के लिए यहाँ आया था, तब से मेरी इच्छा भी यहाँ आने की हो गई थी।

दिव्या — ऐसा क्या विशेष था उसके हनीमून में जिससे आपकी इच्छा बलवती हुई ?

राजीव —- हनीमून की रात्रि को ही उसकी पत्नी ने कुछ अजीब सा अनुभव किया और एक माह बाद उसकी प्रेगनेंसी पॉज़िटिव रही।

दिव्या —- हाँ सुना है कि मासिक धर्म के बाद एक सप्ताह तक गर्भ की संभावना ज़्यादा रहती है। भगवान तुम्हारी दूसरी इच्छा भी पूरी करें।

राजीव काम के समुद्र में गोते लगाने लगा था, उसने दिव्या को अपने पाश में जकड़ लिया था।शायद हरिणी शिकारी के जाल में ही आनंद अनुभव करने लगी थीं।

***

35

तनेजा की अपने रेस्टोरेन्ट में दीक्षित जी, राकेश व कांति से बातचीत

एक ख़ास क़िस्म का अहसास राज व लता तनेजा महसूस कर रहे थे। हालाँकि लक्ष्मी बिटिया कई वर्षों से बाहर ही पढ़ रही थी लेकिन तब अलगाव की भावना प्रतीत नहीं होती थी। शादी - विवाह के बाद पिता के मन का कोई कोना क्यों रिक्तता से भर जाता है ? तरसेम लाल व तृप्ता ने लक्ष्मी के सुख के लिए पूर्ण विश्वास दिलाया था व अपनी बेटी समझ कर व्यवहार करने को कहा था पर पिता का मन आश्वस्त होकर भी पुत्री के लिए अधीर ही रहता था।नीतिका व नैतिक दोनों भाई- बहन अपने - अपने कॉलेज के लिए चले गए थे। लता सुबह ही अपने स्कूल चलीं गई थी और खुद राज तनेजा रेस्टोरेन्ट के काउंटर पर बैठ गए थे।

एक दो दिन रेस्टोरेन्ट बंद रहने से आज कुछ चहल पहल बढ़ गई थीं। आमतौर पर सभी ग्राहक परिचित ही थे जो नाश्ता- लंच लेने आकर लौटते समय शादी की बधाई देते और तब तनेजा के मन लक्ष्मी बिटिया की याद तरोताज़ा हो जाती। कई लोग इतना अच्छा डॉक्टर वर मिलने पर लक्ष्मी के भाग्य की सराहना करते व राज को पुण्य कर्म किए होने का हवाला देते। वरिष्ठ वकील रमेश दीक्षित जी भी अपने एक साथी के साथ लंच के लिए रेस्टोरेन्ट पहुँचे थे और तनेजा को बधाई दी। राज तनेजा ने उनका शुक्रिया करते हुए राजीव की वापिसी के बारे में पूछा तो दीक्षित जी ने बताया कि शायद आज सायं तक तक लौटने का प्रोग्राम तय था। कोर्ट में कुछ दिक़्क़तें मुझे भी राजीव के बिना पेश आ रही हैं।

तनेजा —- हाँ सर ! राजीव भी अब विश्वस्त एवं होशियार वकीलों में गिने जाने लगे हैं।डॉ. राकेश कीं संगति का भी उन पर सकारात्मक प्रभाव पड़ा है।

दीक्षित —— उसी डॉ. राकेश की बात कर रहे हो जिसके साथ डॉक्टर भगवत स्वरूप की पौत्री की शादी मुक़र्रर हुई है।

तनेजा —- हाँ सर ! लड़की भी दांतों के डॉक्टर का कोर्स कर रही है व शायद अप्रैल में कोर्स पूरा होने के बाद ही कोई प्रोग्राम बने।

दीक्षित—- तनेजा तुम सारे शहर की खबर रखते हो। हमारे बारे में लोगों की क्या धारणा है ?

तनेजा —- सर, आपका कोई सानी नहीं, जज साहिबान भी आपके अकाट्य तर्कों के क़ायल हैं। कई बार तो आप निर्धन पीड़ितों के लिए निःशुल्क पैरवी करते हैं।

दीक्षित —- हाँ तनेजा जी, मेरे मन- मस्तिष्क पर एक घटना ने बड़ा प्रभाव डाला, तब से मैंने निश्चय किया कि फ़ीस के बिना भी गरीब पीड़ित की पैरवी करूँगा।

तनेजा —- यस सर ! गरीब, दीन- दुखी की दुआएँ भी बड़ी असरकारी होती हैं। निःसहाय निर्धन की मदद करने वाले बिरले ही होते हैं। आपके किसी घटना के रूबरू होने के बारे में जानने का इच्छुक हूँ।

दीक्षित —- तनेजा भाई, अब तो हम लंच के लिए ही आए हैं, कभी सायं को बैठेंगे जी लगाकर आप के रेस्टोरेन्ट में।

तनेजा —— आप जैसा उचित समझें सर ! वैसे भी ये दुखद कथाएँ, घटनाएँ फ़ुरसत के क्षणों में ही सुनी - सुनाई जाती हैं।

दीक्षित —- दुरुस्त कहा, आपने लजिज लंच करवाया, बहुत शुक्रिया।

तनेजा —— आप शर्मिंदा न करें सर ! यह रेस्टोरेन्ट आपका ही तो है, मैं तो यहाँ सिर्फ़ सेवा के लिए हाज़िर हूँ।

दीक्षित —— कभी किसी मज़लूम, भूखे को भोजन करवाते हो ?

तनेजा —— सर, रेस्टोरेन्ट के अंदर तो नहीं लेकिन जो भी द्वार पर दस्तक देता है, उसे दीनदयाल का बंदा समझ कर भोग लगवाते ही है। हम बचा

हुआ पका भोजन चपाती, सब्ज़ी बगैरह रोटी बैंक में भी पहुँचाते हैं। शहर की कुछ गोशालाओं के लिए भी हम मासिक अंशदान करते हैं।

दीक्षित —- गुड, वैरी गुड तनेजा ! रूपए - पैसे का सबसे सुंदर व उत्तम प्रयोग दान कर्म ही है। उसके बाद अपने खुद पर खर्च के लिए और जो धन के दोनों उपयोग नहीं करता, वह फिर हमारे अकाउंट में आता है।

तनेजा —- सर, बिल्कुल ठीक कहा, आपके वचन कल्याणकारी हैं।

दीक्षित —— अब चलें तनेजा, तुम बड़े चुम्बकीय व्यक्तित्व के स्वामी हो। तुमसे बात करके मन खुश हुआ।

तनेजा —— सर, आपकी बड़ी कृपा है, हम नाचीज़ किस काम के हैं ?

(एडवोकेट दीक्षित व साथी निकलते हैं।)

लंच टाइम की तरह सायंकाल में भी खूब रौनक़ से भरपूर रहा रेस्टोरेन्ट। लोग छुट्टियों का आनंद अब घर से बाहर खानपान में लेने लगे हैं। कांति व राकेश अभी नदी किनारे की सैर से लौटे ही थे कि रेस्तराँ में ही डिनर का प्रोग्राम बन गया। नेहा सुबह ही बस से अपने स्कूल के लिए निकल गई थी इसलिए डिब्बा- डिनर के बजाय तनेजा के यहाँ आना हुआ। रेस्टोरेन्ट में दाखिल हुए थे कि राज तनेजा की मधुर ध्वनि सुनाई दी — आइए डॉक्टर साहब व कांति भैया, मुझे पूरी उम्मीद थी कि आज सायं को यहाँ अवश्य दर्शन दोगे।

राकेश —- गुड ईवनिंग तनेजा जी, कहिए- शादी का सब काम ठीक ढंग से निपट गया होगा ?

तनेजा —- बस अभी कुछ देर पहले ही सब मिठाई बगैरह मित्रों व रिश्तेदारों को वितरित कर फ़ारिग हुआ हूँ। लंच के बाद अभियान लांच किया था। नेहा तो हिसार चली गई होगी ?

राकेश —- हाँ सुबह छः की बस से चली गई थी। क्रिसमस की छुट्टियों के बाद आज से सभी स्कूल- कॉलेज खुल गए हैं।

तनेजा —- अभी +2 स्तर पर ही है ?

राकेश —— हाँ, इस साल पूरा हो जाएगा, फिर कहीं दाख़िला लेने के लिए दौड़ - धूप करनी होगी। आपके दोनों बच्चे भी तो ट्रेनिंग पर हैं।

तनेजा —- हाँ डॉ. साहब, छोटी गुडिया डॉक्टरी के पहले साल में व लौंडा इंजीनियरिंग के तीसरे वर्ष में हैं।

राकेश —— आपने सब बच्चों को कामयाब बना दिया है।

तनेजा —- सब अपनी - अपनी क़िस्मत लेकर आते हैं, हम आप तो केवल अपना कर्तव्य पालन करते हैं। नेहा ने कौनसी स्ट्रीम चुनी है ?

राकेश —— अभी तक तो उसका इरादा वकील बनने का है। कहती है कि कांति भैया की कोर्ट में वकालत करूँगी।

कांति —- (हस्तक्षेप करते हुए) बहुत तार्किक बातों पर निरुत्तर कर देतीं हैं सामने वाले को। नेहा बहन ने ठीक लाइन ही चुनी है।

तनेजा —- क़ानून की पढ़ाई में तीन साल लगेंगे और अगर मास्टर डिग्री लेना है तो दो साल और ज़्यादा देना होगा।

कांति —- मास्टर डिग्री लेकर जज बनना भी कुछ आसान हो जाता है।

राकेश —- तुम्हारी ही जज बनेगी कांति भैया।

कांति —- मैं तो कान पकड़े ही बैठा रहूँगा अपनी सीट पर।

(तीनों हंसते हैं)

तनेजा —- आओ कांति भाई, ऊपर कैबिन में बैठो दोनों, मैं डिनर भिजवा रहा हूँ। कोई शौक़- शुगल बगैरह भी होगा क्या ?

कांति —— नहीं, आज नहीं। राजीव को आने दो, शादी का जश्न तो होगा ही।

तनेजा —- आज सायंकाल में लौट रहा है हनीमून से। लंच में दीक्षित जी यहाँ पधारे थे, वही बता रहे थे।

राकेश —कभी तीनों ही बैठेंगे मिलजुल कर। काफ़ी दिनों से अलग-थलग हुए पड़े हैं।

तनेजा —- आप तीनों का याराना लाजवाब है।

राकेश —- तीन नहीं, चार। आप शायद देव भैया को भूल रहे हैं।

तनेजा —- वाक़ई, जिनके उपन्यास रोज़ पढ़ता हूँ, उन्हीं को विस्मृत कर बैठा।

कांति —— हम ऊपर केबिन में बैठे हैं, हमें मत भूल जाना सर।

तनेजा —— चलिए डॉक्टर साहब, मैं वेटर को साथ में ही भेज रहा हूँ।

कांति —- आज कोई ज़्यादा खाने- पीने का मूड नहीं है। डॉ. साहब, नेहा को स्मरण कर भावुक हुए जा रहे हैं।

तनेजा —- मैं कुछ हल्का डिनर आपके लिए तैयार करवाए दे रहा हूँ।

कांति — बिल्कुल !

***

36

तरसेम लाल की डिनर पर परिवार जनों से चर्चा

तरसेम लाल व तृप्ता, लक्ष्मी जैसी डॉक्टर बहू पाकर अत्यंत प्रसन्नता अनुभव कर रहे थे। सभी मित्र व संबंधीगण जो विवाह समारोह में शामिल हुए थे, अब अपनी मंज़िल तक पहुँच चुके थे। राज शाह ने अपने जीजा तरसेम लाल को अनिता बिटिया के लिए भी सुंदर व सुशील वर ढूँढने को कहा था व सुझाव दिया था कि तान्या की सहेली रश्मि के दादा जी से इस विषय में बातचीत जारी रखें। रश्मि व तान्या आज सारा दिन अति व्यस्त रहीं। शादी के बाद भैया-भाभी को कंगना - अंगूठी की रस्म करवाना, मंदिर जाना आदि काम दोनों ने बख़ूबी निभाए। शाम को ही दोनों को कॉलेज के लिए निकलना था।दादा जी ने कई बार रश्मि व तान्या को जींद होकर जाने को कहा पर तान्या ने कई रीति रिवाजों का हवाला देकर विवशता ज़ाहिर कर दी थी। दो दिन के बाद भैया-भाभी को हनीमून के लिए विदेश जाना था इसलिए आज सायं ही कॉलेज जाने का प्रोग्राम बना लिया व पिताजी से आशीर्वाद के लिए आईं तो तरसेम लाल ने बड़े संयत एवं विश्वस्त स्वर में अनिता के लिए रश्मि के दादा जी से किसी लड़के के लिए प्रार्थना करने को कहा।

तान्या —- हाँ पिताजी, मैं रश्मि दीदी को बोल दूँगी, वैसे रश्मि की ननद नेहा ने कुछ संकेत किया था अपने बड़े अंकल को।

(रश्मि का आगमन)

रश्मि —— तान्या दीदी, अब यमुनानगर जाने का समय नहीं बचा है। लंबा व कई घंटे का सफ़र है, शाम को वैसे भी हर जगह जाम की स्थिति बनी रहती है। हम कल सुबह निकल सकते हैं।

तान्या —- रश्मि ! तुमने मेरे मन की बात कह दी। सारा दिन व्यस्त रहे, आज कुछ आराम मिल जाएगा। डिनर पर भैया- भाभी से जी भरकर बातें करेंगे।

रश्मि —- हाँ लक्ष्मी भाभी के हाथ से बनीं रोटियाँ भी खा सकेंगे। क्यों अंकल?

तरसेम लाल ——हाँ रश्मि बेटी, तुम्हारा घर है, कितने ही दिन तक रहो ?

रश्मि —- अंकल, आप जो तान्या को, अभी अनिता के लिए लड़के की तलाश के लिए कह रहे थे, समझो कि काम हो गया।

तरसेम लाल —- अरे वाह बेटी ! यह तो घर में ही गंगा प्रवाहित हो गई। कैसे क्या होगा ?

रश्मि —- मेरे डॉ. साहब का ख़ास मित्र है, कोर्ट में ही सर्विस है। वैसे नेहा ने भी दादा जी को ज़िक्र किया है।

तरसेम लाल —- रश्मि बेटी, मैं कैसे तुम्हारा शुक्रिया अदा करूँ, इतनी रूचि लेकर तो अपने रिश्तेदार भी नहीं निभाते। धन्य हैं वे माता-पिता व परिवार जिन्होंने तुम्हें जन्म दिया।

रश्मि —- अंकल, मैं केवल अनिता के लिए ही नहीं, तान्या के लिए भी एक सुंदर राजकुमार लाऊँगी।

तरसेम लाल —- वाह ! बड़े आत्मविश्वास व धैर्य से कह रही हो बेटी। लगता है कि कुछ पक रहा है, मुझे तो आजतक किसी ने कोई ज़िक्र नहीं किया है। कल विदाई के समय डॉ. भगवत स्वरूप कह रहे थे कि तान्या को हम अपने परिवार में ही रखेंगे।

रश्मि —- अंकल, आप मुझ पर व तान्या पर विश्वास रखें, हम जल्द ही आपको निश्चित जानकारी मुहैया करवाएँगे।

तरसेम लाल —- मैं बड़ी तत्परता से इंतज़ार करूँगा बेटी। तान्या बेटी, डिनर में कितनी देर हैं ?

तान्या —अभी भैया- भाभी अस्पताल गए हैं, कोई तत्काल पहुँचने का मैसेज मिला था।

तरसेम लाल —- बेटी, अपनी मम्मी को बुलाना ज़रा, और तुम दोनों मेड सरवेंट के साथ डिनर की तैयारी करवाओ ।तरूण व लक्ष्मी को आते ही खाना मिलना चाहिए।

(तान्या किचन की ओर जाकर मम्मी को भेजती है)

तृप्ता —— (तरसेम लाल जी से) आपने बुलाया है क्या ?

तरसेम लाल —- मैं कह रहा था कि शादी में डी. डी. शर्मा किसी विशेष वजह से नहीं पहुँच पाए, तान्या को दो किलो मिठाई का डिब्बा दे देना। रश्मि के साथ जाकर घर दे आएँगे।

तृप्ता —- आपने अच्छे समय पर याद दिलवाया। मैंने तान्या के सूटकेस में डिब्बा रख दिया था। अब वे कल सुबह जाएँगी इसलिए डिब्बा निकाल कर फ्रिज में स्टोर करना होगा ?

तरसेम लाल —- एक बात और भी थीं दिमाग़ में, हाँ याद आया, बहू को रोटी बनाने के लिए कितना शगुन देना है ?

तृप्ता —- पहले तो सोने के गहने ही गिफ़्ट करते थे। मेरे पास यह सोने की अंगूठी अब तक सही सलामत है पर आज कल गहनों का क्रेज़ कुछ फीका पड़ गया है। डॉक्टर बहू है, कोई पेंट- जींस ही मँगवा देना।

तरसेम लाल —- तुम्हीं ले आओ 'जडेजा रेडिमेड' से या तुम डिनर तैयार कर लो, तान्या व रश्मि अच्छी तरह देख भाल कर लें आएँगी।

तृप्ता —- हाँ जवान बच्चों की पसंद अलग ही होती है।

(तरुण व लक्ष्मी का आगमन)

तरसेम लाल —- ऐसा क्या हुआ था जो तत्काल जाना पड़ा ?

तरुण —- किसी सोसायटी में आग लग गई थी, फ़ायर कर्मियों ने बामुश्किल क़ाबू पाया पर कुछ लोग झुलस गए थे। उन्हें तुरंत मेडिकल सहायता की ज़रूरत थी। क्रिसमस के कारण डॉक्टर लोग छुट्टियाँ मना रहे थे।

तरसेम लाल —- बहुत अच्छा किया बेटा। अब तुम नहा धो लो, इतने तक डिनर तैयार हो जाएगा।

तरुण —- रश्मि व तान्या दीदी चली गई क्या ? उनको समीर भैया औरों के लिए मिठाई भी भिजवाई है न ?

तरसेम लाल — अभी यहीं हैं, कल सुबह निकलेंगी। कह रही थी कि लक्ष्मी भाभी के हाथ से बनी रोटियाँ खाकर ही जाएँगी। बहुत चाहती है रश्मि अपनी बहू लक्ष्मी को।

लक्ष्मी —- हाँ पिताजी, सारा परिवार ही त्याग एवं प्यार की मूर्ति है। आज के युग में ऐसे लोग लाखों में कुछ ही होते हैं।

तरसेम लाल — हाँ बेटी, माता-पिता व परिवार से ही अच्छे- बुरे संस्कार मिलते है। तुम्हारे पिताजी भी बड़े नेक दिल इंसान हैं। डॉ. भगवत स्वरूप कह रहे थे कि एक बार कहने पर ही रिश्ते के लिए राजी हो गए थे।

(लक्ष्मी प्यार से अभिभूत हो तरसेम लाल के चरण स्पर्श करती है)

हाँ बेटी, हमारे अहोभाग्य हैं कि तुम्हारी जैसी सुंदर व गुणवंती बहू मिलीं।

(रश्मि व तान्या का प्रवेश)

तान्या —— देखो पिताजी, मैं चार जींस लेकर आई हूँ। एक भाभी के लिए, एक ख़ुद अपने लिए, एक रश्मि दीदी व एक काम्या के लिए।

तरसेम लाल —- काम्या कौन है बेटी ? तुम्हारी कॉलेज की सहेली है क्या ?

तान्या —- नहीं पिताजी, रश्मि के मामा की लड़की। एक दिन मेरे कॉलेज के हॉस्टल में आईं थीं। बड़ी प्यारी बच्ची है, मुझे बहुत चाहती है। कहती थी कि तान्या दीदी तुम्हें भाभी बनाकर ही दम लूँगी।

तरसेम लाल —- हॉस्टल में किसके साथ आई थीं ?

तान्या —- समीर सर के साथ।

तरसेम लाल —— रश्मि बेटी, अब मैं तुम्हारे विश्वास एवं धैर्य का कारण समझ गया।

रश्मि —- अंकल, हम सब अपने आप नहीं, सब की सहमति से निर्णय पाएँगे।

(तान्या पिता के गले लगते हुए)

तान्या —- पिताजी !

तरसेम लाल —- डरो मत बेटी, तुम्हारी पसंद ही हमारी भी पसंद होगी। चलो अब डिनर तैयार हो गया, तरुण आओ बेटा।

तरुण —- मुझे पाँच मिनट का समय और लगेगा, बालों में कंघी देना है।

***

37

शुभम, शिवि, देविना व देव का घर से कॉलेज लौटना

खूब पेट भर कर नाश्ता लेकर शुभम, शिवि व देविना दस बजे ही घर से निकल पड़े थे। माँ रंजना ने शिवि को गले लगाते हुए दोहराया था कि जब भी कॉलेज से छुट्टी मिले, यहाँ आ जाया करो। यह तुम्हारा ही घर है बेटी। सपना व अल्पना दोनों भाभी को जैसे पकड़े हुए थी, कहा- भाभी ! एक ही दिन में जादू कर दिया। अब हम तुम्हें नहीं जाने देंगी। तुम्हारे नाम की ट्रेनिंग शुभम भैया कर लेंगे ?

रंजन गुप्ता—- अपनी भाभी को जाने दो बेटी, बहुत लंबा सफ़र तय करना है। शुभम बेटा, ये लो दस हज़ार रुपए, दोनों की फ़ीस व हॉस्टल का खर्च।

शुभम —- हाँ पापा जी, मुझे तो ध्यान ही नहीं रहा था, पर हाँ शिवि के पापा ने भी इतने ही रुपए दिए थे कॉलेज के खर्च के लिए। इन सब को मिलाकर तो पूरा सैशन निकल जाएगा।

देविना —- अंकल - आंटी, अब हमें जाने की ज़रूरत है, इजाज़त दें। कल के लिए तैयारी भी करनी है।

रंजन गुप्ता —- हाँ बेटी, तुम शिवि का पूरा ध्यान रखना।

देविना —- यस अंकल, शिवि खुद भी बहुत समझदार व होशियार है, हमसे पहले ही बाज़ी मार ली।

रंजन गुप्ता —- देविना बेटी, यह तो कुछ ही दिनों की बात और है, कोर्स ख़त्म होते ही देव बाबू के साथ हम बैंड- बाजा लेकर आएँगे व डोली में बैठाकर अपनी दुल्हन बिटिया को ले आएँगे।

देविना —- हाँ अंकल, बेटियाँ तो बेगानी जैसी ही होती हैं। आज पिता के द्वारे, कल पति के घर। दो घरों के बीच सफ़र में ही उसका जीवन गुजर जाता है।

शुभम —- देविना दीदी, आप दार्शनिक हुए जा रहीं हैं। धूप अभी तो सुहावनी लग रही है, नुक्कड़ तक पैदल चलेंगे, वहीं से बस स्टैंड के लिए ऑटोरिक्शा मिलेगा।

(शिवि मम्मी पापा के चरण स्पर्श करते हुए दोनों ननदों को गले मिलती है।)

शिवि —- देविना दीदी, तुम मेरे भावी संसार को देख रही हो ना ? आसमाँ से ऊँचे मेरे सास- ससुर, अप्सराओं से सुंदर प्यार भरी मेरी ननदें और महासागर से असीम मेरे खाविंद।

देविना —- अब तुम भी दार्शनिक हुए जा रहीं हो।चलो अब लंच का टाइम तो ऐसे में यहीं हो जाएगा।

रंजन गुप्ता —- हाँ बेटा, देविना ठीक कह रही है। मिलन के पल विदाई की ओढ़नी पहन कर ही आते हैं। ख़ुश रहो और परिश्रम करो।

(तीनों का प्रस्थान)

देव को बस स्टैंड तक छोड़ कर राकेश व कांति अब तनेजा रेस्टोरेन्ट में डिनर के लिए पहुँच गए थे। सुबह में ही तीनों नेहा को विदा कर आए थे।दो घंटे की यात्रा के बाद देव कॉलेज के मुख्य द्वार पर उतर कर हॉस्टल की ओर पैदल ही चल पड़ा था। दस मिनट के बाद रूम के सामने पहुँचा तो ठिठक गया। शुभम कुर्सी पर बैठा पाठ - योजना बनाने में व्यस्त था।

देव —- अरे शुभम भाई, हमें भूल गए क्या, शिवि से मिलना हो गया होगा ?

शुभम —- देव भैया ! चुपके चुपके आ रहे हो। शादी से लौटे हो, कुछ मिष्ठान ज़रूर मिलेगा।

देव —- शुभम, यह तो अचानक प्रोग्राम बदल गया। हम तो केवल सगाई के लिए निकले थे। मिठाई तो तुम्हारी शादी में खाएँगे छक कर।

शुभम —- (स्टील के डिब्बे से लड्डू निकाल कर) ये लो देव भैया, शुद्ध देसी घी से घर में बने हुए हैं।

देव —— (लड्डू का स्वाद चख कर) वाह ! बड़े स्वादिष्ट बने हैं। एक में ही संतोष करना पड़ेगा क्या ?

शुभम —- मम्मी कह रही थी कि लड्डू खाने में स्वादिष्ट होंगे पर पचाने में गरिष्ठ रहेंगे। पूरा लड्डू खाओगे तो पाँच किलोमीटर की सैर करनी पड़ेगी ?

देव — दो खा लूँ तो पाँच किलोमीटर का आना-जाना हो जाएगा। तुम भी साथ चलोगे न ?

शुभम —- अच्छा तो मैं भी दो खा लूँ ?

देव —- तुमने तो घर में भी खाए होंगे। शुभम तुम कह रहे थे कि क्रिसमस की छुट्टियों हॉस्टल में रहकर ही बिताएँगे।अचानक घर की याद कैसे आ गईं ?

शुभम —-देव भैया, पहला दिन तो कुछ काम- वाम में बीत गया, दूसरे दिन बेचैनी होने लगी। मंदिर गया तो वहाँ दोनों देवियों के दर्शन हो गए।

देव —- अच्छा ....! मेरे पीछे ये षड्यंत्र चल रहा है, मंदिर जाने के बहाने ....।

शुभम —- मंदिर में महात्मा जी की कथा का श्रवण किया व लंच के लिए ढाबे पर चले आए सब। मैनेजर तुम्हें पूछ रहे थे।

देव —— अच्छा ! बात घुमा रहे हो, पहले से ही कुछ तय था।

शुभम —नहीं देव भैया, सब अचानक प्रोग्राम बना बिल्कुल दिल्ली की शादी की तरह। मैनेजर ने मेले का ज़िक्र किया तो हमारा मूड बन गया फिर घर तो जाना ही था। दोनों देवियाँ भी साथ थीं।

देव —-अच्छा तो शिवि को ससुराल के दर्शन करवा ही दिए। देविना भी साथ रही होगी ?

शुभम —-हमने मेले का खूब आनंद लूटा व सायंकाल में घर चले गए और आज सायं तुम्हारे सामने हूँ।

देव —- घर में कुछ शरारत तो नहीं की ?

शुभम —- देव भैया, घर सिनेमा हॉल थोड़े ही है। मम्मी पापा बड़े सतर्क थे ।दोनों को मम्मी ने अपने पास सुलाया।

देव —- हाँ, बड़े लोग बच्चों के शरारती मूड को समझते हैं। अब मुझे सुनो।

शुभम —- देव भैया, हम बाहर कहीं घूमने चलेंगे। लंबे सफ़र से बैठे-बैठे टांगें अकड़ गईं हैं। लड्डू भी हज़म हो जाएँगे।

देव —- हाँ, तुमने पाठ - योजना पूरी कर ली। मुझे भी तैयार करना है।

शुभम —- मैंने तो छुट्टियों के पहले दिन ही तैयार कर ली थी, अब तो तरोताज़ा होने के लिए देख रहा हूँ।चलो, इतने तक डिनर का टाइम भी नज़दीक आ जाएगा।

(दोनों कॉलेज के पास गुज़रती नदी पर पहुँच कर किनारे पर टहलते हुए)

देव —- शुभम भैया, यह बहुत अच्छा हुआ कि तुम्हारे मम्मी पापा ने शिवि को पसंद कर स्वीकार कर लिया। तुम भाग्यशाली हो शुभम जो हर मोड़ पर सहायता पा रहे हो व माँ - बाप की छाया में पल- बढ़ रहे हो।

शुभम —- देव भैया, बस आगे मत बोलना, मैं तुम्हारे दर्द को समझता हूँ। इस दर्द ने ही शायद तुम्हें लेखक बना दिया, वरना ये दिन नॉवेल लिखने के नहीं, पढ़ने के होते हैं।

देव —- तुमने बहुत बड़ी बात कह दी शुभम। संघर्ष ही लेखन का मूल है। ख़ैर, छोड़ो इन दार्शनिक बातों को, धरातल पर आओ। सपने जीवन नहीं होते, हाँ, सपनों से जीवन ज़रूर होता है।

शुभम —- अब अपनी बात को आगे बढ़ाओ देव भैया। छुट्टियाँ कैसे बिताई, शादी में कैसा रहा ? राकेश की कैसे गुजर रही है। कांति भैया ने कोई कहानी सुनाई क्या ?

देव —- यहाँ से जींद पहुँचते ही मालूम हुआ कि राजीव - दिव्या हनीमून के लिए बैंगलुरु जा चुके हैं। नेहा बहन भी आई हुई थीं, उसके साथ बातचीत बड़ी तार्किक रहती है।

शुभम —- हाँ, अभी ज़्यादा बड़ी नहीं हुई है पर बात बड़ों जैसी बड़ी ही कर लेती है।

देव —- अगले दिन मुखिया जी से मिले व पता चला कि उन्हें स्टेट-अवार्ड से नवाज़ा जाएगा।

शुभम —- यह तो विद्यालय के लिए गर्व का विषय है।

देव —- सायंकाल में मैनेजर साहब डॉ. भगवत स्वरूप जी से मिलने पहुँचे। वहीं पर उन्होंने तनेजा की लड़की लक्ष्मी की सगाई के फ़ंक्शन पर दिल्ली चलने का निमंत्रण दिया।

शुभम —- मेरे विचार में यह निमंत्रण राज तनेजा की ओर से होना चाहिए था।

देव —-डॉ. साहब ने ही यह रिश्ता करवाया था रश्मि भाभी के कहने पर इसलिए वे ही सर्वेसर्वा की हैसियत में थे।

शुभम —- कांति भाई नहीं मिला क्या ?

देव— कांति भी हम दोनों के साथ था। डॉ. साहब से मिलने के बाद हम तीनों सैर के लिए निकल गए, जहां कांति भैया ने रोचक, मार्मिक लेकिन दर्दनाक क़िस्सा सुनाया।

शुभम —- किसी कोर्ट केस का ज़िक्र किया होगा ?

देव —-निःसंदेह, क़िस्सा सुनकर मन को ठेस पहुँची। थोड़ी देर बाद ही सर्दी का प्रकोप बढ़ने लगा तो सब घर लौट आए।अगले दिन ही सुबह सब लोग दिल्ली के लिए निकल पड़े थे।

शुभम —- रश्मि भाभी से भी मुलाक़ात हुई क्या ?

देव —- हाँ शुभम, इस बार सभी से मुलाक़ात हुई, तुम भी होते तो और मज़ा रहता। कांति भैया की शादी में तुम भी ज़रूर शामिल होना। हमारे डॉ. साहब से पहले ही हनीमून मना लेंगे।

शुभम —- लगता है कि हम सब लोग शादियों के दौर से गुज़र रहे हैं।

देव —- अब चलते हैं, ठंड बढ़नी शुरू हो गई है। डिनर लेकर कल के लिए पाठ- प्लान भी तैयार करना है।

शुभम——हाँ भैया, मुझे तो कुछ कंपकंपी आ रही है। डिनर लेकर रज़ाई में घुसना पड़ेगा। आज ही लेकर आया हूँ।

देव —- आंटी ने शिवि के लिए भी रज़ाई दी होगी ?

शुभम —- उसके पास पहले ही जयपुरी रज़ाई है व देविना के पास ऊन का कंबल है। तुम्हारे पास क्या है देव भैया ?

देव —- मेरे पास भी एक पुराना कंबल है, जैसे - तैसे सर्दियाँ निकल जाएँगी।

शुभम - देव भैया, मैं आपकी स्थिति समझ सकता हूँ।

(दोनों दोस्त हॉस्टल लौट आते हैं)

***

38

राजीव - दिव्या का कुरग दर्शन व घर वापसी की तैयारी

रात भर गहरी नींद में सोए रहे दोनों, कब सुबह हुई, कब सूरज निकला ? पता ही नहीं चला। भास्कर भी पर्वत मालाओं के संग अठखेलियाँ करने में मस्त था। कभी सामने आकर चुनौती देता कि मुझे कैच करो और फिर पहाड़ियों की श्रृंखलाओं में छुप जाता, तब उन पहाड़ियों में जैसे ओस के कण मोतियों में परिवर्तित हो जाते। रात भर सर्दी से अलसाई नरम घास अपने मित्र सूरज को पाकर कुछ अकड़ सी दिखातीं और अखिल जगत को पुकार कर कहती कि सूरज मेरा कितना ख़्याल रखता है। संसार के निष्ठुर प्राणी मुझे अपने क़दमों से आहत करते हैं पर मैं अगले दिन अपने मित्र का प्यार भरा स्पर्श पाकर नवयौवना हो जाती हूँ। बदले में सूरज का मोतियों से सजी धरा से स्वागत करती हूँ। कितना निश्छल है हमारा प्यार ! संसार की आकांक्षाओं व प्रलोभनों से दूर, नित्य नवीन, स्फूर्त एवं अनश्वर। धरा भी मोतियों का हार पहने नई - नवेली दुल्हन सी नज़र आतीं और अपने श्रृंगार के लिए सूरज का गुणगान करती लगती।

राजीव व दिव्या सोए ही रहते अगर बाहर से दरवाज़े पर दस्तक नहीं होती। राजीव ने अंदर से ही पूछा तो जवाब मिला - सर, दिन काफ़ी हो गया है, कोई बैड -टी बगैरह की ज़रूरत है क्या ? इतने तक आवाज़ सुनकर दिव्या भी जाग गई थी।

राजीव —- तुम्हें बेड टी लेना है क्या ?

दिव्या — मुझे आदत तो नहीं है पर यहाँ ठंड ज़्यादा है, हल्की सी प्याली ले लूँगी।

राजीव —- हाँ, मुझे भी आदत तो नहीं है पर तुम्हारा साथ तो देना ही होगा (दरवाज़ा खोल कर प्यादे से) ले आओ, हम खुद ही बना लेंगे।

प्यादा —- सर आप जब तक बनाएँगे तब तक ठंडी हो जाएगी। मुझे बताइए कौन-सी टी लेंगे- ग्रीन टी, ब्लैक टी, मिल्क टी, लेमन टी या फिर कॉफी ?

दिव्या —- मैं ग्रीन टी ले सकती हूँ।

राजीव —- मैं भी, दो ग्रीन टी ही ले आओ।

प्यादा — ओ. के. सर ! यहाँ के बाग़ानों की ताज़ा चाय पीकर आपको अपने घर जाकर चाय अच्छी नहीं लगेगी ?

राजीव —- हो सकता है जो चैन व सुख की नींद यहाँ ली है, वह घर जाकर न आए। कुछ सफ़र की थकान, कुछ लज़ीज़ डिनर और उस पर शुद्ध, शांत व शीत वातावरण, क्यों न आएगी मीठी मीठी नींद। मैदानों में इतनी नीरवता कहाँ ?

प्यादा —- सर इसी शांति की चाह में लोग पहाड़ों पर खिंचे चले आते हैं। सर, मैं अभी चाय के साथ दो मिनट में लौटता हूँ।

राजीव —- (दिव्या से) कैसी रही तुम्हें नींद ?

दिव्या —- नींद तो ख़ूब रही पर सपनों ने भी उलझाए रखा।

राजीव —- हाँ, गहरी नींद में ही सपनों का संसार अंगड़ाई लेता है। तुमने नींद में कैसा सपना देखा ?

दिव्या —- राजीव, जैसे मैं स्वर्ग में पहुँच गई हूँ। सभी लोग मुझे बधाई दे रहे हैं कि इतनी कम उम्र में इतनी बड़ी सफलता हासिल कर ली। मैं नियमित अपनी दिनचर्या करती व प्रभु की भक्ति में लीन रहतीं।

राजीव —- सुना है कि स्वर्ग में तो प्राणी केवल पृथ्वी पर किए गए कर्मों का फल प्राप्त करता है, कर्म नहीं कर सकता ?

दिव्या —- यह सच मैंने भी सुना है पर यह तो हम सपनों की बात कर रहे हैं। (अपनी बात को आगे बढ़ाते हुए) एक दिन मेरी भक्ति पर मुदित होकर प्रभुवर प्रकट हुए व बोले —पुत्री ! मैं तुम्हारी भक्ति से प्रसन्न एवं संतुष्ट हूँ, तुम्हें कुछ इच्छा हो तो बताओ ?

राजीव —- फिर तुमने क्या डिमांड प्रस्तुत किया ?

दिव्या —- प्रभु अपने विराट रूप में प्रकट हुए थे जिन्हें मेरी आँखें बर्दाश्त नहीं कर सकीं व वाणी भी मौन हो गई। तब प्रभु यह आशीर्वाद देकर अन्तर्ध्यान हो गए कि रात्रि संभोग के समय तुम्हें जो इच्छा जाग्रत हुई थी, वह फलीभूत हो।

राजीव —- क्या तुमने रति काल में कुछ विचार धारण किया था ?

दिव्या — हाँ, मेरे मन में उस समय विचार उदित हो रहे थे कि हमें एक यशस्वी पुत्र मिले जो विश्व का कल्याण करे व हमारा नाम भी रोशन करे।

राजीव —- दिव्या, मुझे लगता है कि रात्रि संभोग में तुम गर्भवती हो गई हो।

दिव्या —- (चाय की चुस्की लेते हुए) हाँ मुझे भी कुछ ऐसा लग रहा है।

राजीव —- प्रभु हमें एक वीर यशस्वी पुत्र रत्न दे।

दिव्या — अगर पुत्री हुई तो मैं उसका नाम 'मेघा' रखूँगी।

राजीव —- और अगर प्रभु का आशीर्वाद फलित हुआ तो 'मेघ' नाम से जाना जाएगा।

प्यादा —-(दरवाज़ा खटखटाते हुए) सर आपने बेड टी ले लिया है क्या ?

राजीव —- (डोर ओपन करते हुए) हाँ, हमने ले ली है।

प्यादा —- सर, आप घूमने के लिए जाएँगे, इसके लिए किसी गाइड वगैरह की ज़रूरत रहेगी क्या ?

राजीव —- क्यों दिव्या, क्या ठीक रहेगा ?

दिव्या —— नहीं, यहाँ इतना बड़ा कोई महल नहीं है, जिससे जानकारी लेनी पड़े। यह स्थान केवल प्राकृतिक संसाधनों से ही भरपूर है। झरना, नदी-नाला, घाटी, उन्नत शिखर, सब स्वयं अपनी कहानी सुनाते हैं। हम थोड़ी देर में नाश्ता बगैरह लेकर चलेंगे।

राजीव —- हम आज सायं तक ही बैंगलुरु लौट जाएँगे। वहाँ से रात्रि विश्राम के बाद अगले दिन चैक आउट कर दिल्ली के लिए रवाना हो जाएँगे।

दिव्या —- क्या हम आज की रात यहाँ नहीं रुक सकते ?

राजीव —- अभी हमें एक ही संतान काफ़ी है।

दिव्या — आप मज़ाक़ के मूड में है।

राजीव —- भिवानी से पिताजी का मैसेज आया है कि चुनाव की घोषणा हो गई है, जल्द लौट आओ।

दिव्या —- फिर तो हमें आज नहीं बल्कि अभी चल पड़ना चाहिए।

राजीव —- फ़्लाइट कल के लिए है। आज हम लंच तक यहाँ के प्राकृतिक सौंदर्य व स्थलों की सैर करेंगे।

दिव्या — होटल से चैक आउट तो अधिकतम बारह बजे होना लाज़मी है।

राजीव —- हम अभी नाश्ता लेकर सामान समेटकर काउंटर पर बिल चुकाकर वहीं ब्रीफ़केस रख देंगे तथा रूम की चाबी सौंप देंगे। भ्रमण के बाद यहाँ काउंटर स्टोर से ब्रीफ़केस लेकर किसी नज़दीक रेस्टोरेन्ट से लंच लेकर निकल जाएँगे। मैं संजय को बुलाता हूँ, इतने तक हम स्नान - ध्यान कर लेंगे।

दिव्या —- क्या पिताजी को चुनाव के लिए पार्टी का टिकट मिल गया है ?

राजीव —- हाँ, चुनाव जीतने की पूरी उम्मीद है।

दिव्या — बहुत समय से पिताजी एम. एल. ए. बनने की इच्छा पाले हुए हैं।

राजीव —- हम सब मिलकर प्रयास करेंगे कि अब की बार उनकी इच्छा पूर्ण हो। मेरे कई वकील साथी भिवानी में वकालत करते हैं, उनसे भी मदद मिलेगी।

दिव्या —- ठीक है, अब नाश्ता लेकर ही निकलेंगे।

दोपहर तीन बजे की फ़्लाइट बैंगलुरु से दिल्ली आई. जी. आई. एयरपोर्ट के लिए निर्धारित थीं जिसके लिए राजीव ने अपना टिकट ले लिया था।दोनों दो घंटे पूर्व ही एयरपोर्ट पहुँच गए थे। चेक इन विंडो से सामान की जाँच करवा कर बोर्डिंग पास हासिल कर लिया था। सिक्योरिटी जाँच के लिए अब दोनों लाइन में लगे थे। आधा घंटा का समय लगा सिक्योरिटी को पार करने में और अब निर्धारित गेट की ओर बढ़ने लगे थे। आमतौर पर बैंगलुरु से दिल्ली के लिए दो घंटे का समय उड़ान भरने के बाद लगता है। दोनों ने विमान में सीट ग्रहण कर बातचीत का सिलसिला शुरू कर दिया था। दोनों अब फ़ुरसत में थे, न कोई शोर- शराबा, न प्रदूषण, न गर्मी - सर्दी बल्कि अनुकूल व नियंत्रित तापमान में सफ़र कर रहे थे। कुरग से बैंगलुरु का लंबा सफ़र वैसे तो हरी - भरी पहाड़ियों से घिरा हुआ है पर मन पर जब शीघ्रता हावी हो तब मंज़िल नज़र आती है, रास्ता नहीं। पिता शंकर प्रसाद ने दोनों को यथाशीघ्र लौट कर आने का मैसेज प्रेषित किया था।

राजीव —- दिव्या, तुम्हें तो चुनाव के बारे में काफ़ी जानकारी होगी ?

दिव्या — आज कल चुनाव लड़ना बड़ा आसान हो गया है। वोटर बहुत जागरूक हो गया है, उसे बहला फुसलाकर नहीं बल्कि कुछ आकर्षक घोषणाओं के ज़रिए अपने पक्ष में करने का प्रयास किया जाता है।

राजीव —- हाँ दिव्या, वोटर जागरूक तो हुआ है, सावधान व चौकस नहीं। देश हित को तिलांजलि देकर खोखले लालच से अभी ऊपर नहीं उठ पाया है।

दिव्या —- राजनीतिक दल इसी कमजोरी का फ़ायदा उठाकर अपना उल्लू सीधा करते हैं।

राजीव —- दिव्या, तुमने राजनीति शास्त्र में एम. ए. किया है, क्या तुम्हारा भी कभी चुनाव के रणक्षेत्र में उतरने का लक्ष्य हो सकता है ? तुम्हें राजनीति वैसे भी विरासत में मिली है।

दिव्या — हिंदुस्तान में औरतों के प्रति लोगों का नज़रिया सम्मानजनक नहीं है, अभी औरत को बराबरी का दर्जा भी नहीं मिल पाया है उसे।

राजीव —- पहले से काफ़ी अंतर आया है लोगों की सोच में। समय के साथ ही ऐसे परिवर्तन स्थायी रूप धारण करते हैं। किसी क़ानून की पालना की बाध्यता से नहीं।

दिव्या — आप क़ानून के रखवाले होकर भी ऐसा कह रहे हैं।क़ानून से भी व विचारधारा परिवर्तन से भी औरत सशक्त हो सकेगी।पुरुष को महिला के लिए सिर्फ़ शारीरिक भूख की प्रवृत्ति वाली मानसिकता से निजात पाना होगा।

राजीव —- मैं समझता हूँ कि तुम्हें राजनीति की ज़रूरत नहीं और न ही चुनाव लड़ने की आवश्यकता बल्कि राजनीति शास्त्र प्रोफ़ेसर बनने की है।डॉ. भगवत स्वरूप जी स्कूल के मैनेजर हैं, वहाँ कोई दिक़्क़त नहीं होगी,टाइम भी अच्छा गुजरेगा व तुम्हारे विचारों का प्रकाशन भी होगा।

दिव्या —- हाँ, विचार किया जा सकता है, यह सब परिवार की स्थिति पर भी निर्भर करता है। क्रू मेंबर खाद्य सामग्री लेकर गलियारे में उपस्थित हो गए थे व सभी को बारी-बारी से उन द्वारा चयनित भोजन वितरित करने लगे थे।

राजीव - —(डिनर ले चुकने के बाद) काफ़ी उच्च गुणवत्ता का भोजन सर्व किया है। ऐसा भोजन पृथ्वी पर नहीं मिलता।

दिव्या —- लेकिन लिया तो ज़मीन से ही है।कुरग में हमने जो रेस्टोरेन्ट में डिनर लिया था वह भी काफ़ी पौष्टिक, स्वादिष्ट एवं शुद्ध था।

राजीव —- प्रकृति की गोद में बना भोजन क्यों सभी गुणों से भरपूर नहीं होगा? हाँ दिव्या, तुम्हें कुरग व मैसूर कैसा लगा ?

दिव्या—- हमने पढ़ाई के दौरान भी स्कूल- कॉलेज में रहते कई शैक्षणिक टूर किए हैं। टूर आमतौर पर ज्ञानवर्धक तो होते ही हैं साथ में आनंददायक भी।

राजीव —- कुरग में हाथी की सवारी में बड़ा मज़ा आया। उस समय तुम कुछ डरी सहमी महसूस कर रही थी।

दिव्या —- हाँ कुछ घटनाएँ जब सवारी करते समय स्मृति पटल पर छा जाती हैं, तब ऐसा घटित होता है।

राजीव —- हाथी एक शांत प्राणी है और अच्छे प्रशिक्षण से गुजरते हैं। कुरग में कावेरी नदी का जो उद्गम स्थल है, उसी के पास ही हाथियों का प्रशिक्षण चलता है। यहाँ लोग कावेरी नदी को गंगा के समान पूजते है।

दिव्या —- मुझे तो झरना बहुत आकर्षक लगा। क़रीब सत्तर फुट की ऊँचाई से गिरता निर्मल जल शरीर में ठंडक का अहसास उत्पन्न कर रहा था। आस-पास चाय बाग़ानों की हरीतिमा, बाँसों के लंबे पेड़, गगन को चूमते हुए पर्वत शिखर, धुंध से आच्छादित व चाँदी सी आभा लिए घाटियाँ, दिनकर की रोशनी में चमकते भले लग रहे थे।

राजीव —- तुम केवल राजनीति की ही जानकार नहीं, साहित्यकार भी हो। प्रकृति का ऐसा प्रभावी चित्रण केवल कवि ही कर सकता है।जिस दिन राजनीति व साहित्य का ऐसा संगम होगा, उस दिन महिला व पुरुष राजनीति में समान रूप से सम्मान के पात्र हो जाएँगे।

दिव्या —- झरने का निर्मल जल नील गगन की छवि धारण किए नयनों को अभिराम दे रहा था। कुछ लोग स्नान करते हुए गिरते जल के नीचे जाने का मन बनाते पर वहाँ लगे प्रतिबंध उन्हें आगे बढ़ने की इजाज़त नहीं देते।

राजीव —- अगर भिवानी से पिताजी का मैसेज नहीं मिलता तो हम कुरग में एक रात और बिता सकते थे ?

दिव्या —- हमारी यह यात्रा यादगार बन गईं हैं। हमने हरी- भरीं प्रकृति की गोद में अपनी गोद हरी कर ली है। हमारा लक्ष्य सफल हुआ।

राजीव —- हाँ दिव्या, हमारा विमान भी अपने लक्ष्य के क़रीब है। बातचीत करते हुए समय चुटकियों में निकल जाता है। अगर फ़्लाइट निर्धारित समय पर उड़ती तो अब तक हम शायद घर पहुँच गए होते।

दिव्या —- आठ बजने को आए हैं, ज़मीन पर रोशनी की बहार सी दिखाई देने लगी है। आसमान के सितारों की भाँति टिमटिमा रहीं हैं अवनि कीं रोशनियाँ। जब सूरज जग का दामन छोड़कर अस्ताचलगामी हो जाता है तब ये नन्हें दीपक संसार को सहारा देते हैं, प्रकाश देते हैं। शायद विमान लैंड कर रहा है, कानों में कुछ दर्द अनुभव होने लगा है।

राजीव —- अपना ध्यान बातों में ही लगाए रखो और च्यूंइगम भी चबाते रहो।

दिव्या —- बिल्कुल, जिस के चबाने से कुछ भी हासिल नहीं होता, फिर भी उसी से रिलीफ़ मिल रहा है। उसके चबाने में ही दर्द से राहत का अहसास छुपा है।

राजीव —विमान की लैंडिंग हो गई है। पंद्रह मिनट में हम भूमि पर खुली हवा में साँस ले रहे होंगे।

***

39

छात्र-छात्राओं की टीचिंग प्रैक्टिस समाप्त, प्रिंसिपल का संबोधन

लगभग एक मास से चल रही टीचिंग प्रैक्टिस कल पूर्ण हो गई थी। सभी छात्र- छात्राओं ने पूरी लगन एवं परिश्रम से बच्चों को पढ़ाने की ज़िम्मेदारी निभाई। कल सायं तक ही सभी प्रोफ़ेसर्स ने अपनी - अपनी रिपोर्ट, उपस्थिति चार्ट कॉलेज कार्यालय में जमा करवा दिए थे ताकि कक्षा इंचार्ज रजिस्टर में उपस्थिति दर्ज कर सकें। सभी के लिए 75% उपस्थिति अनिवार्य थी। जिन छात्रों व छात्राओं ने बीमारी के कारण यह हाज़िरी पूरी नहीं की, उन्हें नियमानुसार छूट प्रदान की जाएगी। कई दिनों के सूनेपन के बाद आज कॉलेज में रौनक़ लौट आई थी। छात्र- छात्राएँ रंग- बिरंगे परिधानों से सजे बड़े चाव से कॉलेज परिसर में पहुँच रहे थे। ठीक नौ बजे कॉलेज की ओपनिंग बेल हुई तो प्रार्थना सभा के लिए निर्धारित स्थान पर एकत्रित हुए। प्रिंसिपल साहब व पूरा स्टाफ़ प्रार्थना सभा में शामिल हुआ। पहले की तरह ही ईश वंदना हुई व तत्पश्चात् राष्ट्र गान समवेत स्वर में गाया गया। हल्के-फुल्के व्यायाम के बाद मनोविज्ञान के प्रोफ़ेसर डॉ. गुप्ता ने सभा को संबोधित करते हुए कहा कि एक महीने की टीचिंग प्रैक्टिस निर्विघ्न संपन्न हो गई है। एक सौ पचास बी. एड. व पचास ओ. टी. के छात्र-छात्राओं ने शहर के दस हाई स्कूलों में प्रात दस बजे से एक बजे तक, अपनी पाठ- योजना तैयार कर बच्चों को पढ़ाया व प्रोफ़ेसर्स ने ऑब्ज़र्वर की भूमिका निभाई। कुल ग्यारह छात्र- छात्राएँ अस्वस्थता के कारण अपनी हाज़िरी पूर्ण नहीं कर सके। वे सभी कार्यालय के माध्यम से प्राचार्य की सेवा में प्रार्थना पत्र (अस्वस्थता का प्रमाण पत्र सहित) जमा करवाएँगे ताकि उन्हें विभाग के नियमों के तहत रियायत दी जा सके। प्रैक्टिस के दौरान जिन छात्रों- छात्राओं की शिक्षण विधि प्रभावशाली रही व जिनका कक्षा पर पूर्ण नियंत्रण रहा, उनकी

सूची भी प्रोफ़ेसर्स ने कार्यालय में सौंप दी है। अब मैं प्राचार्या महोदया से निवेदन करूँगा कि वे मंच पर तशरीफ़ लाएँ व भावी अध्यापकों को संबोधित करें।

प्राचार्या— सम्मान के योग्य मेरे स्टाफ़ सदस्य एवं राष्ट्र की भावी आशाओ ! मुझे ख़ुशी है कि गत वर्षों की भाँति इस वर्ष भी हमारा सैशन नियमानुसार चल रहा है। त्यौहार मनाना, खेलों का आयोजन करना, टीचिंग प्रैक्टिस और अब एक सप्ताह बाद एग्ज़ाम, जिसके आधार पर आप सभी की आंतरिक मूल्यांकन रिपोर्ट अंकों समेत यूनिवर्सिटी को भेजीं जाएगी। इस एग्ज़ाम में कोई लीव नहीं मिलेगी, रोज़ कॉलेज आएं व तैयारी करें।गुप्ता साहब ने बताया कि कुछ ट्रेनिज टीचिंग प्रैक्टिस के दौरान बीमारी के कारण अनुपस्थित रहे, नियमानुसार दस प्रतिशत की हाज़िरी की न्यूनता को पूरा करना हमारे अधिकार क्षेत्र में है व पच्चीस प्रतिशत तक यूनिवर्सिटी के दायरे में आती है। प्रमाण सहित प्रार्थना पत्र एक सप्ताह तक कॉलेज कार्यालय में जमा करवा दें।

प्रिय प्रशिक्षणार्थियो ! डॉ. गुप्ता की देखरेख में भित्ति पत्रिका का प्रकाशन संतोषजनक रहा, मैं चाहती हूँ कि इसे चालू रखा जाए। मुझे बताया गया है कि कुछ छात्र- छात्राओं ने टीचिंग प्रैक्टिस में उच्च स्तर के मानदंड स्थापित किए हैं, कॉलेज की ओर से ऐसी प्रतिभाओं को सम्मानित किया जाएगा। आर्य साहब, कृपया उन सबके नाम घोषित करें।

डॉ. आर्य —- यस मैडम ! बी. एड. से ये छात्र- छात्राएँ हैं —

1. मि० नरेश बंसल

2. मि० राज कश्यप

3. मि० देव

4. मि० भूप गुलाटी

5. कु० नेहा कक्कड़

6. कु० चंद्र कांता

7. कु० ज्योति अरोड़ा व

8. कु० रेखा मलिक

ओ. टी. से ये दो नाम मिले हैं —-

1. कु० शिवि (जो भित्ति पत्रिका की सह संपादक हैं ।)

2. मि० राजेश तिवारी

प्राचार्या महोदया ने सभी दस छात्र- छात्राओं को पुरस्कार देकर सम्मानित किया और कहा— एक विषय की चर्चा और करना चाहूँगी और वह है- शिक्षा - सैर । हर वर्ष के जनवरी माह में टीचिंग प्रैक्टिस के बाद तीन दिनों के लिए यह भ्रमण किया जाता है । जो छात्र-छात्रा इसमें रुचि रखते हैं वे अपना नाम खेल अधिकारी के पास रजिस्टर्ड करवाएँ । किसी को कोई प्रॉब्लम है तो वह यहाँ भी बता सकता है । हॉस्टल संबंधित कोई समस्या है तो बताएँ । कोई छात्र - छात्रा आर्थिक रूप से कमजोर है तो उसे कॉलेज से नियमानुसार सहायता मिल सकती है । अंत में मैं स्टाफ़ सदस्यों से अनुरोध करूँगी कि वे जी जान से जुटकर काम करें जिससे परीक्षा - परिणाम बेहतर रहें । एक आवश्यक जानकारी — दाख़िले के समय जो ऑरिजनल (मूल) प्रमाण पत्र जमा करवाए थे, यूनिवर्सिटी से सत्यापित होकर कार्यालय को प्राप्त हो गए हैं । लंच के बाद हस्ताक्षर देकर ले सकते हैं । सर्दी की वजह से ऑफिस का कार्य समय नौ बजे से शाम पाँच बजे तक रहेगा जबकि पढ़ाई का समय दस बजे से शुरू हो कर तीन बजे तक होगा । कॉलेज की वार्षिक पत्रिका डॉ. गुप्ता व डॉ. आर्य की देखरेख में तैयार होती है, छात्र-छात्राएँ अपने आर्टिकल के लिए दोनों प्रोफ़ेसर्स से सम्पर्क कर सकते हैं । बहुत धन्यवाद !

डॉ. गुप्ता — प्राचार्या महोदया ने जो भी ज़िम्मेदारी हमें सुपुर्द की हैं, हम उन्हें भरसक प्रयास कर पूरा करेंगे । अब दस मिनट के विराम के बाद सभी अपनी कक्षाओं में जाएँगे व नियमित रूप से अध्ययन- अध्यापन में रत होंगे । टीचिंग प्रैक्टिस के दौरान जो सहायक सामग्री चार्ट पेपर, कार्ड- बोर्ड मॉडल या कोई अन्य आइटम जो आपने तैयार किए हैं, वे सब आर्ट गैलरी में जमा करवा दें । टीचिंग प्लान बनाने के लिए कक्षा दस तक की पुस्तकें भी पुस्तकालय में जमा करवा दें । पहले की तरह मार्निंग असेंबली जारी रहेगी जिसमें ईश- वंदना व राष्ट्र गान, दोनों का गायन आवश्यक रहेगा ।प्रत्येक सैक्शन से रोज़ एक विद्यार्थी का भाषण करना भी पूर्ववत् चालू रहेगा ।

(एक छात्र खड़े होकर अपनी बात रखते हुए) सर ! कॉलेज में तीन बजे तक टीचिंग वर्क चलने से हम दोपहर का भोजन नहीं कर पाएँगे, कृपया इसे दो बजे तक ही कर दें।

डॉ. गुप्ता —- एक से दो बजे तक लंच का प्रावधान किया गया है।

प्राचार्या —-(हस्तक्षेप करते हुए) अगर सब छात्र- छात्राएँ यह प्रार्थना लिखित में प्रस्तुत करें तो विचार किया जा सकता है। कोई और प्रॉब्लम ?

एक छात्रा —- मैडम ! कैंटीन में चाय व खाद्य सामग्री की गुणवत्ता उत्तम स्तर की होनी ज़रूरी है व वहाँ बैठने की व्यवस्था भी उन्नत की जाए।

प्राचार्या — खेल इंचार्ज तेवतिया जी निरीक्षण कर रिपोर्ट व सुझाव दें। अब सभी अपनी अपनी कक्षा के लिए प्रस्थान करेंगे। तेवतिया जी मुझसे ऑफिस में आकर मिलें।

***

40

तरसेम लाल के घर की गतिविधियाँ व तरुण की हनीमून यात्रा ख़राब मौसम की भविष्यवाणी के कारण स्थगित

तरसेम लाल का परिवार डिनर का आनंद ले रहा था, डॉ. बहू लक्ष्मी ने जो बनाया था लज़ीज़ भोजन। हालाँकि लक्ष्मी को ज़्यादा अनुभव नहीं था खाना आदि बनाने- पकाने का फिर भी जब पिता रेस्टोरेन्ट चला रहे हों तो वहाँ के कुछ गुणों का व्यक्तित्व में समावेश होना स्वाभाविक ही है। तान्या व रश्मि ने भी बाज़ार से आने के बाद उसकी पूरी मदद की। डाइनिंग टेबल पर छ: प्राणी विद्यमान थे।

तरसेम लाल, मुखिया की सीट पर, तरुण व लक्ष्मी बाईं ओर की दोनों सीटों पर, सामने तान्या व दाई ओर तृप्ता तथा रश्मि विराजमान थे।टेबुल पर रखीं खाद्य सामग्री मानो सभी को आमंत्रण दे रही थी कि बहुत देर के बाद भी किसी ने उसका हाल नहीं जाना।

तरसेम लाल — (खाने की शुरुआत करते हुए) हम सब के लिए यह ख़ुशी की बात है कि तरुण की शादी मंगलमय रूप से संपन्न हो गई। किसी शुभ मुहूर्त में मौक़ा निकला तो रिसेप्शन का आयोजन करेंगे या फिर तान्या बिटिया की शादी में ही सब मित्रों व रिश्तेदारों को बुला लेंगे।

तरुण —- हाँ पिताजी ! रिसेप्शन बाद में देखा जाएगा। अभी तो कल हम फेरा लगाने के लिए जींद जाएँगे और उसके अगले दिन ही हमारी अमेरिका के लिए फ़्लाइट बुक है।

तान्या —- पिताजी, हमें भी कल सुबह ही निकलना है, मार्च तक पढ़ाई का पूरा दबाव रहेगा।

तृप्ता —- बच्चे ठीक कह रहे हैं। तान्या का कोर्स ख़त्म होने के बाद उसकी शादी में ही सब प्रोग्राम कर लेंगे।

तरसेम लाल —- बेटी रश्मि ! अब तीन महीने पढ़ाई पर पूरा ध्यान देना है। समीर बाबू के बारे में मैं तुम्हारे दादा जी से सलाह मशविरा कर लूँगा। अगर तुम्हें मामा जी के घर जाने में कोई दिक़्क़त हो तो मैं मिठाई कूरियर के द्वारा भिजवा दूँगा।

रश्मि —- अंकल, मामा जी के पड़ोस से दो लड़कियाँ कॉलेज में पढ़ने आतीं हैं, हम उनके द्वारा भिजवा देंगे।

तरसेम लाल — यह ठीक नहीं रहेगा। हम मिठाई केवल मिठाई के तौर पर नहीं, सम्मान के रूप में पहुँचानी है। तुम दोनों कॉलेज के बाद जा सकती हो ?

रश्मि —- यस अंकल, आप किसी भी प्रकार की चिंता न करें। हम वहाँ जाकर तरुण की शादी की सब बातें भी सांझा करेंगे व मिष्ठान भी सुपुर्द कर देंगे। हम पर आपको पूर्ण विश्वास बना कर रखना होगा।

तरसेम लाल — अविश्वास नहीं कर रहा बिटिया, बस थोड़ा समाज से डर लगता है। लोगों को एक के साथ शून्य लगाते देर नहीं लगती।

तृप्ता —- हाँ बेटी, पुरानी पीढ़ी के लोग कुछ ज़्यादा ही संवेदनशील रहे हैं। स्त्री को परिवार की मर्यादा व आबरू से जोड़ते हैं। हमें अपने बच्चों पर विश्वास व गर्व भी है।

तरसेम लाल — (डिनर हो चुकने के बाद) तृप्ता ! तुम सुबह - सवेरे उठ कर रश्मि व तान्या के लिए नाश्ता तैयार कर देना। तरुण बेटा, तुम दोनों को बस स्टॉप तक ले जाकर बस में सवार करके फिर लौटना, काफ़ी लंबा सफ़र है।

तरुण — ओ.के. पिताजी, हमें भी दस बजे के क़रीब निकलना है, सायंकाल में वापसी ज़रूरी है क्या मम्मी जी ?

तृप्ता —-तुमने कल तैयारी भी करनी है, विदेश जाने के लिए बहुत सामान बगैरह सहेजना पड़ता है।

तरुण — ठीक है मम्मी जी, हम सायं तक लौट आएँगे। लक्ष्मी भी अपनी ड्रेसेज़, पासपोर्ट व अन्य आवश्यक चीज़ें ले आएगी।

लक्ष्मी — बिल्कुल, सही समय पर याद किया आपने, दिसंबर में तो वहाँ कड़ाके की ठंड पड़ती है। हमें मौसम का अनुमान देख कर ही टिकट बुक करना चाहिए था।

तरुण — मैंने अपने अमेरिकी दोस्तों से विचार- विमर्श करके ही फ़ैसला लिया था।

तृप्ता —- अब बहुत बातें हो गईं, डिनर तैयार करने के लिए लक्ष्मी बहू को इनाम कब मिलेगा ?

तरसेम लाल —- बेटी तान्या, तुम वे जींस लेकर आईं थीं (ली कूपर वाली) अपनी भाभी को लाकर दो।

तृप्ता —- सिर्फ़ जींस से काम नहीं चलेगा, कुछ गाँठ और ढीली करनी पड़ेगी। गोल्ड की आइटम ज़रूर होनी चाहिए।

तरसेम लाल —-अब ये सब तुम जानो, तुम भी तो लक्ष्मी बिटिया की सासु माँ बनी हो।

तृप्ता —- ठीक है, यदि ऐसा है तो (अपने पर्स से सोने के झुमके निकालकर) लो बेटी, अपने कानों में डाल लो।

तान्या — मैं भाभी को पहनाती हूँ। (मम्मी से झुमके लेकर) भाभी मुबारक हो, कितने सुंदर दिखते हैं।

तरसेम लाल — डॉक्टर बच्चे कहाँ कानों में झुमके डालेंगे ?

तृप्ता —- तुम मर्दों को क्या ख़बर है ? औरत पहले औरत है, डॉक्टर बाद में। लो मेरे पास आओ बेटी, मैं ही पहना देतीं हूँ।

लक्ष्मी —- ओ. के. मम्मी जी !

(तृप्ता प्यार से अपनी बहू को झुमके पहनाती है और लक्ष्मी मम्मी पापा के चरण स्पर्श करती है।)

तान्या —- भाभी, मेरे चरण भी स्पर्श करो, मैंने भी तुम्हें ब्रांडेड जींस भेंट की है।

तृप्ता —भाभी तुम्हारे से उम्र व नाते मैं बड़ी है, तुम ही उसके चरण स्पर्श करो।

तान्या —- जो आज्ञा माता श्री !

कुर्सी से उठ कर भाभी के पास आकर उसके चरण स्पर्श करती है, लक्ष्मी अपनी ननद को प्यार से गले लगा लेती है।

रश्मि —- हमने तो सगाई (रोका) के समय छोटी ननद नेहा के पाँव स्पर्श कर लिए थे। बड़ी खुश हो रही थी नेहा। मुझे गले लगाकर बोलीं थीं कि भाभी तुम मेरे चरण मत छुओ, बड़ी भाभी माँ के समान होती है।

तान्या — हाँ रश्मि, बहुत समझदार है तुम्हारी ननद नेहा, बातों में निरुत्तर कर देती है।

तरसेम लाल —- अब टाइम काफ़ी हो गया, सुबह वक़्त रहते निकलना है। सभी रात्रि विश्राम करें तो अच्छा रहेगा।

(तरुण के मोबाइल फ़ोन की घंटी बजती है, रूम में आकर फ़ोन सुनता है।)

तरुण—- हैलो सर, मैं तरुण बोल रहा हूँ।

नीलमणि —- (दूसरी ओर से) तरुण भाई साहब, निगेटिव समाचार है। मौसम विभाग ने यहाँ बवंडर की चेतावनी जारी की है।ऐसे में आपका हनीमून के लिए आना जोखिम भरा हो सकता है।

तरुण — क्या कह रहे हो नीलमणि ? एक दो घंटे में निकल जाएगा।

नीलमणि — अमेरिका में बवंडर अधिक मात्रा में आते रहते हैं। वार्निंग अनिश्चितकाल के लिए जारी की गई है। मेरे विचार से आप यहाँ आने का विचार त्याग दें तो उचित रहेगा।

तरुण —- अब तो मैंने टिकट बगैरह भी बुक कर ली है।

नीलमणि —- टिकट कैंसिल हो जाएगी, तुमने कैंसिल का विकल्प चुना था ?

तरुण —- हाँ, कुछ अतिरिक्त राशि भी चुकाना पड़ी थी। अभी मैं सबसे घर में विचार - विनिमय करता हूँ। तुमसे आधा घंटा बाद ही बात करूँगा।

नीलमणि — (ज़रा ज़ोर देकर) यात्रा रद्द करने के सिवाय और कोई विकल्प नहीं है।

तरुण —- ओ. के. मैं देखता हूँ।

तरुण —- (डाइनिंग टेबल के पास आकर) पिताजी, हनीमून पर जाने के लिए मैं लक्ष्मी से बातचीत करूँगा, फिर सबको परिणाम बताऊँगा।

तरसेम लाल —- बेटा, अब रात्रि काफ़ी बढ़ गई है, कल सुबह सोच विचार कर लेना, जैसा तुम्हें उचित लगे, कर लेना।

तरुण — ओ. के. गुड नाइट टू ऑल।

***

41

डॉ. गुप्ता व आर्य सर की भित्ति पत्रिका के सभी सदस्यों से मुलाक़ात व घर आने का निमंत्रण

मनोविज्ञान के प्रोफ़ेसर डॉ.गुप्ता अपने कक्ष में डॉ. आर्य के साथ बातों में मशगूल थे। तीन बजे सब स्टूडेंट्स कॉलेज से विदा हो गए थे, ऐसे में थोड़ा मानसिक विश्राम पाने के लिए डॉ. आर्य गुप्ता जी के पास पधारे थे। दोनों प्रोफ़ेसर्स अपने- अपने विषयों में पारंगत समझो जाते थे व सभी स्टूडेंट्स पर उनका बड़ा प्रभाव था। दोनों का आत्मीयता से परिपूर्ण व्यवहार सभी को स्वाभाविक रूप से अपनी ओर आकर्षित कर लेता था। केवल छात्र- छात्राएँ ही नहीं स्टाफ़ सदस्य, यहाँ तक कि प्राचार्या भी उनसे प्रभावित लगती थी व दोनों की राय- मशविरे से ही कॉलेज की गतिविधियाँ संचालित करती थी। खेल- कूद का आयोजन हो, किसी महापुरुष के जन्म- पुण्यतिथि पर कोई समारोह आयोजित करना हो या कोई अन्य महत्वपूर्ण कार्य, दोनों प्रोफ़ेसर्स की भागीदारी निर्विवाद थीं। दोनों जब बातों में मशगूल थे तो गेट पर 'आ जाऊं सर !' की मीठी व सम्मानित वाणी ने उनका ध्यान आकृष्ट किया।

डॉ. गुप्ता —- आओ शुभम ! तुम अकेले ही आ रहे हो क्या ?

शुभम —- यस सर ! मुझे देव भैया ने भेजा है। कह रहा था कि गुप्ता सर ने हम चारों को बुलाया है। तुम देविना व शिवि को साथ लेकर चलो, मैं भित्ति पत्रिका की स्थिति देख कर आ रहा हूँ।

डॉ. गुप्ता —- यह तो आख़िरी अंक ही होगा शुभम ?

शुभम —- सर, आख़िरी से पहले का, अभी एक अंक और शेष है।

डॉ. आर्य —- अब वार्षिक परीक्षा नज़दीक आ गई हैं, सभी अपनी तैयारियों में जुटे होंगे, जितना कुछ मिले उतने में ही काम चला लेना।

शुभम—— यस सर ! देव भैया कह रहे थे कि स्टूडेंट्स से अगर आर्टिकल नहीं मिले तो तो हम अपनी लेखनी को धार देंगे।

(रूम के गेट पर दोनों देवियों के साथ)

देव —- सर ! हम अंदर आ सकते हैं ?

डॉ. गुप्ता —- आइए, निःसंकोच रूम में प्रवेश कीजिए।

देव — सर ! आपने हमें याद किया है, कोई निर्देश या आदेश हैं हमारे लिए ?

डॉ. गुप्ता —- हाँ, मैंने तुम सब को भी व डॉ. आर्य को भी आमंत्रित किया है।

देव —- सर ! यह हमारा सौभाग्य है कि आपने हमें बुलाया है। मैं इसीलिए भित्ति पत्रिका की तरफ़ गया था ताकि आपके प्रश्नों का सही व सटीक जवाब दे सकूँ। सर ! अगली बार हम इस वर्ष का अंतिम अंक प्रकाशित कर रहे हैं, आपका कोई निर्देश ?

डॉ. गुप्ता —- अब तुम चारों इतने अनुभवी हो गए हो कि तुम्हें किसी तरह के निर्देश की आवश्यकता नहीं रह गई है।

डॉ. आर्य —- बिल्कुल, इस वर्ष भित्ति पत्रिका का प्रकाशन नियमित, आकर्षक, ज्ञान वर्धक व निर्विवाद रहा है। मैं समझता हूँ कि देव की कप्तानी में व डॉ. गुप्ता की अम्पायरिंग में ऐसा सब संभव हुआ।

देव —- आर्य सर ! क्या गुप्ता सर ने हमारी प्रशंसा करने के लिए आपको यहाँ आमंत्रित किया है।

(सभी खिलखिला कर हंसते हैं)

डॉ. गुप्ता —- देव, तुम्हारी बातों में, व्यवहार में जो स्पष्टता, मधुरता दिखाई पड़ती है, हम उसके क़ायल हैं। मि० देव, हमें इस कॉलेज में क़रीब दस सैशन कंपलीट कर लिए हैं पर तुम्हारे जैसा होनहार छात्र हमें नहीं मिला। हम दोनों तुम्हें अपने बहुत निकट पाते हैं।

डॉ. आर्य —- बेशक, मुझे भी ये शब्द दोहराने की ज़रूरत नहीं होगी ?

देविना —- सर ! आज कोई ख़ास बात ज़रूर है। आपके प्रति हम सबके मन में मान- सम्मान की मात्रा में असीम वृद्धि हो रही है।

डॉ. आर्य —— इसीलिए आप लोग औरों से कुछ हटकर हैं। हम आप सभी पर गर्व करने में गर्व समझते हैं।

शुभम —- सर, गुप्ता सर ने हमें बहुत प्यार दिया है, शायद एक पिता की तरह। (डॉ. गुप्ता कुर्सी से उठ कर शिवि का हाथ पकड़कर शुभम को सौंपते हुए) हमने ही नहीं, शिवि ने भी तुम्हें बहुत प्यार दिया है, तुम्हें बहुत दिल से चाहा है। आज पिता की तरह ही मैं शिवि को तुम्हें जीवन भर के लिए सौंप रहा हूँ। हालाँकि मेरा अधिकार नहीं लेकिन प्यार की फुहारों में मैं इतना भीग गया कि मैं तरल हो गया। मेरी कठोरता अगर कहीं छिपी थीं तो वह भी पसीज गई हैं। अब तुम शिवि को अंगीकार कर मुझे राहत प्रदान करो।

शुभम —- सर, आपमें मुझे देवता नज़र आ रहे हैं। इतने संवेदनशील, प्यार के सागर व कर्तव्य निष्ठ व्यक्तित्व को पाकर हम वाक़ई एक सफल प्रशिक्षण पाने में कामयाब हुए हैं।

डॉ. गुप्ता —- शुभम ! एक दिन शिवि को मैंने उदास व चिंतित सा पाया तो अपने कक्ष में बुलाकर सब पूछा। मैंने मि० देव को भी बुलाया क्योंकि शिवि ने बताया था कि देव भैया को सब मालूम है। उस दिन से मैं तुम दोनों के लिए हर ख़ुशी की तलाश में रहता। शुभम बेटा, प्यार संवेदनाओं का उदात्त स्वरूप है, तुमने भी इसे पाया होगा। इस उदात्त स्वरूप को तुमने शिवि में भी बनाए रखना होगा। मैं जीवन के हर मोड़ पर पिता के समान तुम्हारे साथ खड़ा रहूँगा।

शिवि —- सर, आप इंसान नहीं, फ़रिश्ते हैं। सही मायनों में एक आदर्श अध्यापक हैं। अपने छात्रों के प्रति इतनी आत्मीयता, प्यार की पराकाष्ठा है सर।

डॉ गुप्ता — शिवि बेटी, प्यार हमेशा जवानी में ही जीता है। इसका कोई आदि- अंत नहीं होता। प्यार पाकर इंसान जीवन के लक्ष्य को पा जाता है।

डॉ. आर्य —- गुप्ता सर, आपने हम सब को प्यार के सागर में विलीन कर दिया है। हम ख़ुशनसीब है कि डूब कर पार उतरने का मौक़ा मिल गया है। मि० देव, हमें तुम्हारी व देविना बिटिया की आत्मीयता की पूरी जानकारी है।

देव — सर, मैंने कौनसा अपराध किया है ?

डॉ. आर्य —- हम ऐसे अपराध के लिए तुम्हें प्रेरित करते रहेंगे।

डॉ. गुप्ता —आप चारों ने हमें चारों खाने चित्त कर दिया है। मुझे जीवन में इतने कर्तव्य निष्ठ, परिश्रमी, नियमित व प्रेमी छात्र नहीं मिले, जैसे तुम हो।

(डॉ. आर्य की ओर इशारा करते हुए)

डॉ. आर्य —- (कुर्सी से उठ कर देविना के पास आकर) देविना, मुझे इतना तो हक़ नहीं कि मैं तुम्हें देव को सौंप सकूँ पर देव पर मेरा इतना अधिकार अवश्य है कि उसे तुम्हें सौंप दूँ। (देव का हाथ पकड़कर देविना को सौंपते हुए) देविना बेटी, देव बहुत परिश्रमी, नैतिक, कर्तव्य परायण व भोला- भाला है, इसे संभाल कर रखना।

देविना —- सर, मैं देव के भोलेपन से ही प्यार करती हूँ।

डॉ. गुप्ता — आप चार दिलों को दो दिलों में परिवर्तित कर हम असीम आनंद महसूस कर रहे हैं। यह अहसास हमें जीवन भर ताक़त देता रहेगा। आज मेरे घर आप सभी का डिनर पर निमंत्रण है। आप सभी को अपने बीच पाकर मुझे और प्रसन्नता होगी।

देव —- सर ! आप यह तकल्लुफ़ न करें। हॉस्टल में हमें कोई परेशानी नहीं है ?

डॉ. गुप्ता —- मैं तुम सब को केवल डिनर के लिए नहीं बल्कि प्यार को विस्तृत करने के लिए आमंत्रित कर रहा हूँ। प्यार जब विस्तृत होता है वह असीम हो जाता है।

देव — सर ! आप परम व पुण्य आत्मा हैं। हम प्यार को सागर तक सीमित नहीं रखेंगे, इसका वितान गगन में स्थापित करेंगे।

***

अनजाना हमसफर

प्रथम खंड- संयोग के पल

द्वितीय खंड-प्यार के पल

तृतीय खंड-रोमांस के पल

चतुर्थ खंड-फुरसत के पल

पंचम खंड-विदाई के पल

षष्ठ खंड-खुशियों के पल

सप्तम खंड-आनंद के पल

www.ingramcontent.com/pod-product-compliance
Lightning Source LLC
LaVergne TN
LVHW020050081026
849580LV00013B/1623
* 9 7 8 9 3 6 4 3 1 0 8 3 3 *